文春文庫

風と共にゆとりぬ

朝井リョウ

文藝春秋

マーガレット・ミッチェルに捧ぐ

目次

第一部　日常

第二部　プロムナード

第三部 肛門記

ブックデザイン　関口信介
題字・装画　YOKO FRAKTUR
（ヨウコ フラクチュール）

第一部 日常

小説に込めがちなメッセージや教訓を
「込めず、つくらず、もちこませず」を
モットーに綴ったエピソード12編。

眼科医とのその後

前作『時をかけるゆとり』の中の一編「眼科医と衝突する」を覚えている方はいらっしゃるだろうか。尋ねておいてナンだが、覚えているのだとしたらそんなくだらない記憶を保持するために貴重な脳の容量を使わせて申し訳ない気持ちだ。忘れている、もしくは知らないという方は今すぐ書店に駆け込んで、前作を一冊ご購入いただきたい。過去作が売れないと今後エッセイ集が出せないのでマジで買ってくださいお願いします。

詳細は省くが、私には、患者と医者、という関係性を超えた存在の眼科医がいる。これまで幾度となく高度な精神的攻防戦を繰り広げてきたのだが、今回はその眼科医との近況を報告させていただきたい。

ここ数か月、長時間コンタクトを着用することが困難な状況だった。着用して二、三時間ほど経過すると、左目がじんじんと痛むのだ。裸眼《らがん》にメガネという状態でも執筆できなくはないが、高校生のときに作ったメガネを着用したところで視力は0・3にまでしか回復しない。すごく見づらい世界が、そこそこ見づらい世界にランクアップすると、むしろストレスは増大するというのは新発見であった。

数か月じんじんさせてんじゃねえよ早く眼科行けよていうかメガネ買い替えろよ、という皆さまからのあたたかな助言が聞こえてきそうだが、まさにその通りである。順調に左目をじんじんさせながらも、それでも私の重い腰はなかなか上がらなかった。決して、面倒だったから、ということではない。

行きつけの眼科には、あの先生がいらっしゃるからである。

前作ではその先生とのやりとりを克明《こくめい》に記したのだが、いざ出版するとなったとき、私はその先生に特に許可などを得ていなかった。そもそも私が小説家になったことを知らないだろうし、ていうか私の本なんて読まないだろうし、と、本当は許可を得るのがただ恥ずかしかっただけなのに自分自身に言い訳を重ねていたのである。と言いつつ、万が一本人にバレていたらどうしよう……という思いも私の心のどこかにあった。その不安が、左目のじんじんパラダイスをも制圧していたのだ。

とはいえ、痛みは限界だった。常にコンタクトのことを考えていなければならない生活も煩《わずら》わしくてたまらない。そうなると、ついさっきまで眼科に行かない理由を探していた自分がくるりとその身を翻《ひるがえ》す。あの先生に再会したところで何も起きないだろう、だって保険証に記載されているのは本名だし、その眼科に行くのは四年ぶりだし、そもそも四年前に何度か現れたうだつの上がらない学生のことを覚えているわけがない、そしてその学生が小説家になっているなんて知っているわけがない——自分を安心させるための材料をいくつか並べ立て、私はやっと、その眼科へと足を運ぶことを決めた。
いよいよ当日になると、ていうか今日はあの先生が担当じゃないかも〜、と、気持ちがあからさまに緩んでいくのがわかった。たいへん天気が良かったこともあり、鼻歌でも歌うような気持ちで、私はその眼科のドアを開けた。

その先生は、思いっきり受付に座っていた。

わあ……。私は思わずくるりと踵《きびす》を返しそうになった。ていうか、何で受付に座ってるの？ 受付って事務職の方とかさあ、そういう人がいる場所であって、医者がいる場所じゃないんじゃあないの……？ 頭の中にはいくつものクエスチョンマークが浮かんでいたが、現実は変わらない。その顎《あご》には豊かな髭《ひげ》をたくわえ、少しふっくらとした体型のくまのプーさん系眼科医が、ドンと受付に構えているのだ。

私は悩んだ。だが、ここで診療を諦めるということは、イコール、じんじんパラダイス継続のお知らせということになる。それだけはイヤだ。私は気持ちを強く持ち、メガネをくいと正した。そう、今日の私はメガネ姿なのである。四年前の私とはわかりやすく外見が違うのだ。眼科医は、まさかこのメガネ男が自分とのエピソードを勝手に認《したた》め金銭を得ているとは思うまい。

私は受付へと進む。先生は、まっすぐに私のことを見ている。

張りつめるような緊張感が、二人の間に流れる。

私は無表情を貫きつつ、財布から出した保険証を提出した。

「初めてなんですけど……」

純度百パーセントの嘘と一緒に。

今思えば、当時の私は錯乱《さくらん》状態にあったとしか思えない。冷静に考えれば、この眼科には私の保険証とひもづけられたカルテが存在することくらいわかっただろう。だが、「初めてなんですけど……」と言わずには目の前の眼科医に保険証を提出できないような精神状態に陥っていたのである。

先生が、無言で保険証を見つめている。大丈夫、バレていない——そう思った瞬間、先生は、私にしか聞こえないくらいの小さな声でこう呟《つぶや》いた。

「初めてじゃないくせに……」


ぎゃあ！


バレてる！　私は、自分の顔がカーッと赤く染まっていくのを感じた。全身の熱が、ウソがバレたョ！　顔に集合！　しているのである。もうどんな言い訳もできない。今すぐ懺悔《ざんげ》室に行って神から冷水をぶっかけられたい。

先生は、何も言えなくなっている私をよそ目に、くるりと後ろへ振り返った。そして、先生の背後に広がる事務スペースに向かってこう喧伝《けんでん》したのである。

「朝井リョウさんが来たよ〜」

死にたい——。

私は、星に祈りを捧げるようにそう思った。何だこの状況は。想像しうる限り最悪の出来事が乱発している。役満である。

混乱のうちに診療が始まったかと思いきや、先生はじんじん痛む私の左目を覗き込みながら「エッセイ読んだよ〜」と笑った。私はひたすら謝罪するほかなかったのだが、「患者さんが教えてくれてね〜そのあとたくさん買って配っちゃった〜」と歌うように話されているうち、すげえニコニコしてるしもう謝らなくていっか、とあっという間に油断した。

左目の症状は軽かったため、診療はすぐに終わった。このあと処方してもらう目薬の説明が一通り終わると、先生は、カルテにさらさらとペンを走らせながらポツリと呟いた。

「お昼ごはん、もう食べた？」

このとき、私は目薬に注目していたし、先生は自ら操《あやつ》るペンの先を見ていた。つまり、二人の視線は全く交差していなかった。そういう状況だったということもあり、私は、その呟きは先生の近くにいる助手らしき女性への質問かと思っていた。

「……」

「……」

「……」

しばらくの沈黙のあと、先生はもう一度、言った。

「お昼ごはん、もう食べた？」

誘われている——。

予想外の展開に私は動揺した。確かに今はお昼どきだが、だからといってこんなことがあるだろうか。患者として駆け込んだ病院で医者から食事に誘われるなんて、もし編集者にそんな展開のプロットを提出したら「リアリティ　？」みたいな遠慮がちな注意書きとともにボツを喰らうだろう。

「まだ食べてないです……」

正直にそう答えると、先生は、「じゃあ一緒に食べに行こう！」とニコニコ笑顔でカルテを閉じた。「待合室で待ってて！」言われるがまま、私はお会計を済ませると、待合室で先生が出てくるのを待った。私は今何をしているんだろう、と思いながら、両膝《りょうひざ》に拳《こぶし》を置いた状態で、彼の登場を待った。

ただ、私には一つ気になることがあった。その眼科の診療時間の表記には、昼休み、というものがなかったのだ。つまり、十時〜十八時、というように、朝から晩までぶっ続けの状態で開院しているのである。だけど今日、この病院にいる医者はあの先生ひとりだけ。ということは、先生が外出してしまうと、診療時間内だというのに、院内には患者を診《み》ることができる人間が誰ひとりとしていなくなってしまうのだ。

「お待たせ〜」

私の疑問もなんのその、先生は「さっ行こう」とカジュアルにその眼科を医者不在の状況にした。数名いた助手らしき女性たちは、そのことについて何も言わなかった。

「あの、普段、昼食はどうされてるんですか？」

気になった私は、信号待ちの間に質問をしてみた。すると先生は、くるりと私のほうを向くと、こう言った。

「一日三食って常識を、疑ったことはない？」

ない——。

質問を質問で返されたうえに、意味がよくわからなかった。「ない、です……」項垂《うなだ》れる私に、先生は畳《たた》み掛《か》けてくる。

「本当にお腹が空いてるから三度の食事をしてる？　そうじゃないんじゃない？　一日三食っていう常識にただ従ってるだけで、お腹が空いていないのに惰性《だせい》でご飯を食べているときはない？」

こんなタイミングで自分の中にある常識を覆《くつがえ》されるとは思っていなかった。私は「そう、かもしれないですね、確かに」とぎこちなく頷《うなず》く。

「だから僕、普段は昼食をあんまり摂《と》らないようにしてるんだよね。ダイエットも兼ねてさ」

こっちこっち、と、先生はふくよかな体を揺らして私を誘導してくれる。ということは、普段は昼食を摂らずに診療を続けているということなのだろうか。それはすごい。ただ、ダイエットの効果は特に感じられなかった。

行きつけらしき定食屋に入るなり、先生は店主に向かって「この人、直木賞作家」とざっくりと私のことを紹介した。店主の方はもちろんピンときておらず、「そうですか、ではご注文は？」という感じでサッと話題が流れたため、印籠《いんろう》のように「直木賞作家」という言葉を掲げた先生に恥をかかせてしまい本当に申し訳なかった。先生のために絶対に売れたい。

そこの定食屋はとてもおいしく、食事自体はとても楽しい時間となった。さっきまで診察室にいた人とこうして食事をしていることはとても不思議な気分だったが、それまで張りつめた関係だった二人の距離がぐっと縮まったような気がした。そして、何より、新しい人間関係が始まる予感に、私はうきうきしていた。

先生は、私の分まで支払いをしてくださった。ありがとうございますとお礼を言いつつ、二人で定食屋を出る。そして、私は当然のように、眼科へ戻る方向へと一歩踏み出した。だが、先生は、その逆方向へと一歩、足を踏み出していた。

あれれ、と私が疑問に思っていると、先生は言った。

「お皿に興味はある？」

ない――。

私は迷いなくそう思ったが、「お皿、ですか？」と新たな情報を一切加えない返答をすることによって乾いた無関心さを覆い隠すことに成功した。先生はニコニコ笑顔のまま、続ける。

「そう、お皿。この近くで珍しいお皿の展覧会がやってるから、今から行かない？」

眼科は⁉

いいの⁉　今あそこに医師免許持ってる人ひとりもいないよ⁉

湧き上がる疑問に全て蓋《ふた》をし、私は「行きます」と即答した。今は、この先生が世界のルールブックだ。みんな、自分が一日三食摂取していることを存分に疑い、お皿にもっと興味を持つべきである。

展覧会の会場は歩いて行ける距離にあるということだったので、二人でてくてく昼下がりの街並みを歩いた。その間も先生は、「このへんは昔、お寺だったんだよ」等、ためになる話をいろいろとしてくださった。そして辿り着いた展覧会会場には、思いっきり「本日休館」の札が立っていた。

これは神さまが眼科に戻れと言っているに違いない。私はそう思ったが、先生は意地でも眼科に戻りたくないのか、近くにあった喫茶店に私を引きずり込み、「前に金沢に勤めてたことがあるんだけどね、食べ物がおいしいんだよ〜」と今度は打って変わって特にためになるわけでもないサラッとした話をしてくださった。そうなんですか、と相《あい》槌《づち》を打ちながら、私は、ふと思った。

この感覚――町で出会ったよく知らない人と会話をしているこの感覚、久しぶりだな、と。

かつて、私はもっと、人に話しかけられていた。マクドナルドでぼーっとしていたら知らないおじさんに一時間ほど英語を教え込まれたり、声をかけられるままについていった美容室で大変な辱《はずかし》めを受けたり……それらのエピソードをまとめたのが前作『時をかけるゆとり』だったと言っても過言ではない。それほど、二十歳前後の私には、知らない町の知らない誰かから声をかけられる隙《すき》があったのだ。

私の大好きな小説『横道世之介《よこみちよのすけ》』（吉田修一《よしだしゅういち》著）の中で、長崎から上京したばかりの愛すべき大学生・世之介が隣人から「隙がある」と評される場面がある。言葉だけ取るとマイナスの評価のようだが、それは決してドジだマヌケだと言われているわけではなかった。現に、東京での生活に慣れた世之介は、物語の終盤、その隣人から「なんか、隙がなくなっちゃったね」と残念がられるのだ。

その場面を読んだときの私はすでに、上京して数年を経て、世間知らずの若者独特の隙を失っていた。知らない町の知らない誰かを、疑いながら警戒しながら生きる術を身につけてしまっていた。結果、知らない町の知らない誰かに話しかけられる回数が、ぐんと減ってしまっていたのである。

隙、を取り戻したい。喫茶店のアイスティーを一瞬で飲み干した先生を目の前にして、私はそう思った。もう一時間近くも眼科を放ったらかしにしているこの隙だらけの眼科医に、こんなにも魅力を感じているのだから。

――さて、いい話風に終わろうとしたところで、私の左目はまたじんじん痛み始めている。処方してもらった目薬は、もう底を突いた。お察しの通り、この章は、あの先生には無断で執筆している。お願いだから誰も、このエッセイのことをあの先生には知らせないでいただきたい。

～さらにその後～

数日前のことだ。

時刻はもう二十三時近く。外での仕事を終えた私は、とぼとぼと徒歩で帰宅していた。駅から自宅までの道程は十分足らずなのだが、遅くまで根を詰めて執筆していたせいだろう、私の体からは生命力が発されていなかったと思う。

そんな中、暗闇に、やわらかな髭を蓄えた人間がボンヤリと現れた。

「あ、朝井くん！」

先生だった。

「わあ、こ、こんばんは……！」

とっさのことにじゅうぶんな対応もできず、私はとりあえず挨拶をした。朝も昼も夜も関係なく謎の生命力を迸《ほとばし》らせている先生は、開口一番こう言った。

「朝井くん、不動産買ったでしょ～？」

なんでだ。買ってない。

私が「え、か、買ってないです……」と少々の疲労を見せると、先生はそんなこともおかまいなしといった様子で「おかしいな～～この前不動産屋の人と話してたら、このへんに朝井リョウも不動産買ったんだから先生もぜひ、みたいな感じで言われたんだけどな～～」と衝撃の事実をのたまった。なんということだろうか。ゲッソリし続ける私に先生は「じゃ、おやすみ～」と告げると、軽やかな足取りで去ってしまった。ちょっと、と呼び止める間もなかった。ああ、先生にまた早く会いたい。そして、事実無根の営業トークをばらまいている不動産屋を突き止めたい。

朝井家 in ハワイ

父親が還暦《かんれき》を迎えた。その途端、姉と私は、こんな疑問に突然ブチ当たった。

私たちの両親は、もう、老人なのではないか？

とはいえ、世間的には六十歳なんてまだまだ若い。現に、父親も現役で働いている。

では何が両親老人説のきっかけになったかというと、それは、このころ実家の屋根に突然設置されたソーラーパネルだった。

私が「屋根のアレ、何？」と尋ねると、両親はあっけらかんと「家電量販店に行ったら、店員さんにすすめられたから、購入した」とのたまった。理由と行動が正しい順番で述べられているからこそ、衝撃は大きかった。

衝撃を受けた点は二つある。まず、①両親が、店員の目に「簡単に落とせそうな老夫婦」として映ったのだろうということ。そして、②両親が、対簡単に落とせそうな老夫婦仕様の営業トークをまるまる受け入れ、それなりに高額なソーラーパネルをまんまと購入していること。何より①が大きかった。店内をウロウロしている大勢の客の中から、我が両親が「簡単に落とせそうな老夫婦」として即ピックアップされたことが、ショックだったのだ。

結果、「ウチの実家にいま住んでいるのは、ふたりの老人」という認識が、姉弟間で無事共有されることとなった。そうなると話は早い。姉と話し合った結果、あっという間に、「(もしかしたら最後になるかもしれないので)両親を海外に連れて行こう」という結論が叩き出された。これを読んでくださっている六十歳の方々には怒られそうだが、当時の私たちは六十歳を「もう長時間飛行機にも乗れない体」だと決めつけていたのである。さらに、これでいつ親孝行裁判にかけられたとしても「私たち、親をハワイに連れて行ったことがあります!」と大声で主張できることに安心もしていた。

ハワイ旅行の計画を立てているうち、姉は、いつしか私よりもずっと両親老人説を狂信するようになっていた。つい最近も、携帯をいよいよスマホに替えようという両親の動きを察知した姉から「どう説得して止めるべきか」という連絡がきた。純粋に、「そもそもどうしてスマホに替えることを止めたいの?」と聞くと、「使えるわけがないから」といういっそ清々《すがすが》しい返事が届いた。老人というよりは幼児だと思っているのかもしれない。

そんな姉の奮闘もあり、イルカと泳げるアクティビティや、車を一日チャーターしての島巡りなど、バラエティに富んだスケジュールが組まれた。ビバ姉。

ありがたいなあ〜と鼻をほじっていた私に改めて姉から連絡がきたのは、出発の数週間前のことだった。その内容は、こんなものだった。

「両親にサプライズを仕掛けたいから、協力しろ」

私が鼻をほじっているうちに、姉の親孝行欲はかなりのところまで高まっていたらしい。私は、すごく親孝行欲が高まっているなあ、とボンヤリ思ったけれど、姉の計画を読み、他人事として傍観《ぼうかん》しているわけにはいかなくなった。

その計画がこれである。

「急な仕事で旅行に行けなくなったはずの弟が、出発当日いきなり空港に現れ、実は私も行けるんです～ということを明かす」

うわあ……。

つまり姉は、モノマネ番組における「本人登場！」のテンションで、すでに完全に見飽きているであろう息子を登場させようとしているのだ。何だその自家発電サプライズ。うちの両親が、欠席予定だった息子が登場したところでわいわい喜ぶようなタマではないことは姉だってよく知っているはずだ。ただ、姉は今、両親のことを老人だと思っている。物事に対して喜ぶハードルがとても低くなっていると勘違いしているのかもしれない。そもそもサプライズとはゼロからプラスの感情を生むものであって、捏造《ねつぞう》したマイナスの感情をゼロに戻すことではない。ていうか普通にキモいしダサい。

「超イヤだし、マジで意味がわからない」という非常に論理的な二本柱を携《たずさ》えて反論を試みたのだが、姉の「やれ」という一言で私は玉砕《ぎょくさい》した。パワハラだ。ブラック家族。いよいよ出発日がやってきてしまった。私は姉から、姉と両親が待ち合わせた時刻の三十分後に空港に到着するよう命令されていた。つらい。電車に乗った時点で、数十分後に待ち受ける息子登場シーンでのスベり具合を想像し、私は泣きたくなっていた。もし自分が成田空港にいて、隣にいた見知らぬ家族がほんとは息子も行けますよサプライズをしていたら、写真を撮り「クソワロタｗｗｗ」とツイートし十万リツイートされ炎上し自宅などが特定されるかもしれない。

空港に到着すると、とりあえず姉に連絡をした。【着きました。どこに行けばいいですか】従順な犬のような文章である。すると姉からは、こんな返事が届いた。

【××のあたりにいるから、私たちの後ろから現れて】

後ろってどっちだよ……。

私はスーツケースも引きずれないほど脱力した。あなたたちが今どっち向いてるかなんて、こっちはわからないんですよお……。

いろいろ聞き直すのも面倒くさかった私は、結果、両親の真正面から普通に登場してしまった。「あ、ジャーン！　行けないと言っていたけれど、実はリョウも行けるんです～！」姉は慌てて胸を張ったが、岐阜から成田への移動ですでに疲れていた両親は「ハア」「なら海外旅行保険、あんたも入らんと」と非常に地に足の着いたリアクションで周囲を魅せた。私は家族相手にスベった。皆さんは家族相手に正式にスベったことがありますか？　すごくつらいですよ。

さて、気を取り直して、いよいよ旅のスタートだ。人生初のハワイ。もちろん楽しみだったが、私には一点、不安なことがあった。

それは、朝井家の感受性の低さである。

これは確信に近い憶測《おくそく》なのだが、朝井家を構成する人間共はおそらく、旅先でしか見られない美しい景色とか、その土地ならではの特別な体験とか、そういうものに反応するはずの心の一部分が、非常に残念だが、さすが家族ですね～！といった具合に揃って壊死《えし》している。これは私が個人的に悩んでいることでもあるのだが、ある日、あ、これは遺伝なんだ、と気づき、その悩みを解決することを放棄した。

その「ある日」とは、両親が老人認定される前に敢行《かんこう》された、家族での箱根旅行だった。そのとき何を思ったのか、朝井家はとある美術館に入ってしまった。それくらい、温泉地ではやることがなかったのだ。

家族と美術館に行くのは初めてだった。ただ、私は美術品をどのように鑑賞して楽しむのかいまいちよくわからなかったので、さも、「私は美術的価値が高いものに対して心動かされる人間です」という顔だけを作って美術館内をウロウロしていた。腕時計をチラチラ見ながら、みんないつごろ出るのかな、なんて思っていた。

家族は、展示品の説明文を読んだり、ガラスケースの中にある何かをまじまじと見つめている、ように見えた。だが、しばらくして私は、思った。

父も母も姉も、「私は美術的価値が高いものに対して心動かされる人間です」という顔をしている、と。

全員、誰かが「もう出よう」と言い出すのを待っているだけの状態だった。飲み会でアイスを食べ終え、最後のお茶が出てきたときのアレである。結果、お互いを騙し合うという罪深き行為に耐えられなくなった我々は、誰が言い出すわけでもなくあっさりとその美術館を出た。私にいたっては、まだ旅行の途中だというのに、美術館から出発している新宿駅までの直通バスで即帰宅させられるほどの盛り下がりぶりだった。

このようなことがあったので、果たしてハワイに行ったところでこの一家は盛り上がるのだろうか、という不安が私にはあった。せっかく大枚をはたいて海外に行くのだから、あの美術館のときのように朝井家全体に蔓延《はびこ》る感受性の低さを眼前に突きつけられるような気まずい思いはしたくない。

ハワイは、気候も街並みも日本のそれとは違った。我々はとりあえずホテルにチェックインし、隣接しているビーチに出た。陽が落ちたころに街に出かけ、夕食（ベタに肉）を終えてホテルに戻ったころにはもう夜遅かった。

初日は移動もあったので、全員、かなり疲れていた。だが、明日は朝早くから「イルカと泳ぐ」というこれまたベタなアクティビティの予約を入れているのだ。早く体を休めないと、と、家族全員が就寝の準備に取り掛かっていたそのときだった。

「あ」

姉が声を漏らした。

「ハワイに着いたってこと、アクティビティの会社に連絡しておかないといけないんだった！」

この時点で、時刻は夜の二十二時をまわっていた。十八時までに無事ハワイに着いたことを連絡しておかないと、アクティビティがキャンセル扱いになってしまうらしい。姉は慌ててその会社に電話をしていたが、交渉むなしく、やはり予約はキャンセルになってしまっていた。

「残念だったね」「しょうがないよ」両親は、そんな言葉で落ち込む姉を労《ねぎら》った。私も、連絡し忘れていたことを恥じる姉を励まそうと、「気にしないで」と言った。

そして、自然に、こんな言葉があとに続きそうになった。

「本当にイルカと泳ぎたかったかって言われたら、どうかわからないし」

私は、パクッと口を閉じた。危ない。いま、自分は何て言おうとしていたのだろうか。

だが、私はもう気づいてしまったのだ。私たちは本当に、自分発信で、イルカと泳ぎたいと思っていたのだろうか。ハワイに来たからにはイルカと泳がないといけない、と、外部からの精神的圧力によって、海の豚と書く大きめの哺乳類との海中接近に励もうと思っていたのではないか。

気づけば、部屋全体がそんな空気になっていた。私が脳内でブチ当たった疑問に、両親も、姉も、それぞれがブチ当たっているように見える。「……」「……」「……」「……」みんな、黙ったまま、お互いの表情を見ようとはしない。残念がっている表情の奥底にある「これで早起きしなくていいやっ、ラッキ～！」という本音に、誰も触れたくないのだ。

朝井家の感受性――私は、まるでセグウェイにでも乗っているかのように美術館内をサーッと移動していた家族の幻影を一瞬思い出したが、すぐに打ち消した。

結局、次の日のアクティビティはなくなった。みんな、残念残念残念これは残念なこと残念なことと残念なことと自分に言い聞かせ、床に就《つ》いた。

だが、姉が用意してくれていたアクティビティはもう一つある。車と運転手をチャーターしての島内観光だ。

海の豚との接近がなくなった日の翌日、朝井家はホテルに着いた車に乗り込んだ。こちらは連絡ミスによるキャンセルなどはなく、外でのアクティビティと違って天候に左右されることもない。確実に決行されるイベントである。

運転手の男性は現地で暮らしている方だったので、普通の観光客ではなかなか辿《たど》り着けないような場所をいろいろ知っていた。さらに、朝から夜まで一日まるごとチャーターということで、いくつも場所をピックアップしてくれていた。

朝ごはんを食べるカフェ、さまざまな土産物が揃うオシャレな街――午前中、その運転手は私たちを様々な場所に連れていってくれた。だが、海の豚の一件から、少しずつ自分たち本来の感受性を取り戻しつつあった朝井家は、ことごとく想定よりも短い時間で車に戻ってくるようになっていた。少しずつ早まっていくスケジュールと比例するように、朝井家の感受性は擦り減っていく。

しかしここで、逆転ホームランを打つかのように、運転手が言った。

「次に行くのはビーチなんですけど、すっごく穴場なところなので人も少なくて本当におすすめですよ」

へえ〜、と、車の中はにわかに色めきたった。ハワイ、穴場、人のいないビーチ。確かに、素敵なにおいがムンムンだ。

「それでは、ゆっくり楽しんでくださいね」

そう微笑む運転手を車に残して、朝井家はビーチに向かった。確かにそこは、穴場という言葉がぴったりの、静かで、美しいビーチだった。にぎやかな海の家やパラソルなどの貸し出しはなく、浜辺の砂は白くさらさらとしていた。本当に誰もいなかったので、波間に人の声すら聞こえない。差し込んでくる太陽の光を徐々に溶かすように、透明の穏やかな波が行ったり来たりを繰り返している。

ビーチに出て一分。心の中で、朝井家の声が揃った。

——さあ、車に戻ろうか。

発見だった。家族で行くビーチは、穴場であれば穴場であるほど、気まずいのである。だって、家族でキャッキャと水を掛け合うわけにも、砂に体を埋めたりしてはしゃぐわけにもいかない。むしろ、混雑していたり海の家が乱立していたりと、ごちゃごちゃしていたほうがやるべきことが発生してありがたいのである。美しさしか能がないビーチに放り出された朝井家は、一応ちょっと海に入ってみたりはしたものの、結果的にただただその場で浅く呼吸を繰り返しただけだった。

ソッコー駐車場に戻ってきた朝井家を見て、運転手は「もう!?」と明らかに動揺していた。こんなの、苦労して成仏させた悪霊がまたすぐに現れる怪談話である。

そのあとも昼食のピザ屋、雑貨屋街などいろいろなところに連れて行ってもらったが、運転手がどこで追い出したとしても朝井家の面々はすぐに車に戻ってきた。結果、一日かけて島を巡る予定だったプランを、昼すぎには消化してしまった。運転手にとっては不感症の家族を乗せたおかげで短い労働時間でいつもと同額の報酬を得ることができたため、ラッキーだったかもしれない。

何のために来たんだよ、という感じであるが、確固たる目的意識を持って南の島に上陸した日本人がたった一人、いた。母である。母の獲物は、とある歯磨き粉だった。

エッセイではおなじみの私の母は、日本にいるときからずっと、「ハワイにしか売ってない歯磨き粉があるの。ハリウッドセレブも使ってるんだって。絶対にそれを買って帰るのっ」と鼻の穴を膨《ふく》らませていた。ただ、母は母らしく、その歯磨き粉の商品名を完全に忘れていた。結果、「スマイルとかハッピーとか、とにかくものすごく前向きな感じの名前」というわけのわからないヒントをもとに、朝井家はその歯磨き粉を探し回ることになったのである。有名な巨大ショッピングモール、地元で有名なパンケーキの店などハワイならではの様々なスポットを巡りつつも、頭の片隅では「ものすごく前向きな感じの名前の歯磨き粉……」と気味の悪いフレーズが点滅していた。ハワイの街に多くあるABCストアにも、見つけるたびいちいち入店し、ものすごく前向きな感じの名前の歯磨き粉を一応探した。

結果、ハワイに来てまでかなりの時間をドラッグストアで過ごしたのだが、滞在中にその歯磨き粉を発見することはできなかった。飛行機に乗るまで、母はそのことを悔やんでいた。私は、項垂れる母を見ながら、シンプルに「商品名覚えとけよ」と思った。

さて、帰国して数日経ったある日のことだ。

私はとある量販店で日用品の買い物をしていた。大量に仕入れることによって低価格で商品を提供してくれる、店内に流れるテーマソングが陽気なあそこである。ドン、ドン、ドン♪とテーマソングに合わせて機嫌よく店内を練り歩いていたのだが、ある一角に、大きな大きな円柱の入れ物を見つけた。

その入れ物には、白いパッケージの歯磨き粉が山のように積み上げられていた。私は、ぞわぞわとイヤな予感を抱きつつ、その歯磨き粉を手に取った。

「supersmile」。たっぷりとしたチューブには、そう、商品名が書かれていた。

絶対これだ――。

私は、目がくらむ思いがした。ハワイでついに見つからなかったハリウッドセレブ御用達だという歯磨き粉が、日本の片隅にある量販店に大量に仕入れられ、低価格で提供されていたのだ。ハワイに関する事柄で、私の感受性が一番豊かになったのはこの瞬間だったかもしれない。

私は、その歯磨き粉を買わなかった。いつかもう一度ハワイに行ったときに、意地でも見つけて、そこで買うのだ。

作家による本気の余興

現在の担当税理士である今野さん（仮名）とは、大学四年生のときに出会った。当時の私は一丁前にも、担当していただいていた前税理士に対してボンヤリとした不信感を抱いており、同じ大学の商学部に通う友人に「どこかにいい人いないかなあ？」と姫系の愚痴を垂れ流したりしていた。その友人が、「友達に連れていってもらったパーティで知り合った」と私に引き合わせてくれたのが、今野さんだった。話を聞いた段階では、商学部の女子大生が集うパーティにいる税理士ィ……？　どれほどのもんですかいのう？　と、白馬に乗った節税王子に対して少々身構えていた私だったが、実際、その王子＝今野さんを目の前にするとますます身構えざるを得なくなった。

今野さんの見た目を一言で表すと、「生命力」である。まず背が高く体格もがっちりしており、顔立ちもハッキリしていて声も大きい。三十代後半だが、たまに、ビビッドなピンク色のスキニーみたいなものを穿《は》いてきたりする。最近また視力が落ちたんですよね〜等こちらが軽はずみにネガティブ発言をしようものなら、「じゃあ、地面を貫く気持ちで遠く遠くのブラジルを見るようにしたらいいよ！　俺はそれで視力上がったからね！」と謎のアドバイスをブチかまされたりする。聞くと、若いころは演劇の世界にその大きな足を突っ込んでいたらしい。腹から出る大きな声と生粋《きっすい》のポジティブ思考も納得といった経歴だ。顔も、イラストにしやすいというか、それぞれのパーツがハッキリとしており、かつ整っているため、「生命力くん」というゆるキャラを作ったら、自然と今野さんに似ると思う。

私はどちらかというと生命力に欠けるくんなので、初めのうちは今野さんのことを若干警戒していた。だが、税理士と顧客《こきゃく》、という関係でやりとりを続けていくうち、今野さんが税理士としてとても優秀な人だということがわかった。結果、今野さんは現在、私の数少ない知り合いの作家のうち、四、五人ほどを担当している。この狭い文芸界においてあっという間に幅を利かせ始めたのだ。今野さんに担当してもらっている作家はみんな、今野さんの「家買うんだったら、プール付きがいいんだよね〜！」みたいな昨今聞かなくなったゴリゴリの欲望まみれの発言に多少困惑しつつも、税理士としての高いスキルに助けられている。

そんな今野さんが、結婚することになった。妻となる女性の話は前々から聞いていたので、私も、他の作家陣もみんな、めでたいめでたいと盛り上がった。そんな中、約二名、盛り上がりすぎた人物がいた。

柚木《ゆずき》麻子《あさこ》と、私である。

柚木麻子さんは、私と同じく二〇一〇年に単行本デビューを果たした作家だ。もう長い付き合いになるのだが、柚木さんと私は、常に公式にふざけられる場所を探しているきらいがある。その結果、青山ブックセンターという閑静《かんせい》な書店のイベントスペースで訓練し尽くしたダンスを披露《ひろう》したり、別の出版記念イベントではダンスだけでは飽き足らず自ら作詞した歌まで披露してしまった。作家の話を聞きたい、というモチベーションで足を運んでくださった読者の皆様には「は？」という顔をされることもしばしばだが、その反応すらも気持ちよく、公式にふざけられるチャンスを常に嗅ぎまわっているのだ。

「今野さん結婚だって」私は柚木さんに連絡をした。

「ね、めでたいよね」柚木さんはすぐに返事をくれた。

「結婚式ってことは、余興《よきょう》が必要だよね？」

「余興といえば、私たちだよね？」

柚木さんは、余興といえば私たち、と思っていた。

「今野さんにやらせてもらえるか聞いてみよう（連絡する）」

「（返信届く）ＯＫだって」

最短ともいえる会話のラリーで、柚木さんと私が、今野さんの結婚式で余興を披露することが決定した。まんまと、本気でふざけても誰にも怒られない場所をゲットしたというわけである。

今野さんとも話し合った結果、私たちは余興タイムの最後に出陣することとなった。そして、柚木さんと私は式・披露宴には参加せず、列席者及び新婦へのサプライズという形で突如登場するということも併せて決定した。顧客である作家二人からのビデオコメントと見せかけて、バーンと本物が登場するのである。

私は正直、このとき一番『桐島、部活やめるってよ』という一発ギャグみたいなタイトルの本でデビューしておいてよかった、と思った。肌感覚として、出版業界ではない世界だと、朝井リョウのことを知らなくてもこのタイトルは知っているという人はちょこちょこ存在する。式中にバーンと登場し、「サプライズでーす！」と胸を張ったところで「誰？」「死ねよ」となりかねない状況の中、ペンネームより浸透度の高い作品名があるというのはグラグラな心を少しだけ安定させてくれた。

さて、問題は余興の内容である。問題は、と言ったが、私も柚木さんも、当時（そして残念ながら、今も）『替え歌』という幼稚な娯楽にハマっており、あらゆるイベントや場面に合わせて替え歌を作っては披露するという調子に乗った大学生のような愚行を繰り返していた（いる）。これまで高めてきた替え歌スキルの集大成を披露するステージが、担当税理士の結婚式というのも……うん、悪くない。カラオケボックス→青山ブックセンター→ハロー！プロジェクトオフィシャルショップ→横浜の結婚式場と、ライブを重ねるごとに会場は着実に大きくなっている。武道館も夢ではないだろう。

替え歌を作るにあたって大切なことはまず、選曲だ。披露宴に列席する人は、今野さん世代の方が多い。つまり、観客のほとんどが三十代～四十代というわけだ。みんなが知っていて、大好きで、簡単にノレる歌――その三拍子が揃っている曲として、私たちはスチャダラパーの『今夜はブギー・バック』を選択した。トラックが固まったので、次はリリックである。

今野さん夫婦の門出を祝うことはもちろんだが、なぜこの二人が余興をやっているのか、という関係性も説明しなければならない。もろもろ考えた結果、楽曲のコンセプトは「これまで今野さんにしてもらった節税対策への感謝」に決まった。素晴らしい。百万回のありがとうよりも一度の節税。巷《ちまた》で流行っているラブソングより愛と感謝と実利に満ち満ちている。

さあ、コンセプトが決まれば話は早い。『今夜はブギー・バック』ならぬ『今野でマネー・バック』の楽曲制作がいよいよスタートだ。この余興が生まれる未来を逆算してつけられたような原曲タイトルである。

早速、LAのレコーディングスタジオ、もとい新宿の喫茶店に集合し、二人でリリックのヒントを出し合う。

「サビの『シェイク・イット・アップ』に税金関係のワードをハメたいよね。ここ音が三つあるから、そのリズムと母音にいい感じにハマる言葉なんかないかな」

「(この間0.2秒)法・人・化、は？」

「ナイス、じゃあここは『♪マネー・バック 法人化 控除のはじまりは 泣き出すような領収書整理』で」

どんな原稿よりも速いスピードで埋まっていくリリックを前に、私は、小説家として語《ご》彙《い》を積み重ねてきた日々が今この瞬間に結実していると感じた。ちなみに私のお気に入りは、ラップ部分「12《イチニ》3《サン》を待たずに 24小節の旅のはじまり」の「1、2、3月を待たずに 調書集めの旅のはじまり」、そして落ちサビの前で歌い上げる部分、「心がわりの相手は 僕に決めなよ」の、「帳簿作成代行 今野に決めなよ」である。

さあ、次は衣装だ。私たちは都内にあるファストファッションの店に行き、ビビッドな色のキャップ、ゆるめのパーカ、そしてスチャダラパーは着けてなかったが揃いのサングラスを購入した。サングラスは私の提案である。素人パフォーマーの余興で観客が最も冷める瞬間は、パフォーマー側が抱く照れや迷い、不安が表面化したときだ。サングラスを着けると、それらをまるっと隠すことができるのである。

曲、歌詞、衣装の調達、式場の方との打ち合わせ。ほんの一瞬ふざけるための準備はまだまだ続く。

替え歌を披露するにあたって最も大切なのは、作成した歌詞をしっかり一文字一文字きちんと伝えることである。初めて聴く曲の歌詞を聴覚だけで聞き取るのが難しいことは、皆さんもよくおわかりだろう。というか、そうさせることができたらいよいよプロの歌手である。というわけで、ご列席の皆様に聴覚だけでなく視覚でも歌詞を楽しんでいただけるよう、メロディに合わせて歌詞が表示されるカラオケ映像を作成することとなった。

だが、自分たちではそんな動画を作れない。どうしようかと唸《うな》っていると、柚木さんが「友達の旦那さんがそういう仕事してるから、頼んでみる」と言い出した。それは大変ありがたい。結局、私が動画の指示書のようなものを作成し、その方に制作を頼むことになった。よし、計画は着実に進行している。

さて、準備すべきものはもう一つある。それは、当日流す『今野でマネー・バック』のカラオケ音源だ。そんなのCDに入っているカラオケバージョンを使えばいいじゃないか、と思った人は多いだろう。私もそうだった。子どものころは生意気にも、CDを購入するたび「最後に入ってる、この〝インストゥルメンタル〟って何？　何のためにあるの？」なーんて思っていたが、今なら堂々と答えることができる。税理士の結婚式で余興をするためだ！

『今夜はブギー・バック』のCDはすぐに見つかった。ネットショップ様々である。きちんとインストゥルメンタル、もといカラオケバージョンも入っている。よしよし、と購入ボタンをクリックしようとして、私の動きは止まった。

8センチCD、との表記が気になったからだ。

皆さんは覚えているだろうか、かつて世間に蔓延《まんえん》していた8センチCDの存在を。今のCDは直径が12センチだが、昔は「なんかオシャレじゃね？」というくらいの軽はずみなテンションで、少し小さい8センチCDが流行ったのだ。

私は思った。8センチCDって、このご時世、普通に再生できるのだろうか。

調べてみると、今、直径が8センチのCDを再生できるコンポは生産されておらず、私や柚木さんの使用しているパソコンやその他に所有している再生機器も8センチCDには対応していないことが発覚した。その後、12センチCDのための機器で8センチCDを聞くための装置があると聞き、家電量販店に駆け込んだりもしたが、店員さん曰《いわ》くその装置も生産を終了しているらしかった。ちなみに、配信されている音源に、カラオケバージョンはない。

　なんということだろう。90年代の古き良き音楽家の遊び心が、テン年代のただふざけたいだけの作家をここまで困らせているのである。

結局、日ごろから音源《おんげん》をいじることを趣味としているとある方が、「ヴォーカルが乗ったトラックから、ヴォーカルだけを抽出《ちゅうしゅつ》して消す」という神業を炸裂させてくださった。とんでもない技術である。感謝を伝える替え歌をプレゼントしたい。

　音源問題が解決すると、柚木さんの友人の旦那さんに頼んでいた動画の作成もスムーズになる。その方はあっという間に動画を完成させ、それを限定URLでYouTubeにアップしてくださったのだが、私はその動画の関連動画として登場したいくつかのサムネイルに瞠目《どうもく》した。関連動画が、ものすごく専門的な、動画編集技術の解説動画ばかりだったのである。もしかして、と思い柚木さんに詳しく聞いてみると、友人の旦那さんはその界隈《かいわい》ではものすごく有名な、動画作成についての指南本も上梓《じょうし》しているような方だった。そんな人に「取材費コレ？　コレ経費？　よくなくなくなくなくない？」等というバカみたいな歌詞を打ち込ませてしまったことを、心より、恥じる。
当日はサプライズで登場するということで、司会者とも入念に打ち合わせした。お察しのとおり、「公式にふざけたい」という欲望をかなえるために、あまりにも多くの人の助けを借りているのである。残る不安点は演者の実力、その一点だ。ただ、曲の出来には自信がある。だからこそ、音を外す、歌詞を間違える等、歌詞の内容以外の部分に観客の注意力が散ることは絶対に避けたかった。何が何でも最高の状態でこの歌詞の世界観を楽しんでいただきたい。私と柚木さんは、本番まで、とにかく各自練習に励んだ。絶対に失敗させるわけにはいかない。協力してくれたみんなのため、そして自分たちのためにも、絶対にステージを成功させたい――新郎新婦を祝いたいという大前提が欠如した状態で、私たちは的外れな努力を積み重ねた。

　そして、ついに本番の日がやってくる。私と柚木さんはまず、式場近くのカラオケ店で落ち合うことにした。衣装に着替え、入りからハケまでの流れを何度も繰り返し練習するためだ。

　二人とも、信じられないくらい真剣だった。実際に式場で流れる動画をスマートフォンで再生しつつ、汗だくになりながら何度も歌い、踊った。「帳簿作成代行　今野に決めなよ」と高らかに歌い上げる部分では、加藤《かとう》ミリヤ×清水《しみず》翔太《しょうた》を彷彿《ほうふつ》とさせる〝背中合わせのマイク上向き〟、落ちサビでは新郎新婦を取り囲んでしっとりとダンス、など、確認しなければならない動きも多かった。気が付けば、あっという間に、カラオケ店を出る時間になっていた。

よし、行こう——覚悟と伝票を持ってカラオケルームを出ようとしたときだった。

「ねえ」柚木さんが急に、真剣なトーンで、私に話しかけてきた。

「……私、朝井に会えてよかった」

私は膝《ひざ》から崩れ落ちた。「今⁉ 今思ったの⁉」おそらくこれまで、主に作家としての仕事に関連する場で、そんなようなことを思えるチャンスは何度もあったはずだ。驚愕する私に、柚木さんはきょとんとした顔で「ウン。だってこんなバカみたいなことできる人、少ないし」と告げた。部屋に入るときは普通の格好、出るときには出来損ないのスチャダラパーになっている二人組を、店員さんはきれいにスルーしてくれた。

さて、いよいよ会場入りだ。式場のエントランスに着いた瞬間、ロビーにいたスタッフが笑顔をキープしたまま物凄いスピードで「何か御用ですか⁉」とこちらに近づいてきたのが面白かった。誰もがフォーマルな格好をしている場に突如ダサめのラッパーが二人現れたのだ。当然の対応といえよう。

事情を説明した結果、「それではこちらでお待ちください」と案内されたのは、ベビーベッドのみが置いてある狭い部屋、つまり赤子用の空間だった。そこに、ラッパーの格好をした大人二人が押し込められたのである。サングラス越しに無人のベビーベッドを見ていると、急に、「もしかして自分たちってすごいバカなんじゃ……？」という気持ちに襲われた。こういうときに我に返るのは禁物である。待機中、サッと滑り込んだトイレには明らかに正式な列席者と思しき男性がちらほらおり、彼らが全員ぴしっとフォーマルな格好をしていたことも私の自己肯定感を低下させた。一方、柚木さんは常に自己肯定感に満ち満ちていた。

いよいよ、新郎の友人による余興タイムが終わろうとしている。スタッフに連れられ、私たちは式場の入口で待機する。ドアの向こうから、司会者の声が聞こえてくる。

「それでは最後に、残念ながら今日式場には来られなかったのですが、新郎の顧客でもあります作家のお二人からビデオメッセージが届いております。まずはそのお二人を紹介させていただきます。朝井リョウさんは『桐島、部活やめるってよ』で第二十二回小説すばる新人賞を――」

ついに、司会者が私たちの紹介を始めた。余興内容とのギャップを演出するため、作家二人については過剰なほど堅苦しい文章で紹介してほしいと伝えてある。

いよいよだ。私と柚木さんは、サングラスをかけた顔で頷き合う。

「それではご覧いただきましょう、作家のお二人からのビデオメッセージです――あれ？　おかしいな……」

打ち合わせ通り、司会者が機材トラブルを疑う迫真の演技をブチかましてくれる。

「どうぞ」スタッフの方々が、ドアを観音開《かんのんびら》きにする。私と柚木さんは、あらかじめ受け取っていたコードレスマイクを手に、爆音で流れる聴き慣れたイントロの中、意気揚々と式場に進入していった。

「どうもこんにちはー、朝井リョウです！」

「御結婚おめでとうございます、柚木麻子です！」

　このイントロの間に、なぜこんな余興をすることになったのかを説明することになっている。私と柚木さんは、Ａメロが始まるまでの間にきれいに終えられるように何度も練習していた口上《こうじょう》を、マイクに乗せる。

「今日は、普段から担当税理士としてお世話になっている今野さんに感謝を込めて、一曲披露させていただきたいと思います！」

「それでは聴いてください、『今野でマネー・バック』！」

　ビデオメッセージが流れると思っていた列席者たちは、ラッパーの格好をした作家コンビの突然の登場に驚き、手を叩き声を上げ笑っている——というのが、私の想像上の景色だった。

　実際、どうなっていたのか。

　それは、いまだに、わからないのだ。

　なぜならば、私と柚木さんは自分たちの表情の揺れを悟られないため、サングラスをかけていた。その結果、動画を流すために照明を落としていた式場の様子は、より暗い状態で私たちの視界に入ってきていた。お客さんがどんな表情をしているのか、全くわからなかったのである。

「♪クールな今野　まるでミスター・マネーボール」

「♪そうさ×子　君こそがオンリー・ワン」

そして、場内にはかなり大きめのボリュームで音源を流していただいていた。かつ、マイクを通して歌っているのである。笑い声や歓声など、音としてのリアクションも摑みづらいような状況だった。

「♪マネー・バック　法人化　控除のはじまりは」

「♪泣き出すような　領収書整理」

視覚も聴覚も遮断された中で二分半ものあいだ替え歌を歌うというのは、宇宙空間に放り出されたような感覚であった。

有名なミュージシャンが「武道館には魔物がいる」とよく語るが、横浜の式場にも立派な魔物が存在していたのである。二分半ものあいだ、演者に対しウケているのかどうかもわからなくさせる魔物だ。いくら歌っても反応が分からない、手応えがない。国語辞典の「暖簾《のれん》に腕押し」という項目には、是非このときの私たちの写真を添えてほしい。

宇宙遊泳も終盤に差し掛かったころ、私は、余興を行っているスペースから近い席に座っていた女性が、椅子から離れたのを見た。

どうしたんだろう、と思っていると、その女性は、テーブルの下に落としたらしきスプーンを、拾った。

私は、なぜだか、その映像を今でも明確に覚えている。とても冷静に、「あの人、落としたスプーンを拾っているなあ」と思ったのだ。私たちの替え歌なんて関係なく、スプーンは落ちるし、スプーンが落ちたならば、それを人は拾うのだ。その当然すぎる事実が、なぜだか、私の網膜《もうまく》にがっちりと焦げ付いてしまった。

余興は、歌のアウトロとともに終わる。私たちは台風よろしく式場を通過していく。そのあと式場に残ることはしない。

列席者たちの反応がどうだったのかはわからずじまいだったが、やりきった、これまでの練習の成果を出しきった、というマスターベーション的達成感はものすごかった。心臓のバクバクが収まらないまま私服に着替え、建物の外に出ると、柚木さんが興奮冷めやらぬ様子でこう言った。

「笑い過ぎて椅子から落ちてた人がいたね！」


！


「違うよ！　あれは落ちたスプーンを拾ってたんだよ！」

「え〜、笑って椅子から転げ落ちてたんだよ」

「違う！　そんなわけないでしょ！　そもそも笑い過ぎて椅子から落ちるなんてこと現

実にありえないよ!!」

「え〜〜〜」

衝撃だった。同じ銀河を漂ったはずなのに、見えている世界がこんなにも違うなんて。

コップに半分水が入っていたとして、人間は「半分しかない」と思う人と「半分もある」と思う人に分かれるという話はよく聞くが、余興中に椅子から離れた人がいたとして、「落ちたスプーンを拾った」と思う人と「笑い過ぎて転がり落ちた」と思う人がいるのだ。このタイプ分けは何かの分析に活用していただきたい。

帰り道は結局、「余興は超ウケていた」「それは正直わからない」と押し問答になったのだが、私は柚木さんのプラス思考を心底羨《うらや》んだのだった。


……余談だが、あのあと、司会の方から、余興に関するお礼の連絡が届いた。その内容を一部抜粋《ばっすい》させていただく。

【朝井さんは声が出ていました】

【本当に突き抜けた衝撃的な余興でした】

【お二人が去った後の会場の様子を見せて差し上げたいくらいです。呆気にとられたあと、かなりザワついてました】

【パーティー後には列席者から「贅沢《ぜいたく》だった」という感想を聞くことができました】

突き抜けた、衝撃的な、呆気にとられた、かなりザワついた、贅沢だった——ウケていた、おもしろかった等という笑いに関する評価を徹底して避けてくださったその心遣いに、私は涙が出る思いだった。「声が出ていた」という評価にいたっては、「まっすぐ歩けていた」というような段階である。また、呆気にとられた、という表現からも、椅子から離れた人はやはりスプーンを落としていたのだと考えた方がよかろう。さて、次はどこで替え歌を披露しようか。私たちは次の機会を虎視眈々《こしたんたん》と狙っている。

対決！　レンタル彼氏

私は藤井隆《ふじいたかし》さんが好きだ。あらゆる場面で「憧れの人は誰ですか」というような質問をされるのだが、一貫して「藤井隆さんです」と答えている。てっきり作家の名前が挙がると思っていたのだろうインタビュアーの方には「ん〜？」と物わかりの悪い幼子《おさなご》をあやすような表情をされることもあるが、そういうときはもう一度言うようにしている。憧れの人は藤井隆さんです。

その理由はいくつかある。藤井さんがMCのトーク番組では、ゲストが他の番組に出ているときよりも何割増しかで面白く感じられること、実は作詞作曲の能力がとんでもなく素晴らしいこと、本当に気の合う仲間たちと自分が好きだと思うことを追求し続けていらっしゃること……中でも私は、藤井さんの「なりきり能力」に大変な尊敬を抱いている。

その能力が存分に発揮されたという点で、十年以上前にテレビ朝日で放映されていた「Ｍａｔｔｈｅｗ'ｓ Ｂｅｓｔ Ｈｉｔ ＴＶ」はあまりにも有名だ。藤井さんがマシュー・G・南（Gは、弦也《げんや》、のG。父親がチェリストであるため、弦という漢字が名前に使われている）という架空の人物としてMCを務め、番組自体も「世界二十八か国で放送されていて、各国で高い支持を受けてきた超人気番組」という設定の上にあった。番組内容はもちろんだが、藤井さん、そして番組スタッフによるマシュー・G・南の造形が見事すぎるあまり、藤井さんはマシュー・G・南としてアンデルセン親善大使に任命されたり、「徹子の部屋」に出演したりと大活躍だった。

誰かになりきる能力とは、一般的にモノマネと呼ばれるそれに近い。そして、なりきり能力、モノマネ能力における得意分野は、男性脳と女性脳でそれぞれ異なるという。男性脳は、直接的なモノマネを得意とする、らしい。それはつまりマネされる対象の人物が実際に言ったことや特徴的な言動をそのままマネするということなので、男性モノマネ芸人は、実在する人物になりきる場合が多い。原口《はらぐち》あきまさやコージー冨田《とみた》、コロッケ（敬称略）などが代表例だろう。女性脳は逆に、間接的なモノマネを得意とする、らしい。それはつまりマネされる対象の人物が言いそうなこと、やりそうなこと、すなわち実際には言っていないこと、やっていないことを想像で補うということなので、女性モノマネ芸人は、実在しないけれど実在しそうな人物になりきる場合が多い。友近《ともちか》、柳原可奈子《やなぎはらかなこ》、横澤夏子《よこさわなつこ》（敬称略）などのネタが例としてわかりやすいだろう。

藤井隆さんは、男性だ。だが、アンデルセン関係者の判断能力を鈍らせ親善大使に任命させてしまうほどのクオリティで、実在しないマシュー・G・南という人物を創り上げてしまう。この男性脳と女性脳のハイブリッド感！　ステキ！　作品から作者の性や内面を推し量ることができない底なし感！　くう〜っ、カッコいい！　これだけで打ち震えるような事態なのに、藤井さんは二〇一五年、なりきり界隈にさらなる金字塔《きんじとう》を打ち立てる。

二〇一五年一月一日放送のテレビ番組「爆笑ヒットパレード」において、片桐健《かたぎりけん》とい う入社三年目の男性アナウンサーになりきり、約六時間半の生放送を仕切ったのだ。実家でこの放送を観た私は、正月早々完全降伏した。実家のリビングに脇差《わきざし》があれば腹に添えていたかもしれない。なくてよかった。

降伏、と書いたのは、何を隠そう、私は自分自身に「なりきり能力がそこそこある」と自負しているからである。ええ、うぬぼれていますよ。そもそも私生活を綴って金を稼ぐようなこんなマネ、うぬぼれていなければできないですよ。前作『時をかけるゆとり』で披露した、駆け出しのSEになりきり一年間ほど美容院に通い続けたエピソードでもわかるように、私は気まぐれに誰かになりきることが好きだ。そもそも小説家なんて、紙の上であらゆる別人格になりきる仕事といってもいい。そんな私にとって、藤井さんのなりきり能力は憧れの的でもあり、嫉妬の対象でもあった。

私も誰かになりきりたい。そんな気持ちは、むくむくと膨らみ続けていた。今考えると思う存分紙の上でなりきれよという感じなのだが、その欲は三次元の世界に向いてしまった。友達同士の会話の中で、とか、そういうレベルのなりきりではなく、できれば藤井さんのように、金銭が絡むステージで商業的に誰かになりきりたい――。

そんなときに出会ったのが、「レンタル世界」という作品を書くための足掛かりにもなった、レンタル業者である。

最近は雑誌やテレビ番組などでも話題になることが多いサービスなので、みなさんも名前くらいは知っているのではないだろうか。重要なので説明しておくが、人間がレンタル業者を利用する目的は大きく二種類に分かれる。

ひとつは、自分を騙《だま》すためのレンタルだ。恋人、友人、悩みを聞いてくれるおじさん……相手は誰からでもいいから友情だったり恋愛感情だったり安心感を得たい人が利用するサービスである。この場合、業者のサイトにはレンタルされる側の顔写真がずらりと並んでおり、利用者はそこから自分好みの誰かを選択することができる。

もうひとつは、他人を騙すためのレンタルだ。招待する友人がいないのに結婚式をしなければならなくなった場合、のっぴきならない事情で両親を紹介できないのに婚約者が挨拶をしたいと言ってきた場合……などなど、自分以外の人間が必須の場面を乗り切るためのレンタルである。この場合、業者のサイトにはレンタルされる側の人間の写真はもちろん、性別や年齢も一切掲載されていない。条件に合う人間をレンタルしてもらえるよう、利用者は運営者と秘密裡《ひみつり》に打ち合わせを重ねることになる。

私は直感的に、ここだ、と思った。私はここで、レンタルされる側として働きたい。もう一度、兼業作家になりたい。

衝動に突き動かされるようにして、どうしたらそこで働けるのかを調べたが、お察しの通り、世間に顔出しをして仕事をしているような人間は門前払いという感じであった。そりゃそうだ。騙した相手にどこかで見つかる可能性がある人間なんて、危なっかしくて雇えるわけがない。作家デビューする際、顔出しをするかどうか一応尋ねられたのだが、あのときなぜ「いずれレンタル業界でナンバーワン目指す予定なので、顔出しNGでお願いします」と言わなかったのだろうか。覚悟が足りなかったとしか思えない。

……というようなことを、私は、仕事関係者である当時二十九歳のUさん（女性）にたらたらと話していた。するとUさんは、思わぬことを口にした。

「私、協力したいです」

えっ？

「私と朝井さんが姉弟ということにして、私が彼氏をレンタルするんです。その三人で食事に行きましょう」

ん〜？（物わかりの悪い幼子をあやすような顔で）

「地元にいる両親が、私がまだ独身であることにイライラしていて……東京にいる弟に彼氏を見せて、両親を安心させたいっていう設定です。これなら朝井さんは私の弟になりきるという快感を得られます」

快感を得られる未来を断言された私は少々戸惑ったが、Uさんのやる気は留まるところをしらなかった。それに、確かにそのやり方ならば、自分のなりきり能力を思う存分試すことができる。しかし、どうしてこの人はここまで協力的なのだろう――私の疑念を察したのか、Uさんは続けた。

「私、これをやれば、二十代をきちんと終えられるような気がするんです」

どうしてだろうか。疑念は深まるばかりだったが、「二十代最後にヤンチャしたいんです」等と言葉を重ねるほどUさんの動機はどんどん希薄《きはく》になっていったので、私は慌てて頷《うなず》いた。Uさんを逃したら、こんな試みに真面目に協力してくれる大人なんて一生見つからないかもしれない。

これで、両親から早く結婚しろとうるさく言われているUさん、Uさんが業者を通してレンタルする彼氏、Uさんの弟になりきりレンタル彼氏に会う私――地獄の騙し合い会食の開催が決定したのである。

「じゃあ、日程を決めましょう」

Uさんは早速日程を調整し業者に連絡を取り始めていた。自分たちのよくわからない欲望を満たすためだけにあくまで本気で人助けをするつもりの他人を巻き込むことには一抹《いちまつ》の罪悪感を抱いたが、「でも、レンタル業界にまつわる小説を書くわけだし!! 取材取材!!!!」と脳内麻薬を分泌しまくることで、私は自らの思考回路に頑丈な蓋《ふた》をした。

というわけで、レンタル業者と主に連絡を取り合っていたのはUさんだったのだが、Uさんはその過程を事細かに報告してくれた。仮名感むんむんの、アナグラムとしか思えないような名前の代表者とのメールのやりとりには、この世の見るべきではない側面が凝縮されているような気がしてなかなかゾクゾクした。Uさんは、代表者へ年齢や背丈など簡単な条件を伝え、代表者が紹介してくれた何人かのレンタル彼氏からM氏という男性を選んだ。そこからUさんは、M氏と実際に一度会い、弟（＝私）を騙すため打ち合わせをしたという。どこで出会ったのか、どれくらい付き合っているのか、印象深かったデートの内容、同居していない理由、勤務先……聞けば、万が一偽物だとバレてしまったときの対処法まで決めたらしい。プロの仕事である。万が一偽物だとバレてしまったときの対処法なんて、どう考えても弟（＝私）のほうが決めておくべきである。

さあ、会食当日だ。その日私は、海外のテレビ局から取材を受け、いよいよカメラが回るという段階で「では、ここからは英語でいけますよね？」と当然のように尋ねられるという事件に遭遇していたため、精神的に弱っていた。二十代で、国内では最も有名とされている文学賞を一応受賞している作家が、英語すら話せないとは……みたいな空気の中、必死に通訳の方の話に耳を傾け続けたノン・グローバル・オーサーから、Uさんの弟であり都内のIT企業で商品の宣伝業務を担当している青年に、さっさと生まれ変わらねばならないのだ。こんなダウナーな気持ちで大丈夫かな、と思っていたが、役作りのために買っておいた赤いフレームのメガネをかけた途端、地元にいる両親からの命令で姉の恋人の人柄を確認するひょうきんかつ人の好い弟にポンとなりきることができた。これぞデ・ニーロ・アプローチ。鈴木亮平《すずきりょうへい》も真っ青の画期的な役作りである。

Uさんと、少し早めに店の個室に入る。M氏との打ち合わせ内容を教えてもらいつつ、こちらの対策を練っていく。

さて、この会を催《もよお》す当初の目的は「誰かになりきる場がほしい」だった。つまりは純粋な向上心、自己実現のための集いだったはずなのだが、この段階になると、私とUさんは「プロのレンタル業者に勝ちたい」というどろっとした野心を抱き始めていた。欲が薄いと言われている日本の二十代にだってギラギラ滾《たぎ》る野心があるのだ。

ただ、私とUさんはうぬぼれているだけの素人である。少しくらいハンデをいただいてもよかろう。というわけで、私たちはM氏がされたくないであろう申し出を考えておくことにした。それはこの二つである。

①地元の両親が写真を送れとうるさいので、写真を撮らせてくれないか

②今後も仲良くしてもらいたいので、連絡先を交換してくれないか

M氏にとって、いまこの場に自分がいたと証明されてしまう写真撮影、そして今後の付き合いを連想させる連絡先の交換というものは避けたいイベントだろう。ということで、私がこの二つのイベントをオーガナイズすることに決まった。

どうやって逃げるんだろうねえとニヤニヤしていると、Uさんの携帯が光った。

「あ、駅に着いたみたい。あと五分くらいで着くって」

あと、五分。

そう思った途端、私の体は、ぐっと温度を下げた。

五分後に、来るのだ。本当はUさんの彼氏でもなんでもない人が、少し前からUさんと付き合い始めたんですよという顔をして、そういう顔をする代わりに金銭を受領した人が、この密室にやってくるのだ。

M氏、マジ怖くね？　私は、頭を殴られるように、突然そう思った。すると、手先がどんどん冷たくなって、てのひらに汗が滲《にじ》み始めた。そして、Uさんと私の間の打ち合わせが不足しているのではないかという不安も、むくむくと膨れ上がり始めた。姉弟設定なんだから、実家の間取りとか最寄駅とか高校名とか通学路とか、そういうの決めといたほうがよくない⁉　ねえ⁈　と今更慌てふためき出したそのとき、

コン、コン。

ノックされたドアが、ゆっくりと開いた。

「お待たせしてすみません」

横にスライドしたドアの向こう側に、スーツ姿の男性が立っている。

M氏だ。

「はじめまして、Mです」

M氏はいかにもサラリーマン風なカバンをそばに置くと、にこやかにほほ笑みながら椅子に腰を下ろした。「ごめん、ちょっと遅れて」Uさんに話しかけるその横顔はどこからどう見ても彼氏そのものであり、「あ、全然。私たちも今来たばっかりだから」と

M氏に向かってドリンクメニューを差し出すUさんも、どこからどう見てもM氏の彼女そのものだった。

おそろしい子……！

本物の実力を目の当たりにした途端、私の中にあったらしい月影千草《つきかげちぐさ》的スイッチがバチコンと押されてしまった。「爆笑ヒットパレード」での藤井隆さんを観たときに感じたあの衝動と似ている。それはつまり、なりきり能力の高い人への強烈な嫉妬だ。
「すいません忙しいのにわざわざ来てもらっちゃって、なんか親が姉貴のこと心配しすぎててうるさくって……ほんとすんません」
一言話し出せば、さっきまで手先が冷たくなっていたことなど嘘のように、ぽろぽろと言葉が零《こぼ》れ出てきた。
「いやーでもほんとびっくりですよ、こんなちゃんとした彼氏ができてたなんて～！もう父ちゃんも母ちゃんも喜びますよ～」

おそろしく楽……！

私は雷に打たれたようにそう思った。全員がウソをついているって、なんて楽なんだろう。誰も本当の自分を差し出していないので、心が擦り減るようなタイミングが一切ないのだ。人間関係が時にとても疲れるのは、みんな、きちんと本物同士で関わり合っているからなのだろう。架空の人物同士で会話をしている今ならば、実は顔が大きいの気にしてるんでしょ、なんてデリケートゾーンを突如攻撃されたとしてもイラつかないかもしれない。

こちらの口数が増えれば、相手の口数も増えていく。私はいろんな質問をしながら、相手の出方をうかがうことにした。

デートとかどこ行ってんすか、こんなの（※姉貴を指しながら）（↑やんちゃな弟演出）と、と訊けば、

「最近は……どこだったかな、イチゴ狩りに行ったかな。そんなに休みも合わないんでなかなか遠くへも行けないんですけどね」

Uさんと打ち合わせしていたのだろう内容が、M氏の口からぽんぽん出てくる。隣でUさんも、さもその思い出を共有しているかのように頷いている。っは～白々しい。

「仕事内容ですか？　そうすね、素材関係なんで、あんまり話してもわかんないかもしれないんですけど、カメラとかの部品になるようなところの素材を扱う会社ですね」

このような逃げ方もさすがにうまい。素材関係、という、一般的によく知られていない業界を差し出すことで、こっちが「あー、それって××ですよね」等と話に踏み込んでいくことを拒否しているのだ。ふわっと仕事内容を話すだけで、社名は絶対に口にし

ない。おそろしいM……！

「職場？　職場はえーっと……品川のほうですね。自宅からはまあ、三十分くらいかな？　近い方なので助かりますよ」

だが、時間が経つにつれて、少しずつ少しずつ、職場は品川、とか、そこから三十分くらいの場所に自宅がある、とか、おそらくM氏にとっては明かしたくない具体的な情報が見え隠れしてきた。これも全てウソかもしれないが、ウソであったとしても、品川、という具体的な地名を出してしまったことはM氏にとって誤算だっただろう。

私はそこを攻めることにした。

「あ、そっちのほうなんですか？　うわーボク仕事でよくそのあたり行くんですけど、なんかいい感じでランチとか打ち合わせとかできる店がなかなか見つからないんですよね、どこかいいとこ知ってますか？」

さあ、どう答えるのかしら、マヤ──。

見えない緊張感が、個室の中を埋め尽くす。

「あー……ちょっと駅から遠いんで、僕のおすすめは参考にならないかもしれないですね」

すぐに、上手にかわされる。なるほど、そんなカンタンに尻尾はつかませないってことですか──いつしか私は、心の中に月影千草を飼う赤メガネのひょうきんな弟、というよいよ複雑すぎる人格になりきっていた。

お酒がまわってきた（振りをしつつ本当は全員ギンギンに頭が冴えている）ところで、もう少しプライベートなことを聞いてみたりもする。

「姉貴、Mさんのためだったら料理とか作ったりするんですかあ？」

「ちょっともう、何聞いてんのやめてよ」

こんなふうにすぐに対応するUさんもなかなかのマヤである。油断ならない。

「あー、作ってくれたりしますよ。家庭料理的なものを」

「へー！　実家にいたときは全然そんなことしなかったくせに……ねえ⁉」

心の中の月影千草を飼いならし始めた私は、なぜか、結託《けったく》していたはずのUさんに対してもトラップを仕掛けるようになっていた。打ち合わせしていないディテールを突如ふっかけるのである。

「Mさんってお酒はよく飲まれるんですか？　へ～それならうちの親父が喜びますね～……ねえ姉貴⁉」

「あ、そーいえば動物大丈夫ですか？　うち実家でペット飼ってて……ねえ姉貴⁉　犬だよねえ⁉」

突如始まった設定増し増し祭りにより、私とUさんはなりきり能力のレベルをガンガン上げていった。少年漫画によくある、「こいつ……試合中に強くなってやがる……！」である。

だが、本命マヤであるM氏も負けていない。あらかじめ決めておいた二つの申し出を繰り出してみるが、まるで歯が立たなかったのだ。「両親が見たがっている」と写真を頼んでも、「今日はお酒を飲んで顔も赤いし、格好も適当だから、御両親に見せるならばもっとちゃんとしたときに」と自然にかわされる。「これからも仲良くしたいので連絡先を知りたい」と申し出ても、さりげなく「あ、じゃあU、あとで俺の連絡先伝えといて」とその場では交換しなくてもいいような空気を作る。そう言われてしまうと、無理に「今、写真撮らせろよ！」「今、連絡先教えろよ！」と主張するほうが変な感じになってしまうのである。さすがだ。この部屋はもうマヤだらけである。

「ごめん、ちょっとお手洗い行ってきます」

二時間ほどが経過したころ、Uさんが不意に席を立った。「不意に」と書いたが、もちろんこれも計画のうちのひとつである。お互いに必ず一度はお手洗いに行き、それぞれがM氏と二人きりになる空間を作り出すことを事前に約束していたのだ。

Uさんが個室を出ると、当たり前だが、個室の中はM氏と私だけになった。

スーツのよく似合う爽やかな青年は、なんてことないといった表情で、お酒を飲んでいる。顔は少しだけ赤くなっており、お箸《はし》の使い方がうまい。

この人、誰なんだろう。

郵便物の封を開けるように、私は思った。今目の前にいるこの男の人は、一体どこの誰なのだろうか。この不思議な感覚は、なんと表現すれば伝わるのかいまだによくわからないのだが、小さな個室の中に、この個室いっぱいに広がる世界が二つ存在しているような、とにかく不気味に計算が合わない感覚だった。

これで最後にしよう。私は口を開く。

「あの、ほんとによかったです。姉貴にこんなにちゃんとした彼氏がいるってことがわかって」

「そんなにちゃんとはしてないですけどね」

M氏はハハハと笑う。私はそこで、声のトーンを、ぐっと落とす。

「聞いてるかもしれないですけど……姉貴、男運が悪いっていうか、これまで付き合ってきた男の人が……なんていうか、あんまりいい人じゃなかったことが多かったんで。俺も心配してて」

一人称がボク、だった弟が、俺、と言い出す瞬間の演出に、私は自ら拍手を送りたい気持ちだった。彼女の弟というよりも、一人の女性を心配する男としての発言。突然登場した姉の暗いらしき過去、それにどう対応するのか——最後にこれだけチェックさせていただくわ、マヤ。

M氏は慌てて私と同じように表情を暗くすると、小さく呟いた。

「ええ……Uから少しは聞いてます。その……過去のことも」

……乗ってくるのね。さすがよ。とんだ度胸の持ち主ね。千草化した私はM氏のなりきり能力にぱちぱちと拍手を送りつつ、このフィールドオブドリームスを去ることとした。

「……ですよね。だから、今日はなんかすげぇホッとしたっていうか……なんかすみません」（おしぼりで鼻を拭く私）
「いえいえ」
「なんか、姉貴のこと、よろしくお願いします」（ぺこりと頭を下げる）
「あ、はい」（大人な感じで照れ笑い）
この数分の間に突然だめんず・うぉ〜か〜認定されたことを知らないUさんが部屋に戻ってきたところで、「そろそろボクは出ますね！」私は席を立った。もう十分だ。自分のなりきり能力を存分に楽しんだし、M氏の実力にも恐れ入った。夢舞台をありがとう。私は普通の男の子に戻ります。
店を出たあと、私はすぐ近くの喫茶店に入った。数分後、M氏と別れたUさんと落ち合うためだ。
「お疲れ様でした！」「でした！」「すごかったですね！」「ね！」
再会するなり私たちは互いの好プレー珍プレーのプレイバックに勤《いそ》しんだ。ほんの二時間ほどの出来事だったが、なんだかパラレルワールドで起こった出来事のような気がしていた。姉設定を脱ぎ捨てたUさんと会ってやっと、元の世界に戻ってこられた感覚がしたのだ。
ただ、盛り上がるUさんを横目に、私はちらちらと窓の外を気にしていた。ここで二人で落ち合っていることを、帰路に就いたM氏に見られでもしたら、おしまいである。

街を行きかう雑踏の中にM氏の姿を探すが、大丈夫そうだ、どこにもそれらしい姿はない。

この会の後、最も避けなければならないことは、M氏と偶然再会してしまうことだろう。でも大丈夫、ここは大都会TOKYO、M氏とバッタリ会うことなんてない――そんなことを考えていると、Uさんが思い出したように言った。

「そういえば、私、事前の打ち合わせでM氏のプライベートな情報もけっこう聞いたんですけど」

うむ。

「あの人、自宅の最寄り駅、朝井さんと同じでしたよ」

おそろしい!!!!!

私は目の前が真っ暗になる思いがした。勤め先は品川。自宅はそこから三十分くらい――あのときM氏が思わず漏《も》らしたやけに具体的な情報は、やはり本当だったのだ。そして、私が住んでいるところも、品川からバッチリ三十分くらいのところである。

「駅とかでバッタリ会わないといいですね～！　あー楽しかった！」

大役を果たしたUさんの目は一点の曇りもなく輝いていたが、私はこの日からM氏との再会というボーナスステージの出現に怯え続けることとなった。このエッセイ執筆時点で、まだ、M氏の姿を見かけていない。いつでもデ・ニーロ・アプローチができるように、赤いメガネを持ち歩いてはいるが。

大好きな人への贈りもの

その人が全然いらないものをプレゼントしてしまうことが、よくある。

以前、某シンガーソングライターの方のライブを観に行かせていただいたときのことだ。その方は、私の知人である作家たちの作品を愛読しており、その方々がライブに招待されたというので、私もいいですかあ、という具合で金魚の糞《ふん》のごとくのこのことついて行った。

さて、このような場合、関係者席、と呼ばれる席に案内されてしまうことが多い。つまりそれは、チケット代が発生しないということである。ということは、関係者席とは本来、チケット代以上の利益を生むことができるくらい影響力や知名度がある人間が座るべき場所なのだ（そのため、ライブの場合、周囲は音楽業界・芸能関係者が多い）。そんなところに妖怪馬顔猫背が鎮座《ちんざ》するなんて……という申し訳なさにいつも心がヤられそうになるのだが、そういうときは、どうにか差し入れの質でその欠陥をカバーしようと試みる。あなたの知名度を上げられるような影響力はありませんが、ほら、おいしいもの持ってきましたから‼　ね⁉　と力業で誤魔化しにかかるわけである。差し入れの威を借る馬顔。

ライブ前日、私はそのシンガーソングライターの方の好物を調べた。ここさえ押さえておけばだいじょうぶ都内のおすすめ手土産十選、みたいな店を奇跡的にすべて押さえず生きてきた私のような人間は、自分のセンスではなく相手の好物に依《よ》って差し入れを選ぶべきなのだ。私は早速携帯電話を手に取り、その方の名前、好物、といった単語で検索をかけた。すると、好物が記されているらしきブログの記事がヒットした。よしよし、順調だ。記事をスクロールしていく。

そのブログには、大きくまとめると「インドに行くのが好き。食べ物だと、海外のチョコが好き。日本のものだと、ワサビが好き」というようなことが書いてあった。ふむふむ合点。ワサビ、ね。平成の合点承知の助と化した私は、あらゆるスーパーをまわり、様々な種類のワサビを購入しまくった。途中、ワサビが好きなんて珍しいな、と思ったが、その前のチョコが好きという記述がその方らしく、ブログの内容を疑うことはなかった。

結局、私は七種類のワサビを携えてライブ会場へ向かった。専門店などに行かなくても、いろいろ回ればワサビだって七種類も集まるのである。頑張った甲斐があった。

ライブは本当に素晴らしかった。一緒に行った作家たちも皆高揚した状態で、ライブ後の挨拶へと向かった。関係者席とは、ライブ後、楽屋に挨拶まで行けてしまったりする魔法の席なのである。

皆、手には紙袋のようなものを持っている。それぞれに差し入れを用意してきたのだろう。手ぶらでは来れまい。

「朝井くんは何持ってきたの？」

そう尋ねられ、私は自信満々に「ワサビです」と答えた。

「ワサビ……？」

不穏な空気が流れる。

「はい。ブログにワサビが好きって書いてあったんで、七種類買ってきたんですよ」

「ふうん。ワサビが好きなんて聞いたことないけどなあ……」

鼻の穴を膨らませる私に、疑惑の視線が集中する。ふふ。二人とも、好物を検索する、という手間を省いたことを後悔するがいい。その紙袋の中にはどうせチョコや焼き菓子などありふれたものが入っているのだろう。その点、私が持っている袋にはワサビが七種類も整列しているのだ。

「ちゃんと記事に書いてありましたから。ちょっと待ってください」

私は携帯電話を取り出し、履歴からそのブログにアクセスした。

ここで皆さんにも知ってもらいたいのは、携帯電話で見ると、ブログの画面というのは、とても簡略化されるということだ。パソコンで見ればトップページに表示されるはずのヘッダー画像なども、当時私が使用していた携帯電話では表示されなかった。

「ほら、この記事。最後の方に、日本の食べ物だとワサビが好きって書いてあ……」

私は記事を最後までスクロールして、ふと気づいた。

コメント数の表示が、0、となっている。

コメント数0？　ワサビが好きだというインパクトあるカミングアウトが記されているのに？　全国のワサビ好きから共感のコメントが集まってないなんて、そんなのおかしくない？　嫌な予感がした私は、慌ててブログのトップページへ、そして著者の紹介欄へとアクセスした。

それは、招待してくださったシンガーソングライターの方と同じ名前の、どこぞのヨガインストラクターのブログだった。

ヨガー!!　あらゆる媒体を通して私の視界に入ってくると思っていたがこんなところにまでー!!!

結局私は、一万人以上を収容するアリーナで素晴らしいライブを終えたその歌手の方に、アブラナ科の植物をぐちゃぐちゃに擦ったものを七種類も押し付けたのである。その方は大変やさしく「ありがとうございます、使いますね」と笑ってくださったが、私はどうしたらこの人の記憶からいなくなれるかなあと考えていた。その方は、他の人が持ってきていたチョコレートに大変喜んでいた。シンガーソングライター、ヨガインストラクター。この話は上手に練れば激アツなラップに化けるかもしれない。

こんなこともあった。

かねてより私は、とある同年代の俳優さんのことを応援している。その方をモチーフにした短編を書いたこともあるくらいだ。その方の素晴らしさについて遊説《ゆうぜい》し続ける日々の中で、ついに、某雑誌で対談させていただけるチャンスを得た。

さて、例によって好物の検索である。だが私もバカではない、前回の失敗から学びは得ている。今回はどこぞのヨガインストラクターの好物をせっせと集めることはしない。私は何より先に、その検索結果が、対談をする俳優さん本人の情報であることを確認した。そんな信ぴょう性に満ちた調査の末、彼の大好物はオクラだということが発覚した。

オクラか。ふむふむ。平成の合点承知の助、待望の再来である。

当時会社員だった私は、対談の収録などは平日の夜に行うことが多かった。その日も、退勤後、収録場所である銀座に向かったのだが、銀座、という何でもありそうなその響きに油断してしまっており、対談当日まで手土産を準備していなかった。だけど大丈夫、だって、銀座である。その界隈には百貨店や商業ビルがたくさんある。そこで手に入らない手土産なんてないだろう。

しかし、獲物はオクラだ。

思えば私は、オクラが、生鮮食品としての「オクラ」以外の形で売られている姿を見たことがなかった。素敵に美味しく加工され、手土産として持っていけるような状態におめかしされているオクラなんて、知らない。

いろいろ検索してみたところで、やはり、手土産にぴったりなオクラの情報など何一つ出てこなかった。なんなんだ。銀座エリアに降り立ったとはいえ、一体どこの店に入ればいいのか見当もつかない。「オクラの手土産が存在しない」というこの国の重大な欠陥に気づいてしまった私は、完全に途方に暮れた。この国はオクラを欲している人への福祉が充実していない。

もう生鮮食品のやつでもいいや、生のオクラをポンと渡そう——その年の下半期最大幅の妥協案を受け入れた私は、某高級（妥協したとはいえ一応あの漢字四文字の）スーパーに入った。だが、野菜のコーナーを練り歩いたところで、愛しのオクラが見つからない。店員さんに訊いてみたが、この店舗にオクラは置いていないというそっけない返事を投げつけられてしまった。なんと、この銀座エリアは、オクラの流通網から抜け落ちていたわけである。なんなのだ。何でもありそうな顔をしておいてひどい街である。訴訟予防として、街のあらゆるところに「オクラの無い街、銀座」等の標語を掲げておくことをおすすめする。

私は結局、手ぶらで対談へ向かった。オクラ以外になんか買えよ、と思っただろうが、なんだか悔しくてそれはできなかった。

この話には続きがある。

その後、対談した俳優さんが出演する舞台にご招待いただいた。嬉しい。お誘いへの御礼と観劇する希望日時を伝えながら、私の頭の中では「オクラ・リベンジ」というマニフェストが煌々《こうこう》と輝き始めた。

今度こそ、オクラを贈らなければならない。図らずもクソつまらないダジャレを放ってしまったことなんて気にしていられない。こっちは本気なのだ。

決意を新たにした私だったが、早速、前回思い知ったこの国のオクラへの冷たさを思い出した。改めて検索してみたところで、手土産として持って行けそうなものは、オクラを漬け物にしたものくらいだった。だけど、漬け物って、ねえ……。ケーキが好き、と言ってケーキの漬け物をもらったらあなたは嬉しいですか？　嬉しくないですよね？　オクラもきっと同じなのです。さあ、困った。

また、このような疑念も脳を過《よぎ》った。それは、私自身よく感じるのだが、過去のインタビューを参考にされても困ることがある、ということだ。ハマっている食べ物など、半年も経てば変わるだろう。彼の「オクラが好き」という正気とは思えない発言も、もしかしたらそのとき言ってみただけで、今はそうでもないのかもしれない。

考えれば考えるほど、うじうじと悩み始めてしまう。オクラの加工品っていいものがないし、今はもうそれほどオクラを食べることにハマってないかもしれないし、それにそもそも食べ物って食べたらすぐなくなっちゃうしなあ……どうしようかなあ……完全に思考の沼に迷い込んでいたそのとき、私はふと、こんなことを思いついた。

オクラの置物、は？

今の私なら、「正気か？」と当時の私に声をかけてあげられる。しかし残念ながら、差し出した手は当時の私により「正気だ」と振り払われるであろう。

オクラの置物。想像しただけでかわいい。ステキ。漬け物のように加工によってオクラ感を壊されることもないし、もう食べることにハマっていなかったとしても置物ならば食べられないから問題ない。それに、いまだにオクラ好きという癖《へき》が継続していたとしても、置物は食べられないし腐らないので、ずっとそのまま存在し続けることができる！　すべてにおいて有能！　私は目を輝かせながら、オクラの置物を探し始めた。

だが、これも、なかなかいいものが見当たらなかった。確かに、置物を制作するにあたり、この世に数多《あまた》あるモチーフの中からオクラを選抜する人間の気が知れない。だが、モノに溢れているこの国、オクラの置物がないわけがない。欲しいと思ったときにオクラの置物が手に入らない国なんて、全然豊かじゃない。

私は、探し続けた。

長い旅だった。

ようやく、見つけたのだ。

それは、名古屋の某企業が色彩教材として販売している実験キットの中に、あった。

【同化体験五色ネット（オクラ模型付）】

オクラ模型付。

やっと会えたね――……。

私はすぐさま、購入、をクリックした。ずっとずっと探し求めていた手土産に適したオクラ、もといオクラ模型、もとい同化体験五色ネットをやっとゲットできたのだ。ネット、やっと、ゲット。このエピソードも上手に練ればラップに化ける可能性がある。

さて、ここで少し、おそらく同化体験に疎《うと》い皆さまに色彩の同化について説明しておこう。

皆さんは、スーパーなどで、オレンジ色のミカンはオレンジ色のネットに、緑色のオクラは緑色のネットに入れられていることを疑問に思ったことはないだろうか。私は一度もない。どうやら世の中にはその謎を解き明かすためにこんな実験キットを生み出した人がいるらしい。ありがたい話だ。見ている色が周りの色に影響されて両方が混じったような色に見えるという現象を「同化」というらしく、つまりは、ネットと中身の色を揃えることによって、中に入っているものの色をより美しく見せることができるのだ。実際の野菜や果実よりも鮮やかな同色のネットを用意することで、中に入っている野菜や果実の表面がより鮮やかに見える、というわけなのである。この実験キットは、そのことを証明するための教材なのだ。

購入手続きを進めながら、私は、実験キットの説明文と画像を見る。

【レッド、オレンジ、イエロー、ホワイト、グリーンの5色のネット（グリーンはオクラネット）とオクラのリアルな模型を3本セットにしました。生の野菜や果実が手に入らなかった時はオクラ模型を使って提示してください。

商品構成：カラーネット4色、オクラネット（グリーン）2、オクラ模型3】

オクラ模型、3!!!

散々探したのになかなか見つからなかったものが突然三つも手に入ることになり、私は動揺した。写真をチェックしてみると、リアルな、と自称するだけのことはあって、オクラ独特の産毛《うぶげ》まで再現されているように見える。すごい。これぞ私の求めていたオクラである。

一週間後、舞台に行く前日、郵送で、同化体験五色ネットが届いた。私ははるばる名古屋からやってきたそれを開封し、中身をテーブルに並べた。説明文の通り、レッド、オレンジ、イエロー、ホワイトのネットが一つずつと、グリーンのネットが二つ、そしてオクラの模型が三つある。

……何だろう、コr

私は冷たい水で顔を洗った。危ない。もう少しで、目の前の同化体験五色ネットに対して疑問を抱くところだった。何だろうコレとかそんなことを考えている場合ではないのだ。だって私は、明日、これを大好きな俳優さんに差し入れるのだから。

私は、オクラの模型を手に取ってみた。まるで本物かと勘違いするような精巧さだった。適度に柔らかく、表面のざらつきも私たちの知っているオクラのそれだ。素晴らしい、これならばオクラ好きの彼も喜んでくれるだろう。

私は、そっと、オクラをホワイトのネットに入れてみた。ネットの白色に、オクラの緑色がひどく目立つ。確かにこれだと、オクラの表面に汚れなどがついていた場合、悪目立ちしてしまうだろう。

私は、グリーンのネットを手に取る。そして、リアルなオクラを、そのネットの中に入れてみた。

同化――……！

私はしばし、同化体験の心地よさに身を委ねた。ネットの緑とオクラの緑が互いに手を繋ぎ合い、その境目をあいまいにしている。私の手元にあったときよりも、ネットの中にいるときのほうが、オクラは生き生きと輝いて見えるのだ。これが同化体験、これがこの実験キットのやりたかったこと……！

私はすごいと自分に言い聞かせながら実験キット一式を袋の中にしまう。そして、どうにも拭い切れない不安を全力で無視しつつ眠りに就いた。眠れば明日が来てしまう、と思ったが、案外すぐに熟睡した。

さて、観劇当日である。

舞台の席は、二人分、用意してもらっていた。私は、同じくその俳優さんのファンである友人と劇場で待ち合わせをし、受付を済ませた。もちろん私の右手には、六粒で一九八〇円みたいなおいしいチョコレートでも入っていそうな慎まし気な紙袋が提げられている。

友人と隣同士に座り、開演まで「すごいね」「楽しみだね」なんて言い合う。ふと、その友人が、私の足元に置かれている紙袋を指して尋ねてきた。

「差し入れ、何持ってきたの？」

「……」

私は、目を合わさず、言った。

「同化体験五色ネット」

「え？　何？」

「同化体験五色ネット」

「何って？」

ビ――――。開演を知らせるベルが鳴り、緞帳《どんちょう》が上がり始めた。何百という背中が、ぴっと姿勢を正したのがわかる。

舞台は本当に素晴らしかった。その俳優さんは、勇ましい立ち姿と軽快なセリフ回しで満員の観客を魅了し続けた。だが、その舞台が素晴らしければ素晴らしいほど、その俳優さんが活躍すれば活躍するほど、私は自分の足元にある同化体験五色ネットのことを思い出した。私は、今何百人もの観客を圧倒しているあの人に、このあと、アオイ科トロロアオイ属の植物の模型を献上するのだ。

面白い舞台は、あっという間に終わってしまう。この作品も例に漏れず、体感としてはほんの一瞬だった。このまま模型が風化するまで舞台よ永遠に続けという私の願いは、むなしく散った。

終演後、スタッフの方の誘導で、楽屋を訪ねることができた。

「来てくださったんですね！　ありがとうございます！」

さっきの舞台で計り知れないほどの体力を消耗したはずなのに、その俳優さんは十時間寝たあとみたいな弾《はじ》けんばかりの笑顔で私を迎え入れてくれた。どれほどのホスピタリティであろうか。私はその人間力に敬服する。

舞台素晴らしかったです、と、一緒に来た友人とともに彼に伝える。「ありがとうございます！」とはきはきと答える彼に、ついに私は、持っていた小さな紙袋を差し出した。

「あの、これ、差し入れで……」

「わ、わざわざすみません！　ありがとうございます！」

お礼を言われてしまったことが心苦しくなった私は、紙袋の中に手を突っ込む。同化体験五色ネットのお披露目公演である。

楽屋のライトが、袋の中に敷き詰められた五色のネットと、馬糞のような物体を照らし出した。

「これは……？」

俳優さんはまだ笑顔だ。きっと、これがあの同化体験五色ネットだと、まだ気づいていないのだろう。私は慌てて説明を始める。

「えーっと、あの、オクラがお好きだってうかがって、前の対談のときにもオクラにまつわるものを差し上げようと思ったんですけど間に合わなくて、それからいろいろ探して、でもオクラって食べちゃうとなくなっちゃうじゃないですか、だから置物として飾っていただけるようにこういうものを」

私は緑色の模型をむんずと握り、袋から取り出した。


キッモ……。


私はそう思ったし、友人もそう思っただろうし、俳優さんも絶対にそう思ったと思う。

誰も口には出さなかったが、確実に心はひとつだった。絆。

「えっと、ちょっと待ってください」

私は慌てて実験用のネットを取り出す。一応これも持ってきていてよかった。

「見てください。オクラを緑色のネットに入れたときと、えっと、オレンジ色のネットに入れたときを比べてみると、緑色のネットに入れたときのほうがきれいに見えるんです」

私は同化体験の説明をしながら、は～死にたいな～と思っていた。だが、同化現象の説明を始めてしまった手前、途中で終わらせるわけにもいかない。斜め後ろにいる友人は無言を貫いている。

「これを色彩の同化現象っていうんですけど、これはそれを調べられるキットで、その中にオクラの模型があったので、オクラがお好きだとうかがっていたので、今日は持ってきたんです」

今までありがとうございました。

同化体験について説明しながら、心の中の私はそう頭を下げた。こんな私と仲良くしてくださって、本当に今までどうもありがとうございました。この御恩は忘れません。そして、家に帰ったらこの物体をすぐに捨ててください――。

だが、さすが芸能界を生き抜いている方だ、心の中の私が頭を上げたとき、

「はは！　何ですかこれ、でもありがとうございます！」

彼は明るく笑ってくださったのである。舞台の本番を終えて疲れているだろうに、そのあとアオイ科トロロアオイ属の植物の模型を三つも突きつけられたのに。なんていい人なのだろう。私はそのとき、その人をこの先もずっと応援していくことを決めた。そして、もう今後は普通にチョコや焼き菓子を差し入れることも誓った。

と言いつつその方の次の舞台では何を思ったのかリップクリームを五十本持っていくことになるのだが、それはまた別の機会に。

バレーボールと私　～ビーチ編～

バレーボールをしたい。大垣北高校男子バレー部を引退してからも、私はずっとそう思っていた。

バレーは、社会人になってから続けにくいスポーツのうちのひとつだと思う。なんせ、きちんと試合をしようと思うと十二人もの人数がいる。数人でボールをわいわい繋ぐのも楽しいが、それだと気持ち的には三十分も持たない。やがて、眠っていた鬼が目を覚ますように、「……私に強力なスパイクを叩きつけてください……」「……思いっきり……あなた目がけてスパイクを打ち込ませてください……」と心の奥底が沸騰し始めてしまうのだ。また、きちんとした(雨風をしのげる&ダイビングレシーブができる)場所とネットが必要であること、野球やサッカーに比べて経験者が少ないことなど、乗り越えるべき障壁《しょうへき》は多い。今思えば、毎日バレーができる環境があった高校時代は本当に幸せだった。毎日使える体育館がある、試合ができる人数が揃っている、この二つの条件を満たすことがいかに難しいか、大人になった今、日々痛感している。

さて、そんな私が苦肉の策で始めたのが、四人制のビーチバレーである。これならば十二人もの人数を集めなくてもできるし、海に行くついでに、みたいな言い方をすれば、ビーチバレーをやるつもりのなかった人にも参加してもらいやすい。夏は各地でビーチバレーの大会が行われているが、二〇一六年の夏を経た今、もう五年連続で複数の大会の初心者部門に出場している。毎年本当に勝てない。この星にある〝点を取られる〟という行為の全パターンを経験し尽くしたのではないかと思うほど連戦連敗となっているが、今回はその中から思い出深いエピソードを書き記しておこうと思う。

大学時代は友人たちとチームを組んでいたのだが、社会人になると居住地がばらばらになってしまった。というわけで私は、社会人一年目の夏、会社の同期を誘い男子四人チームを結成しようと試みた。結果、バレー経験者のA、野球経験者のB、AとBの先輩であるCが参加してくれることとなった。

ちなみに、ビーチバレーの大会で気を付けなければならないことはたくさんある。浜辺は日光を遮《さえぎ》るものが何もなく、想像以上に陽射しが強い。試合中にサングラスは必須だし、その場に立ち続けていられないほど浜の砂が熱くなるため、動きやすいサンダルや厚手の靴下も必需品だ。日焼け対策に熱中症対策、他にも注意事項は様々だが、何より、朝が早い。

朝が、早いの‼

突然大きな声を出して申し訳ない。最も嫌悪している項目であるため、二回主張してしまった。

この年に抽選を通過しエントリーできた大会は、朝八時半までにチーム全員で受付を終えていなければならなかった。それだけ聞けば、なんだいうちの会社なんて八時始業だい、なんて胸を張るビジネスパーソンもいるかもしれない（こんなふざけたタイトルのエッセイを読んでくれているビジネスパーソンを私は愛したい）。ただ、大会は海岸で行われるのだ。ドアトゥ浜で片道約二時間である。五時台に起き、まだ覚醒していない体に朝ごはんを詰め込んでいると、「今日これから、炎天下で、どうせ勝てないのに何試合もビーチバレーをするのか……」なんて思いが心を過《よぎ》る。この瞬間、私は毎年新鮮に心が折れそうになる。

ただ、言い出しっぺである私は絶対に遅刻などできない。便をひねり出す時間を計算したうえでアラームをいくつもセットし、内臓を動かすために胃の中に食料を投入し、幾度もの途中下車を経て、やっと会場となる海岸の最寄り駅に着いた。同期のBと、先輩社員であるCも時間通りに到着してくれた。

しかし、待てど暮らせどAが来ない。三人とも、時計を見ながら不安を募らせていく。このチームでバレー経験者なのは私とAだけだ。正直、Aの存在はかなり大きい。それに、参加票に記載されている注意事項には、【必ず全員で受付をしてください】と書かれている。

「これ、A、寝坊してるんじゃ……」

「最悪そうだとして、とりあえず三人で受付だけ済ませておくっていうのはできるのかな」

不安がる二人に対し、私は「大丈夫だと思います！」と鼻の穴を膨らます。学生時代にもこの大会に出たことのある私の経験値、大爆発である。

「確かに受付で人数チェックはありますけど、そこまで厳密じゃなかったはずです！　それに、Ａの遅刻が一時間くらいなら、第一試合や第二試合にならない限り試合にも間に合うと思います！」

「ふうん……」

二人から疑いの眼差しを注がれながらも、海岸に着く。すでに多くのコートが準備されており、そこでたくさんのチームが自主練習に精を出していた。みんな、すでに肌の色も黒く、体格もがっちりしている。体に自信があるのか、脱いでいる人は腹筋もバキバキだ。私たちは白くてひょろひょろな自分たちの体を見下ろす。この体で、あの人たちと同じルールで戦うなんてどうかしている。

ただ、私たちがまずすべきことは絶望ではなく受付の通過である。Ａはトイレに行っていることにしよう、という作戦とも呼べない作戦を胸に、いざ受付のおばちゃんに参加票を差し出す。

「チーム××です、よろしくお願いします……」（あわよくばこのまま何も言われないといいなという儚《はかな》い期待を体現したような小声）

「はい、参加費は〇〇円ね……あれ？　三人しかいないね？」

ぎらりと目を見開く、受付のおばちゃん。でも、負けるわけにはいかない。

「あ、今ひとりトイレ行ってるんですよ〜、だから、えへへ、今三人で、えへへ、すみません」（さっさと立ち去ろうとする私たち）

「じゃあ……きちんと四人いるってことね？」

ゴクリ——。

「いますいます〜」

「人数足りなかったら棄権《きけん》になっちゃうからね？　試合は大丈夫ね？」

「大丈夫です大丈夫です、えへへ、すみません」

私たちはこれまでの人生でもそうしてきたように、あいまいな愛嬌でどうにかピンチを切り抜けることに成功した。そのまま三人で開会式に出席し、試合開始前恒例の海岸清掃に参加する。やがて行われたくじ引きにより、私たちにとっての第一試合は午前十一時ごろに始まるだろうということが予想された。

この時点で、時刻は午前九時過ぎ。

「Aもさすがに十一時までには来るっしょ」

「いやーこれは今日昼飯おごりだな、おごり！」

「ビールもおごってもらわないと〜」

余裕をぶっこきつつボールでわいわい遊んでいると、Aから連絡が届いた。三人で一つの携帯の画面を覗き込む。

『いま起きた』

絶望的な、五文字だね。届いたメールを上の句に思わずなんのひねりもない川柳を詠んでしまうほどの衝撃が、私たち三人を襲う。

Aは当時、千葉に住んでいた。千葉から、会場の鵠沼《くげぬま》海岸までは、電車で、約二時間。

「……」

「……」

「……」

きちんと四人いるってことね？　人数足りなかったら棄権になっちゃうからね？　試合は大丈夫ね？――受付のおばちゃんの声が、黙りこくる三人の耳の中で蘇る。受付を切り抜けたときのヘラヘラ顔は、もう誰の顔面にも残っていない。私たちが自首する最後のチャンスは、あそこだったのだ。だけどもう、遅い。総当たり戦に組み込まれている手前、ここで棄権となると受付のおばちゃんを始めとする運営の方々に多大な迷惑をかけることになるし、それに、四人分の参加費だってすでに支払い済みだ。ここまで来て、Aの寝坊のせいで試合に出られないなんて、絶対に嫌だ。

私たちは、覚悟を決めた。

「この浜辺から、四人目のメンバーを調達するしかない……！」

ビーチバレー大会の前に、ビーチバレーに出てくれるメンバー探し大会が開幕した瞬間だった。参加チームは、私たちだけである。

とはいえ、ここにいるのは、基本的にはもうすでにどこかのチームに所属している人たちばかりだ。当然だが、声をかけてもかけても、あっさりと断られる。私とC氏はどんどん心が折れていったが、ここで強靭な精神力を見せつけたのが関西出身のBであった。

Bが持ち前の関西弁を駆使しながらビーチの端から順番に声をかけていくという姿勢は大変勇ましかった。早々に心がぐちゃぐちゃになった私とC氏は、ビーチの隅で体操座りをしつつ、リズミカルな関西弁がものの見事に散っていく様をぼうっと見つめていた。すごく暑いなあ、と思っていた。

そんなBの頑張りもむなしく、試合開始時間がやってきた。「×コート、次の試合のチームは集まってください～」容赦なく響き渡るスタッフの掛け声を、私とC氏は絶望的な表情で聞いていた。もはやBはどこにいるのかわからなくなっていたし、Aはもちろん到着していない。現時点で、はたから見たら二人足りないというバカみたいな状況なのだ。こんな姿、ヘラヘラ笑顔で全てをごまかした受付のおばちゃんには絶対に見せられまい。

覚悟を決めてコートへ降り立った私とC氏だが、相手チームなどからはすかさず、冷たく白い視線が注がれる。つらい。

「二人、ですか？」

呆れたような表情の運営スタッフに、「もうちょっとだけ待ってください」「今ちょっと他のメンバーが遅れてて……」私とC氏はすがりつき続ける。見かねたスタッフが、「棄権ってことでいいですね？」と眉を下げたそのときだった。

「出てくれる人、見つかったで！」

Bが、砂を散らしてビーチに駆け込んできた。まるで、視聴者へのわかりやすさを大切にしすぎた結果ご都合主義が多くなり逆に視聴率が伸び悩むドラマのような展開である。

「B……！」

「すげぇ！　さすが！」

これで、ヘラヘラ笑顔で人数をごまかした受付のおばちゃんにも顔向けできる！　喜びの中、Bが探し出してくれた新メンバーの姿を捉えた私とC氏は、固まった。

そこにいたのは、私たちがヘラヘラ笑顔で人数をごまかした受付のおばちゃんだった。

「よろしくね」

軽くストレッチをするサングラス姿のおばちゃんは、私たちなんかより俄然ヤル気に満ち満ちていた。数行前に、これであのおばちゃんにも顔向けできる★　とかなんとかほざいたが、顔向けできない唯一のケースが奇跡的に発生していた。さらに、結果から言うと、そのおばちゃんが一番バレーボールがうまかった。ヘラヘラ笑顔では何もごまかすことができないくらいぼんぼんミスをしまくり、バタバタと砂浜に倒れていく色白男たちに「あんたたち、ちゃんと練習してきたの!?」と活を入れるおばちゃんの姿は、間違いなくそのビーチで一番輝いていた。ちなみに、全然練習してきてませんでした。あのときチームに入ってくれた鵠沼《くげぬま》ビーチバレー大会スタッフのMさん、本当に申し訳ございませんでした。

こんなこともあった。

反省しつつも全く懲りていなかった私たちは、学習能力の低さを存分に発揮し、すぐさま別のビーチバレー大会にエントリーした。さきほどの大会と違うのは、開催地が都内であること、そしてチームに必ず一人は女性を入れなければならないということだ。

開催地が都内ということで、前回のような寝坊による遅刻を少しは防止できる。そして、チームに必ず一人は女子がいるということは、前回の大会ほどガッチガチなツワモノチームばかりではないことも予想できる。ということはもう、みなさんもお察しの通り、優勝は私たちが手にしたも同然ということになる。

ただ、このポンコツチームに参加してくれる女性を見つけるというのが大変な作業だった。見栄えがタイタニックみたいに豪華でもないくせに確実に沈むとわかっている船に一体誰が乗り込むというのだろうか。そもそも貴重な休みの日を朝から晩まで炎天下の砂浜で過ごすなんて、バレー大好きな私でさえ「はて？　なぜこんなことを？」と我に返る瞬間があるくらいだ。こんなことなら、あの女神（＝受付のおばちゃん）に連絡先を聞いておけばよかった。

たくさんの人に頼み、断られ、を繰り返した結果、会社の同期の女子であるD子とE美がどうにか来てくれることになった。ただ、二人ともバレーの経験値はゼロであるため、「行くことは行くけど、試合には参加したくない」の一点張りだった。だが、とにかく一人でも女子を選手登録しなければ大会にエントリーすることすらできない。結果、女子ふたりには「交代しつつ、コートの中でただ生きていてくれればいい」と懇願することでやっと頷いてもらえた。コートの中にさえいてくれれば、そこで読書なりヨガなりなんでもしてくれていいから！　試合は男子三人でどうにかするから‼

前回のこともあって、レギュラーメンバーは早めに集合していた。さて、待ち合わせ時刻まであと数分。今回のキーパーソンである女子がまだ来ていない。まさか、また、出てくれる人を探すために浜辺を駆け回ることになるのでは――そんな悪寒が私の体内を駆け巡ったそのときだった。

「おはよう～」

D子とE美が、駅の改札に現れた。よかった、きちんと来てくれた。ホッと安心した私は、すぐにカッとその目を見開くことになる。

二人は、これからおしゃれなカフェにランチでも食べに行くような、大変かわいらしい格好をしていた。

男子が全員、押し黙る。確かに、コートの中でただ生きていてくれればいい、と言った。だけど——。

「……えーっと、着替えは持ってきてる、のかな？」

改札の出口に、私の質問がむなしく響く。

「え？　持ってきてないよ？」

だ、よ、ね～！　ＤＡＹＯＮＥ～ＤＡＹＯＮＥ～♪

若い世代の読者を置き去りにしつつ、私たちはビーチへと向かった。正直、少し期待していた。なんだかんだいって女子もプレーに参加してくれるものだと思っていた。一応体を動かせるような服装で行くか、とかなんとか全く思わなかったＤ子とＥ美の初志《しょし》貫徹《かんてつ》の姿勢が美しい。彼女たちは、本当に、コートの中にただ存在するために早起きをしてここまで来てくれたのだ。感謝しなければならない。試合会場に集まっているやる気満々なプレーヤーたちの中、二人の姿はダントツにやる気のない存在として異色な輝きを放っていた。

胸を張って受付を終えた私たちは、試合順を決める抽選に臨んだ。こちらもまずはグループごとの総当たり戦であるため、すぐに試合に出ることになるかもしれないし、ここから一時間以上待機となる可能性もある。待機時間が長いとなると、ただでさえ低い、というか全くないD子とE美のモチベーションがマイナスの値を記録する（＝帰宅を決意する）恐れがある。それだけは避けたい。

などという願いもむなしく、私たちのチームは十二時近くまで待機ということになってしまった。D子もE美も、は？　という顔をしている。素直なリアクションである。コートの中にただ存在する、という行動をするためにこれから二時間も待機しなくてはならないなんて、は？　以外の何物でもないだろう。一方、スポーツウェアに着替えた男子たちは、ストレッチやボールを使った練習等に勤しみ始めた。着替えすら持ってきていない女子ふたりは、一体どうやって約二時間もの空き時間を過ごせばいいのか。

「私たち、ちょっとこのあたりぶらぶらしてるね」

早々に別行動が決定した。当然だろう。コートの中でプレーをする人とコートの中でただ存在する人が同じ行動をするほうが間違っている。

各コートでは、もう第一試合が始まっていた。その時点で、先述した【チームに必ず一人は女子がいるということは、前回の大会ほどガッチガチなツワモノチームばかりではないと予想できる】という考えがいかに間違っていたかということがよくわかった。女子四人、ユニフォームを揃えて楽しそうにキャッキャしていたグループが、コート内に入るとまるで別人のように縦横無尽に動き回っているのである。こんな大会にエントリーしている時点で、その女子はただの女子ではなく、男子よりも戦力になるようなバレーボーラーなのだ。実質三人で試合に臨まなければならないポンコツチームにとって、その発見は大きかった。

ストレッチ、練習、コンビニへの買い出し、ほかのチームの視察など慌ただしく動いているうち、あっという間に試合開始時間が近づいてきた。だが、別行動をしている女子ふたりは、まだ会場に戻ってきてない。

電話をかけると、何コールかしたあと、D子が出た。

【あ、もうちょっとで試合が始まるっぽいからそろそろ戻ってきてほしいんだけど……】

すみませんすみませんとペコペコしながら、彼女たちに帰還を願い出る。ほんと、コートの中にいてくれさえすればそれでいいんで、すんません、そろそろお願いします。

【えーっと……ちょっと待ってくれる？】

D子の歯切れが悪い。ただ、ちょっと待ってくれるかと言われたところで、試合開始時間は私たちで決められるものではない。

【ん〜、もう前の試合が終わっちゃうから、ちょっと待つのは難しいかも……】

【私たち、今、ちょうどカフェでランチしようとしてるんだけど】

おや？

【パスタが、まだ出てきてなくて……だから行けない】

パスタ・ガ・マダ!!!

インドへの航路を見つけたヨーロッパ人のように表記をしてみたところで、女子二人のパスタへの熱情は揺らがなかったらしい。【そっか……】力なくつぶやくと、私は電話を切った。パスタがまだ出てきてないなら、仕方ないよね……。

ビーチバレー大会の前に、ビーチバレーに出てくれるメンバー探し大会が開幕した瞬間だった。参加チームは、私たちだけである。──いま私は、数ページ前にあった全く同じ記述部分をコピペした。試合開始の直前になり参加者が一人足りない、という前回と全く同じ状況に、再び見舞われたのである。もうこうなってくるとバレーの才能以前にバレーの大会に参加する才能がない。

図らずも二大会連続出場を記録しメンバー探し界における強豪となった我々だったが、今回は前回大会（成績：逆転優勝）よりも分が悪い。今回の助っ人は、女性でないといけないのだ。つまり、はたから見たら完全にナンパになるわけである。

結局、関西出身のBがこれまた持ち前のコミュニケーション能力を爆発させ、女子四人でエントリーしている同い年くらいのグループをゲットしてくれた。強豪校の最強エース、B。ピンチ脱却への航路をどうにか見つけてくれるのはいつだってBなので、これからはBのことをメンバー探し界のバスコ・ダ・ガマと呼ばせていただこうと思う。

ガマのファインプレーにより、四人の女の子たちが代わる代わる試合に出てくれることになった。D子とE美には申し訳ないが、これがとんでもなく楽しかった。この大会は負けたチームが次の試合の審判をする決まりなのだが、審判の人たちが変な顔になるくらい男子たちははしゃいでいた。女の子たちは大変ノリがよく、バレーもうまく、こんな私ともハイタッチ等をしてくれるのである。

そうなってくると、男たちの心の奥底が、ある欲望にまみれてじりじりと焦げ付くように熱くなり始めるのである。

モテたい――。

私は、本当に驚いた。自分の心の中に、これほどまでに熱い「モテたい」欲がまだ眠っていたのかと戸惑ったほどだった。たとえるならば中学の運動会でのリレーのような、高校の球技大会のような、十代特有の「女子の前でいいカッコしたい！」という気持ちがあのころの鮮度のまま蘇ったのだ。間違いなく、男子全員がそのような状態に陥っていた。熱に浮かされた私たちは結局その試合に敗北したのだが、かなり善戦した。モテたいという気持ちはバレーボールのスキルをも上昇させるのである。

試合が終わってからも、私たち男子はその女の子たちにモテたくてモテたくてたまらなかった。「めっちゃ楽しかった」「めっちゃ楽しかった」「あの子たちともっと話したい」「仲良くなりたい」「あれじゃね、御礼にアイスとか持って行ったらまた話せるんじゃね？」「それだ」「お礼にかこつけて、な」「買ってこよう」五秒ほどの会議を終えると、私たちは即、会場の最寄りのコンビニへと向かった。御礼代わりのアイスを差し出し、その後また楽しく会話を……なんていう妄想に背中を押された私たちの足取りは軽かった。

大量のアイスを買いあさり、大急ぎで会場へ戻る。大勢いる参加者の中からさっきの四人組を見つけ出すと、私たちはさも自然なそぶりで「あ、さっきはどうも～」とその子たちに近づいていった。

「さっきは本当にありがとう！　これ、御礼のアイス。みんなで食べて！」

私たちはニコニコしながらアイスを差し出す。試合中の彼女たちのノリの良さを手に取るように覚えていたので、私たちはてっきり、「ありがとう～！」みたいなニコニコ笑顔が返ってくるとばかり思っていた。

だが、現実は違った。

「あ、ありがとうございます……」

さっきとは全く違い、彼女たちの様子がどこかよそよそしい。差し出されたアイスも、あんまり嬉しくなさそうだ。あれ、おかしいな……。私たちが急激に不安になったとき、四人組のうちのひとりが、「あの」と眉をひそめながら言った。

「放送ですっごい呼び出されてましたよ……負けたチームは審判してくださいって」

私はそのとき、自分の体温が一気に五十度ほど下がったのを確かに感じた。今すぐ催眠術師を呼んで彼女たちの記憶から自分たちを消し去ってしまいたいと思った。コンビニに行って戻ってくる間に、私たちはモテるどころか、若干軽蔑《けいべつ》されていたのだ。「あ、そうだったんだ……」「だよね、審判しなきゃだったね……」さすがにもう復活の航路を見つけられないのか、ガマも気まずそうにしている。二代目ガマ、剝奪《はくだつ》の瞬間である。

そのあと満足そうな表情で戻ってきたD子とE美は、亡霊のようになっている男子たちに目もくれず、余ったアイスを「おいし～」と食べた。ビーチバレーの大会には今でも出場し続けているが、メンバー探しのスキルと審判としての技術ばかり向上しているような気がする。

バレーボールと私 〜体育館編〜

さて、タイトルからもお分かりの通り、今回もバレーボールの話である。うんざりしているだろうか。そうかそうか。だがあなたのコンディションは一切関係ない。あなたがいくらうんざりしたところで、今パソコンに向かっている私はバレーボールの話を書くと決めているのだ。以前深夜ラジオのパーソナリティをしていたとき、トークゾーンで丸ごとバレーボールの話をしたら、真っ当に不評だったことがあった。だが関係ない。もう書くと決めた。

前回、いい歳こいてビーチバレーに興じているという話を長々とお伝えしたが、お察しの通り、ビーチバレーは夏にしか興じることができない。だが、どう考えても年がら年中バレーボールに興じていたい私は、いわゆる社会人チームというものに入れないか、と身の程知らずな思いつきに脳内を支配されるようになっていた。そうすれば、室内で、定期的に、きちんと試合ができる人数でバレーボールができるのだ。イェーイ！

というわけで私は、メンバーを募集している社会人バレーボールチームをネット上で探し回った。吟味《ぎんみ》すべき項目は二点、それは活動拠点とチームの技術レベルである。練習場所が遠いだけでおそらく足も遠のくだろうし、どちらの方向にしろ自分のスキルとかけ離れたチームは所属していても楽しくないだろう。私は、各チームのホームページに大抵掲載されているすでに仲のいい人たちによる集合写真などに心を折られつつ（余談だが、バイト情報誌などでも「アットホームな職場です！」と書かれていればいるほど、掲載されている写真が仲睦《なかむつ》まじければ睦まじいほど、心が折れそうになるのはなぜだろうか。答え：まず想像するのがアットホームらしき職場にすら馴染めなかった自分だから）、【二十代後半】【身長一七五センチ以下】【経験は高校三年間、それ以降は遊びでやっていた程度】でも迷惑をかけなそうな、現在メンバーを募集しているチームをひたすら探し続けた。

するとやがて、とある一つのチームと邂逅《かいこう》を果たした。初心者歓迎です！　という記述があるくらいのレベル、活動拠点も近い、メンバーも二十代が多く、何より人数が足りないということをとってもアピールしている。ここならば、そこまで上手ではない私でも必要としてもらえるかもしれない。私は早速、代表の人に連絡を取り、とある週末の練習に一度、参加させていただくことになった。

初めて訪れた体育館には、すでにスポーツウェア姿の若者たちが集まっていた。年齢は大半が二十代前半～中盤であったため、当時二十六歳だった私は平均よりも少し上くらいだった。性別は、私を含めて男性が九人、女性が二人。私以外にもう一人、女性で初参加の人がいるくらいだったので、試合をするには人数が不足しているという情報は本当だったようだ。初めまして〜、よろしくお願いします〜と最低限の挨拶を交わしつつ、私も着替え、体育館の隅でストレッチを始めた。

この時点で午後一時。今日は、午後四時まで練習をすると聞いている。久しぶりの室内バレーを目の前にした私は、三時間なんてすぐ経っちゃうんだろうなあ!!! と脳内の言葉なのに語尾にエクスクラメーションマークを三つもつけてしまうほど興奮していた。やっぱりビーチバレーと室内バレーでは、テンションの上がり方が違う。私がやりたかったのはこっちこっち〜!!

そのうち、早々に集まっていたこのチームのレギュラーメンバーらしき青年ふたりが、なんとなくボールと戯《たわむ》れ始めた。いかにも遊び感覚、といったふうに、トス、スパイク、レシーブ、トス、といういわゆる「対人」という名のラリーをしている。

その様子を見て、私は直感した。

——参加するチーム、間違えた。

その気づきは、この宇宙の揺るぎない真理として人類が共有できるレベルの精度だった。目の前で繰り広げられている映像は、どこからどう見ても、めちゃくちゃうまい人たちの〝戯れ〟なのだ。たとえば彼らも私と同じく【バレー歴は高校の三年間】だとして、その質が全く違うことを細かい動作の全てが物語っている。牛でいえば、同じ牛でも、食べてきた餌《えさ》が全く違う高級牛といった感じだろうか。A5ランクの彼らに比べれば私なんか鼻水を垂らしながらそのへんの雑草をもしゃもしゃ食べていたバカな牛である。実写版うんこたれ蔵。青年ふたりは気の抜けた様子でわいわい喋りながらボールを操ってはいるが、どうしてだろう、うまい人は〝戯れ〟であってもものすごくうまいことがわかる。そしてそれは、全然うまくない人の目にはひどく怖い映像として映るのだ。

時計を見る。一時四分。ストレッチを始めてから、まだ四分しか経っていない。私は、あと二時間五十六分ずっとストレッチをし続けていたいな!!!!　と今度はエクスクラメーションマークが四つつく勢いで思った。そのくらい、ボールに触りたくない。だって、ボールに触った瞬間、すぐにバレるのだ。私がうんこたれ蔵だということが。

いや、でも！　私は心の中で、頭をぶんぶんと振る。私以外にもう一人、今日が初参加の人がいるはずなのだ。その人が私と同じくらいの、牛でいえば百グラム二百円ちょっとくらいの品種である可能性がまだ残されている。いや、そうであってくれなければ困る。そうすれば私の心の負担も今よりは軽くなるはず、なんて思っていたそのとき、着替えを終えたらしい女性が体育館に入ってきた。それは、今日が初参加だと言っていたまさにその人であった。

早めに声をかけよう。私はそう思った。あなた、今日、初参加なんですよね？　私もなんです、みなさんすっごく上手そうですけど私はそうでもなくって、あなたはどういう感じですか――

「あ、お疲れ～」

しかし、体育館に入ってきた初参加の女性にいち早く声をかけたのは、所作一つ一つから高級牛らしさを振りまいていた青年のうちの一人だった。

おや……？

「この体育館あっついねー、私すぐバテちゃうかも」

「またまたそんなこと言って～体力ばっちりなくせに」

フレンドリーに会話を続ける初参加の女性と、ラリーをしていた青年。ちょっと待ちんしゃい、待ちんしゃい……もしかして……と変な顔になっている私の疑問を代弁するように、誰かが「あれ、なんか仲良さげだね」とかなんとか茶々を入れる。

青年が、笑顔で答えた。

「あ、俺らもともと友達なんすよ」

モー!!!!!

私は闘牛と化した心をどうにか落ち着かせることで精いっぱいだった。いま確定しました、今日この体育館で最も安い牛は私です。私は体育館の隅でひとり孤独に特売宣言をしながら、とっくに伸びきっている筋肉をさらに伸ばし続け、とっくに整っているシューズの紐のきつさを調整し続けた。真剣に、このまま二時間五十六分、ボールを触らないでいられる方法はないかと考えた。

そしてもちろん、そんな方法はなかった。結論から言うと、私はこの日、金八先生が授業放棄するレベルの腐ったミカンとして、コート内の和を乱しまくった。

学生時代、みなさんも一度は体験したことがあるのではないだろうか。体育でも球技大会でも運動会でもなんでもいい、とにかく自分という存在のせいで、団体競技がスムーズに立ち行かなくなるという地獄の時間を。あれの大人バージョン、しかも、全員が初対面の人たち（※私以外は仲がいい）、かつ、ほとんどが自分より年下、かつ、午後一時から午後四時までの三時間、逃げ場なし。さあ、想像してみてください。すんごいですよね？　そう、すんごい、としか言いようがなかったんです。実際、私は午後四時までずっと、すんご～い！　と思っていました。ええ、はい、そうですね、あのときは本当に申し訳ない気持ちでいっぱいでしたね。（二十代男性・自営業）

あらゆるプレーでチームに迷惑をかけていた私は、焦り、通常の判断もできなくなり、セッターでもないのに二本目のボールを全力で取りに行きメンバーにボンボンぶつかったりしていた。もはや闘牛である。ぶつかられた相手の「え……？」という大混乱の表情は未だに忘れられない。初対面かつ、私の方が年上だったりするので、周りの誰も私にツッコんだりすることもできないのだ。私がくだらないミスをするたび、「ちょっと、今のミスはないっしょ～！」等とイジってもらえればこちらとしても楽なのだが、「え、される「あの人マジで何なの……？」みたいな非言語のコミュニケーションが体育館中で交わされるのである。すんごかった。この日の私の実績は他にもたくさんあるが、キリがないので詳細な記述は避ける。避けないと泣いてしまう。

練習が終わった後は、毎回、飲み会が開催されるらしかった。私も一応「飲み会、来ますか？」と誘っていただけたが、((行くな……)) という脳に直接働きかけてくるような神のお告げを聞き取ることに無事成功し、気づけば「すみません、夜は別の用事があるので」と断っていた。あそこで「行きます」と答えていたら、私は腐ったミカンから自爆テロ犯へと格上げされていただろう。

もう、心が折れた。人様に迷惑をかけるようなこともしたくない。バレーはこりごりだ――と私が項垂《うなだ》れたと思った方も多いのではないだろうか。そうはいかない人間だからこのようなくだらないエッセイを書くことで本ができてしまうのである。

次に参加するチームは、とにかくレベルの低さをアピールしているところにしよう。本心に傷を、そして某チームに大混乱を招いた私はそう固く誓った（あのときの皆様、本当に申し訳ございませんでした。あれ以来、あの体育館に、ひいてはあの体育館がある区に近づかないようにしているので許してください）。あんな筆舌に尽くしがたい体験はもうしたくない。あんなことを繰り返していたら、平成の当たり屋として社会人バレーボール界で名を馳《は》せてしまう可能性さえある。

そんな方針でチームを探していくと、ひとつ、私にとって大変好都合なチームが見つかった。活動拠点は自宅から少々遠いのだが、とにかく全力でチームのレベルが低いことをアピールしているのだ。紹介文にあった「バレー技術の向上というよりはレクリエーションを目的とした団体です」というような一言が、前科者の私にとってはやたらと甘美に響いた。

早速、代表者に連絡を取る。すると、こんな私に、「本当にレベルが低いチームですが大丈夫でしょうか」的な返信が届いたではないか！　衝撃である。こちらからすれば、コート内でメンバーにボンボンぶつかったりしますが大丈夫でしょうか、てなもんである。

善は急げということで、コート内で闘牛と化したわずか数週間後、私はまた別の体育館にいた。初めましての人たちに当たり障りなく挨拶しながら、私は、出所後に社会復帰するときってこんな感じなのかもしれない、と思った。絶対に、当たり屋としての前科がバレてはいけない。悪いことはするものではない。

チームのレベル的には、レクリエーションが主な目的と主張しているだけのことはあって、こんな私でも悪目立ちはしなかった。むしろ、きちんとプレーができる人としてカウントされている感もあり、あれ、安いとはいえ、もしかして私って国産牛……？と自惚《うぬぼ》れられるほどだった。

「じゃあそろそろ、初参加の人もいるので自己紹介しましょう」

代表者がそう声をかけると、その日集まっていた十人前後のメンバーが円を作った。

このチームは男女が六対四くらいの割合で、年齢は二十代よりも三十代、四十代のほうが多い。雰囲気も前のチームよりは落ち着いている感じだ。

だが、油断は禁物である。

ここでもまた、前のチームのときのように、当たり屋としての才能を発揮してしまわないとも言い切れない。私はなんとなく、本当の職業を伝えることはやめよう、と思った。思えば、前回も作家だということは誰にも話していなかった。今となっては話していなくて本当によかったと思う。

自己紹介の順番が回ってきた。私は一歩前に出ると、にこっと微笑み、言った。

「××関係の仕事をしています、○○です。よろしくお願いいたします」

とりあえず、とっさに思いついた嘘のプロフィールを名乗った。このチームに所属するかどうかは、まだわからないのだ。とりあえず迷惑にならない程度に練習に参加して、それ以降のことはそのあと考えよう——という浅はかな考えを抱いてから時は流れ、この原稿を執筆している現在、このチームに入ってもう一年以上が経過している。

そう。またやってしまったのだ。前作『時をかけるゆとり』でも若手システムエンジニアになりすましていた日々のことを書いたが、私はあのときと全く同じ流れで、また別の人間になりすましている。小説だけでなく、人生の展開にも手あかが付き始めているのである。

この話を友人にすると、それは絶対にバレてる、誰かにはバレてる、裏でラインのグループを作られてあだ名をつけられて徹底的に笑われている等と糾弾《きゅうだん》されることがある。だが私は、百パーセントそうではないという自信がある。

出版業界の人間ということを明かさずにバレーボールチームに入って痛いほどわかったことは、いい意味で、生きていくうえで本を必要としていない人はたくさんいる、ということだ。作家として生活していると、周囲の人とは、どうしても本やマンガ、映画、ドラマなど架空の〝物語〟の話をすることが多い。仕事と関係ない飲み会をしていてもそうなるのだから、その中ばかりにいると、まるでこの世の全員が本をはじめとする〝物語〟に心を救われた過去があったり、今でも〝物語〟に救いを求めているかのように思い込んでしまうことがある。その意識は、自分が行っている〝物語〟を生む仕事への過剰な肯定にも繋がる。

だが、毎週の練習に参加していると、世の中の人々がいかに空想の〝物語〟など求めておらず、目の前の現実を楽しんでいるのか、あるいは目の前の現実に必死なのか、ということがよくわかる。これは本を読まない人を下に見ているわけでは一切なく、いま私たち作家が必死になって生み出している〝物語〟が、あらゆる人々の〝目の前の現実〟に勝つことができていないという反省である。この人たちに届く〝物語〟を書くことができたら本物だな、と、私は毎週目の前のボールに届かない自らの身体にムチ打ちながら思うのだ。

さらに、自分が人間的にいかに作家という肩書に甘えていたか、ということも、毎週思い知らされている。

バレーボールは、チームの全員でボールを繋ぐスポーツなので、メンバーと声を掛け合い、協力し合うことが大切だ。ムードが悪くなったときにこそ、コミュニケーションをとることが重要になる。だが、作家とは一般的に、団体行動や人とコミュニケーションを取ることが苦手だと思われている。というか、苦手でいい、苦手でいてこそ作家だ、最近は対談などもソツなくこなす作家ばかりでおもしろくない、昔はもっと無頼派《ぶらいは》が多くて人として面白いやつが多かった今の作家は仲良しこよしで歯ごたえがないなんてつまらないことを言われたりもする！！！！！！！

取り乱しました。

私はそんな言説に反発しつつも、いつしかそんな周囲の空気に甘えていたのだろう。初めて練習に参加した日の帰り、私は、同じ電車に乗ったチームメイトの女性に、いきなりこう言われたのだ。

「あの……○○さんって、めっちゃネガティブですよね？」

衝撃だった。特に初日は、ネガティブに見えないように、作家らしさを一ミリだって出さないように、明るく朗らかにプレーをしていたつもりだったのだ。

「え……そう見えましたか……？」（動揺）

「試合中も表情暗いし、あんまり楽しくないのかなって……」

「全然そんなことないんですけど……あの、楽しいですよ？　ほんとに……」

「ならいいんですけど……」

「……」

「……」

「……あ、私ここなんで、降ります」

「あ、お疲れ様でした……」

こんな新メンバー、私だったらものすごく嫌である。ネガティブ、は、確かに作家としては長所になるケースもあるかもしれない。だが、団体競技を一緒に行うメンバーとしては、というか、そこまで関係の深くない大人同士のコミュニティを健康的に構築するうえでは、とんでもない短所なのだ。こういう話をすると「その朝井さんのネガティブさが作品を支えてる部分もあるんじゃないですかあ？」なんて誰でも言いそうなことを鬼の首を取ったように言ってくる輩《やから》がいるが、そんなときは「じゃあそれが原因で大事な第一セットを先取されてもいいんですか⁉」と喚《わめ》き散らかしたい。

こんなこともあった。

チームによっては練習のあと毎回飲み会が開催されるところもあるようだが、私の参加しているチームは数か月に一度しか飲み会が開催されない（ということからもわかるとおり、皆、親睦《しんぼく》を深めるためや週末のリフレッシュのため、というよりはマジでバレーボールをするためだけに集まっているのだ。これこそ体だけの関係、現地集合現地解散、セフレならぬバフレ……）。その日は珍しく飲み会が開かれ、メンバーのうちのほとんどが参加した。私がチームに入ってから半年ほど経ったころだった。

お酒もいい感じに回り、自分の職業をかたくなに「団体職員」としか明かさない女性に対し（もしかしてこの人も作家で、素性《すじよう》を偽っているのでは……？）等と疑念を抱いているうち、その日初めて練習に来た二十代前半の男の子と同じテーブルになった。

「今日からチームに入りました△△です、よろしくお願いします！」

「よろしく〜元気だね〜」

その日、私はジャケットを着ていたこともあり、メンバーの中でもわりとしっかりした格好をしていた。作家という肩書を取っ払ったこの場ではネガティブさを消し去りハキハキ話そうということを心がけていることもあり、その男の子はメンバーそれぞれの職業の話になったとき、私のことを見ながらこう言った。

「えーっと、〇〇さんって学校の先生とかされてるんでしたっけ？」

えっ……！

今、学校の先生と勘違いされた……？

この私が聖職者に見えていたなんて！　嬉しい嬉しい嬉しい！　私は恍惚《こうこつ》の表情で、「ちがうよ～」と否定――しようとした、そのときだった。

「そんなわけないじゃん！」

ぎゃはは、と、私の隣の席の女性が笑い声をあげた。この女性は、私がチームに参加する前からいる古株《ふるかぶ》だが、このような飲み会が少ないこともあり、この日までそこまできちんと会話をしたことがない人だった。「違いましたっけ？」戸惑う新入りの男の子に向かって、その女性はゲラゲラ笑いながらこう言い放った。

「この人が学校の先生って、子どもが引きずられて卑屈になっちゃうよ！」


‼


私は、その人に、触れるものすべて卑屈になるほどの卑屈の権化《ごんげ》だと思われていたのだ。

新入りの男の子は「そうっすよね～、アハハ！」と笑いながらビールを呷《あお》っているし、テーブルにいる誰も否定してくれない。どうやら、チームのほとんどのメンバーが、私のことを卑屈の権化だと思っていたらしい。大どんでん返しである。卑屈、なんて、大人同士の団体の中で一番邪魔くさいじゃないか。というか、作家という肩書で過ごしているときだって、卑屈はギリギリ褒め言葉に転じないレベルの評価である。

バレーボール界の当たり屋をやっと卒業したかと思っていたのに、その当たり屋としてのスタイルが肉体的なものから精神的なものへ移行しただけだったようだ。私なんて立て続けに三セット連取されればいいんだ……と早速卑屈になりかけていたころ、今度は隣のテーブルから、こんな声が聞こえてきた。

「実は私、めっちゃ読書好きなんだよね～！」

おっとー‼

声の主は、そのチームの中でも元気印とされているような三十代の女性だった。「小説とか超読むんだよねこう見えて～」「えー、いがーい！」「意外って何よ意外って～！」隣のテーブルはその女性を中心にわいわい盛り上がっている。私はそろそろとテーブルを移動し、思い切って、聞いてみた。

「誰の本、読むんですか？」

このチームに通い続けてしばらく経つが、本当に、たったの一度も、本や小説のことなんて話題に上らなかったのだ。その中で飛び出してきた、めっちゃ読書好き&小説とか超読む発言。これは聞き逃せない。

「えーっとね～」

その人は考えを巡らせるような表情で、一口お酒を飲んだ。読書好きってことは、なかなかニッチなところを突いてくる可能性がある。もしかしたら海外文学や古典なんかを挙げてくるかも——。

「有川浩《ありかわひろ》と伊坂幸太郎《いさかこうたろう》！」

その女性はその後、有川&伊坂作品のどこが素晴らしいか、という話をしばらく繰り広げた。そのプレゼンを聞きながら、私はこのチームにまで届く物語を書いている有川浩さんと伊坂幸太郎さんを心の底から尊敬した。私は今でもバフレの方々には全く気付かれていない、というかそもそもペンネームを知られていない自信があるが、小説とか超読む、と宣言する人にさえ気付かれていないことをそろそろ恥じるべきなのかもしれない。

プレ・講演会

小説家にはよく、講演会の依頼が来る。

はい、ストップ。ちょっと聞いて。あなたは今、先の一文をとても自然に読んだのではないだろうか。そうだよね〜小説家ってよく講演会してるよね〜タラタラつまんない話してそれでわりといいギャラもらってんでしょこの銭ゲバが！　なんて思ったのではないだろうか。私は思っています（特に後半部分）。ともかく、「小説家だから講演会の依頼がくる」という一般的に自然な流れだと思われているこの部分に疑問を抱く人がもっと増えるべきだと私は思っている。

現に私は、日本経済新聞の「プロムナード」という欄で、こんなようなことを書いた。

私は講演会を一度もしたことがない。できれば、特別なことが起きない限り、これからもしたくない。厳密に言うと、【私一人が一方的に、自分の話をする会】をしたくないのだ。

公開対談や、質問形式のトークイベントならば、する。誰かとの会話や、質問への回答となれば、誰かが私の反応を求めているということが明白だからだ。自分のこれまでの人生や仕事のことを一人語りで話す講演会は、どうしても、誰にも聞かれてもいないことをべらべらと話しているように感じてしまうのである。

学生のころ、学校行事などで著名人の講演会に出席することが何度かあった。自分はこれまでこんな挫折《ざせつ》があって、こんな乗り越え方をしてこんなことを学んで、こんなにも素晴らしい人生を手にすることができました——聴衆全員に開かれていると見せかけて、実はこの人にしか当てはまらない経験談を延々と聞かされながら、私は、この人ずっと自慢してるなあ、と思っていた。同時に、この自慢話から絶対に何も吸収してやらないぞ、と固く誓っていたのである。

講演会の依頼をいただくと、いつも、会場の最前列にかつての私がぽつんと座っているイメージが思い浮かぶ。本当は知っているぞ、お前がろくでもない人間だということを。そんな目をした子どものころの私が、こちらを見ている。さも、ここに来てくれたあなたたちと私は同じなんですよ、という顔をして、お前にしか当てはまらない話をひけらかすことを知っているぞ。お前からは絶対に何も吸収してやらないぞ。

そもそも、どうして小説家に講演会の依頼が来るのだろうか。小説家にできることがあるとすれば、人よりも長い文章を書くことと、上手にうそをつくことくらいだ。小説家というだけで、その人が、人に話す価値のある人生を送っていると思われるのはなぜだろうか。小説家という職業には、幻の付加価値が乗っかりすぎているのではないだろうか。私は、その幻が、まるで実体のあるもののように振る舞うことが怖い。

とはいえ、対談や質問形式のトークイベントでも、私の話から何かを吸収したそうにしている方がちらほらいらっしゃる。私は、そんな方々がメモを準備している姿などを見ると、申し訳なくてたまらなくなるのだ。あなたは今から、バカの私語を聞くんですよ、といち早く教えてあげなければ、と思う。もちろん、実際にそうするわけにはいかない。その結果、自分の底を見せる手段として思いついたのが、話す前に踊ることだった。全然格好良くない踊りを、入場すると同時にブチかますのだ。そうすると、みんな、メモをしまう。この試みに喜び勇んで乗っかってくれる小説家は今のところ柚木麻子さんくらいなのだが、賛同者が特に増える見込みもないのは、「じゃあトークイベントなんてしなければいいじゃん」と思われているからかもしれない。異論はない。

（二〇一五年七月十五日掲載）

……講演会に対する考えをこねくり回した結果「踊る」という誤答に無事辿り着いたことを日本経済新聞というフィールドで声高に宣言しているわけだが、最近になって、なんとなくわかってきたことがある。それは、どうやら小説家には引き受けるべき役割というようなものがあり、一人語り形式の講演会を積極的に行っている小説家は、私が抱いているイカ臭い逡巡《しゅんじゅん》なんてとっくに乗り越え、その先にある小説家としての役割を引き受けている、むしろ小説家が背負うべき責務の一つを立派に果たしていらっしゃるということだ。ガーン！ 私は、一人語りの講演会を引き受けないことは私のポリシーなんだあ〜Z★と空《くう》に向かって独りでキメていただけだったのである。

そんな中、とある大学が取材のお声をかけてくださった。依頼内容は、大学構内で配る冊子の中で、その大学に通う現役の学生三人と座談会をしてもらえないか、というものだった。ただ注目すべきはその座談会の方向性で、先方の希望をざっくりまとめると【座談会といってもざっくばらんに雑談をするのではなく、就活や、将来の夢を含めた進路のことなど、それぞれ悩みを抱える学生を明るい未来へ導くようなお話をしてくださると嬉しい】――というようなものだった。

ふむ。私は考え込む。これはまさに、小説家が頼まれる講演会のコンセプトと同じである。誰も、高いお金を払って呼んだ小説家に「聴衆を絶望の深淵《しんえん》へと蹴り落とすような話を、是非！」とは頼んでこない。大体、読書を通して得た素晴らしい経験を、とか、小説を書くことで感じる人生の素晴らしさを、とか、そういうことを求められる。さすがにこの年齢とキャリアでそこまで大それたことは言えないが、学生との座談会形式ということであれば、さらに就活や将来の夢についての悩みを聞くということであれば、就業経験があり、かつ子どものころからの夢を叶えたと思われている私のような若手うんこたれ作家が引き受けさせていただいても大丈夫かもしれない。ＥＳや面接で効くコツくらいは話せるし、夢うんぬんのことを含めても、学生らしい悩みに対応できるカードは何枚か持っているはずだ。よし、これをプレ・講演会として、自分の講演会力を高めさせてもらおうじゃないの——私はこの依頼を快諾《かいだく》した。快諾した、と四文字で済む話を今、二四〇〇字ほど費やして、した。

さて当日、講演会童貞の私のもとに集まってくださった学生さんは三名いた。まずは、渋い色のジャケットをぴしっと着こなしているA君。そのA君と同級生らしい、現在四年生のB子さん。A君、B子さんより学年が一つ下で、人懐っこい印象のC君。三人とも、朝起きたら枕が涎《よだれ》まみれになっているようなお口の緩《ゆる》い私に「今日はよろしくお願いします」と丁寧に頭を下げてくれる、とても礼儀正しい方々だ。よしよし、この子たちを明るい未来へと導けば良いのだな。就活に関しては私も経験者だ、ドンと来い。

「では、早速始めましょうか」

写真撮影を終えると、私と学生さんたちの間に立ってくださるライターの方が、話を切り出した。さあ、明るい未来へのパレードの始まりである。

「では、A君からまず、今の状況を朝井さんに聞いてもらいましょう」

流れるようなパスである。A君は四年生だということは聞いている。しっかりした格好をしているところを見ても、彼がおそらく就活に関する悩み担当大臣であることが予想できた。

「はい」

A君が、姿勢をピッと正す。

「私は今大学四年生なのですが、就職活動を終え、入社予定の企業で今のうちから働かせてもらっているところです」

――就活、終えてる。

私は、「そうなんだ」と頷きつつ、ぐ、と拳を握りしめた。ESや面接で効くコツを披露する場が、早速まとめて葬《ほうむ》り去られたわけである。

彼は背筋をまっすぐに伸ばしたまま、続けた。

「なので日々忙しいですが、毎日いろんな経験をさせていただいていることは本当に糧《かて》になっているので、これからも貪欲《どんよく》にチャレンジして前に進んでいきたいと思います」

彼の話が終わった。

私は気づいた。

――この子、全然悩んでない。

「そうなんだ」相槌《あいづち》を打ちつつ、私は頭をフル回転させる。これだと、文字起こしをされたとして、【朝井：そうなんだ】が延々とコピペされるだけである。とりあえず彼のパートで、私の持っている就活関係のカードを切っておかなければ。

「これを読んでいる人の中には就活に不安を抱いている人もいると思うんだけど、たとえば就活中に何か心がけていたこととか、ある？」

なんという素晴らしいパスだろうか。私は自分自身に拍手を送った。これでA君からの返事をうかがいつつ、さりげなく私の意見も混ぜれば、私がA君に対して何か答えることができたというように読める誌面ができあがるはずである。火のないところにアドバイスが立ち上る奇跡の瞬間だ。

「そうですね……」

彼は逡巡したのち、言った。

「私は、社長を男にしたい、という気持ちで就活をしていましたので、社長に会わせてください、とお願いして実際に会わせていただいたりしていました。就活では、それが効果的だったのかもしれません」

しゃ、社長を男にしたい⁉

社長に会わせてくださいとお願いする？！？！？！

！？？！　？！？！？！？

こんがらがる頭の中、なぜか咄嗟《とっさ》に思い浮かんだ「男にしたいって、女社長だったらどうするのォ？」というクソつまらないツッコミをゴクリと飲み込みつつ、私はまた「そうなんだ」とほざいていた。幼い子どもたちが「そーなんだ！」と納得する瞬間を切り張りした『週刊そーなんだ！』のCMは、このときの私を使えばすぐにリメイクできる。

就活に関して、彼を通して読者に何か教えられるようなことはもう何もない。だって彼のほうが私を圧倒的に上回っているのだから。私はもう、「いま、何か不安なことはないの」と、ストレートに訊いた。相手の不安をさりげなく引き出す、なんて美学はもう邪魔なだけである。さあ、おじさんに不安を吐露《とろ》しとくれ。そうしないとおじさんねえ、ここに呼ばれた意味がないの。ほら、周りの大人たちの顔を見て？　この小説家、別にいらなかったな〜みたいな感じになってきてるよね？　無駄な金払っちゃったな〜みたいな空気、出てきてるよね？

「不安なこと……」

彼は逡巡したのち、言った。

「将来起業したいという自分へのプレッシャーに今の自分が負けてしまわないかどうか、不安です」

終わり終わり！　私は心の中で白旗をブンブン振り回す。ハイもう終わり終わり〜、社長を男にしたいどころか「面接で緊張してしまう？　なるほどぉ、そんなときはね、変なパンツとか穿《は》いていくとふとしたときに『私は今、変なパンツを穿いている』って我に返って緊張がほぐれるよ〜」とかそういうことを助言しようとしていた私が悪かったです！　私が彼に申し上げられることは何もございません！　この子はこのまま突き進んで大丈夫！　じゃ、死んできま〜す！

「なんか……あんまり言うことなかったですね、では次の方にいきましょうか」

あんまり言うことなかった、というそれ以上でもそれ以下でもない言葉でざっくり私を斬りつつ、ライターの方が進行を続けてくださる。次は、先ほどからかわいらしい微笑みで場の空気を和ませてくれているB子さんだ。私は気持ちを立て直す。

「私もA君と同じく四年生なんですけど、就職ではなくて、院に進もうと考えているんです」

おっ。

失礼にも、私は胸を躍《おど》らせる。このころには私は、悩んでいそうな人がいると喜ぶという人の悩みを喰って大きくなるモンスターと化していた。しかし、就職する四年生、院に進む四年生、とそれぞれ違うパターンを用意してくださっているあたり、大学側もなかなかのやり手である。

「そうなんだ、院に進むんだね」

「はい。というのも、私、音楽をやっていまして、その道に進みたいんです」

パンパカパーン！　ようこそ、芸術関係の夢を持つ若者よ！

私の頭の中で、★熱烈歓迎★というネオンが光り輝いた。小躍《こおど》りしたい気持ちを抑えつつ、「そうなんだ、音楽の道に」と大人しく感嘆しておく。きたきたきたきた、芸術関係の夢を持つ若者が、ついにきましたー！　これは私の得意分野である。芸術分野という、良し悪しを測る確固たる物差しがない世界を目指すとき、人は必ず迷い悩むものだ。よしよし、このままいきましょう、とあるトークイベントにて登壇者発案のオリジナルドリンクを販売できるということで「きな粉牛乳」をリクエストしたところその会場史上最低販売数を記録してしまった私ですが、あなたに伝えられることはきっとあります！

彼女は語り出す。

「私はある音楽スクールに通いながら作詞作曲の勉強もしているんですけど、そこには、音楽に人生を賭《か》けている子がたくさんいるんです。その子たちを見ていると、自分は院に進学するっていう保険をかけているみたいに思っていて……音楽に人生全部を賭けている子に比べたら、私はダメなんじゃないかって」

なんと素晴らしい状況だろうか。悩んでいる女の子を摑まえて素晴らしいとは何事だという感じだが、この子は私のために悩んでいるといっても過言ではない。私は兼業作家だったとき、彼女のような悩みを抱いていたわけではなかったが、周囲からそのような悩みに苛《さいな》まれるよう焚き付けられたことが何度もあった。他の小説家は二十四時間小説に向き合っているのにお前はそのフィールドに兼業という状態で挑もうとしているのか、だからお前の書く小説は薄っぺらいんだ、小説に人生を注ぐ勇気がないのか——当時はうるせえなクソ野郎どもまとめて派手にくたばりやがれと思いつつ笑顔であしらっていたが、ここにきてあの時間がお金に代わ、間違えた役立つときが来ようとは！

「あのね、人生賭けてるかどうかなんて、創作物には全然関係ないんだよ」

私はすらりと話し始めた。おっ、という空気が会場を包む。学生以外の大人たちが、クララが立ったならぬ、朝井がまともなアドバイスを始めた、という表情をしている。

「その創作物が生まれた背景なんて、創作物を受け取る側にはどうでもいいことなんだよ。人生賭けたから、長い時間と手間を費やしたものだから素晴らしいっていうのは、そうだったらいいなっていう、色んな人が信じていたい幻想なんだよ。構想十年の小説と構想二か月の小説が同じくらい面白かったら、むしろ後者のほうがすごいなって気持ちにならない？　一途な姿勢であれば素晴らしいものを創れるっていうのは間違っていて、自分がやりたいことにどれだけ本気かってことだけが大切なんだよ。その本気度に、期間の長短は関係ないよ」

信じられないくらい言葉がすらすらとこぼれ出てくる自分に、私は酔っていた。ああ、私はなんていいことを言うのだろう。やっと相手に「そうなんだ」と言わせる立場になれたのだ。長らく務めてきた『週刊そーなんだ！』の広告塔、ついに降板である。よかった。本当によかった。

私の言葉を浴びた彼女は、ひどく納得したような表情をしている。ああどうしよう、今後、講演会の依頼が殺到してしまうかもしれない。忙しくなりそうだわ、と空を仰いだとき、「おっしゃりたいこと、よくわかります」と彼女が頷いた。

「最近、音楽スクールの先生にも、全く同じことを言われたんです」

全く同じことを……!?!

目を見開くほか、私にできることはなかった。あれだけ長く喋ったのに、先生と全く同じだなんてこと、ある……？　動揺する私を置いて、彼女が話し続ける。

「先生にそう言われて、最近、いろいろ考えたんです。私は院に進学するかどうかの選択で悩んでいるけれど、音楽に人生全部を賭けているように見える子だって、きっと私とは違ういろんな選択で悩んでるんだろうなって。そう考えたら、全員同じように悩んでるんだから、その中で頑張るしかないなって思えたんです。だから私、これからも自分なりのやり方で頑張っていこうと思います」

彼女の話が終わった。

私は気づいた。

——この子、ギリ悩んでなかった。

悩んでるっぽかったけど、なんかギリ悩んでなかった！　私はこの子がすでに納得済みの話をなぞっただけ！　それなのに自己陶酔《じことうすい》してべらべら偉そうに上から話してうざい気持ち悪いうわああああああああ
「本当にしっかりした学生さんたちばかりですね。それでは最後、よろしくお願いします」

精神的にのたうち回る私を知ってか知らずか、ライターさんは淡々と会を進めていく。

「僕はAさんやB子さんとは違って三年生なので、まだ具体的に進路のことを考えてい

るわけではないんですけど……」

話し始めた三番目の男の子を見て、私は心を落ち着かせる。

……ふっふっふ。何だかんだ言って、実は私、このC君が控えているから、と、少し余裕を抱いていたのだ。一番年下ということでこれまでも雑談の中でいじられキャラだった人懐こい感じのC君、君は何かに悩んでいるのがとても似合うのだよ——ここまでくるともう抜群に失礼であるが、私はC君に最後の望みを託した。

「就職とか院とか、そういうことはまだ全然わからないんですけど、将来どうしてもやりたいことがあって。僕、学芸員になりたいんです。僕、子どものころから歴史が大好きで、ずっと歴史に関する本ばっかり読んでいて、好きな武将もたくさんいて」

ん？

下級生かついじられキャラとして振る舞っていたころのC君とは比べ物にならないスピードで話し続ける彼を見て、私は、嫌な予感がした。

「正直、子どものころから歴史に関することを仕事にする以外の道を考えたことがないので、そうじゃない未来を考えられないんです。将来的には学芸員の資格を取って、資料館や図書館で働きつつ歴史の研究もしたいなって思っています」

彼の話が終わった。

私は気づいた。

——この子、悩む悩まないとかの外にいる、天才タイプだ。

物心つく前から好きなものに出会っていて、それに向かって猪突猛進《ちょとつもうしん》な天才タイプ。つまり、凡人が抱くあらゆる悩みなどすっ飛ばした存在……！　歴史の話になった途端、C君の瞳はきらきらと輝き、A君やB子さんでさえ少し圧倒されている様子だった。そんなの、A君やB子さんにな〜んにも進言できなかった私なんて、圧倒どころか、物理的にブッ倒されるに決まっている。

よし。こういうときは——私は息を吸い込み、必殺技を繰り出した。

「そうなんだ」

私は無事『週刊そーなんだ！』の広告塔に再び収まった。契約延長である。

これで、三人の話が終わってしまった。ライターの方が明らかに「終わってしまった」という表情をしている。私も堂々と「さて、終わりました」という表情をする。地獄のような時間が流れる。

それぞれ悩みを抱える学生を明るい未来へ導くような話をする予定だったのに、全員がもう一点の曇《くも》りもなく、明るい未来の真ん中で仁王《におう》立《だ》ちをしていたのだ。それはものすごく素晴らしいことなのだが、できれば私のために一点くらい曇っていてほしかった。

「……それでは朝井さん、最後に、未来に向かって突き進む学生に一言、いただけないでしょうか」

こいつにお願いしても無駄だろうな、という空気を承知の上で、私は「はい」と頷いた。

そう、私には、秘策があったのである。

私はこのとき、若者にかける言葉として、「体力」というキラーワードを手にしていた。これは簡単に言ってしまえば夢を叶える能力があったとしてその生活を続けるだけの体力がなければ意味がない、というような毒にも薬にも金にもならないような話なのだが、若いころは特に、実は一番大切なものが体力だなんて意外と思い至らないものなのだ。ちなみに、健康、ではなく、体力、と言い換えるところも大切である。少し言葉を変えただけで同じ内容のものが新鮮に聞こえる、そう、各女性誌が毎月披露していることでも知られる皆様にもお馴染みの技である。パステルカラーって薄ぼんやりとした色のことですよね？

さあ、華麗なる逆転劇の幕開けだ。バリエーション豊かな「そうなんだ」を披露する顔脂多めの小説家というイメージを、今こそ覆そう。

「そうですね、私も最近すごく実感していることなんですけど、とにかく何より体力がすべての土台になっているということです。それは肉体的なこともそうですけど、精神的にもそうです。自分の信じる道を突き進んでいくって、才能よりも何よりも心身ともに体力が必要なことなので、若いときは特にもともと伴っているものとして考えがちですが、とにかく体力を大切に――」

短い時間の中で私は体力体力と言いまくった。その場にいた人はみんな、「この人、すごく体力って言うなあ」と思ったと思う。私も自分の耳に「体力」という音が入ってくるたび、また⁉　と思った。だけどこれでいいのだ。最終的にケイン・コスギのような印象を与えたとて、彼らに何かアドバイスができたという事実さえ手に入れられればそれでいい。

「なるほど。最後に印象的な話を聞かせていただきましたが……」

ライターの方が締めにかかる。よし。学生三人も、最後に突如発生した体力の大行進により錯乱状態に陥っている。このまま逃げ切ろう。そう思ったとき、ライターの方が純粋にこう訊いてきた。

「その体力とは、どうすれば身につくのですか？」

！

やっべェ～！

「そうですね……」

これまでは大体、具体的なことを話さなくたって、体力音頭を奏でさえすればなんとなく場が締まったのだ。具体的にどうすればいいかなんて、考えたことがなかった。頭をぐるぐる回転させたのち、私は最後の絞り汁を滴らせる雑巾《ぞうきん》みたいな顔で言った。

「お肉を食べるですとか……」

会議室内の空気がぐりんと歪む。こいつ今、肉を食えって言った？　将来に悩む私たちに？　私は学生さんたちの顔をもう見られなかった。血気盛んな若者に「肉、食え」と話しただけの私はもはや盆と正月だけに会うウザい親戚である。「それでは今日はこれで終わりです、ありがとうございました」ボンヤリとした空気のまま終わった座談会を経て、私は本格的に、自分は講演会なんて絶対にすべきでない、と心に誓ったのだった。

初めてのホームステイ

二十代も後半になると、友人の結婚、または出産と、退職、または転職が激増する。前者に関してはほぼ毎月のように結婚式に出席するような日々である。みんな「結婚式って恥ずかしいよね……」「忙しい人たちを呼び寄せて、幸せな私たちを見て！　っていう会だからね……」とブツブツ不平不満を漏らしつつもちゃんと遂行するので本当に偉いなあと思う。私は主役と主催者が同一人物である式典への不信感が世間の平均と比べて高めなため、自分が最後の挨拶で「ご指導ご鞭撻《べんたつ》のほどよろしくお願いいたします」と漢字変換もまともに思い浮かんでいないような丸暗記した締めの言葉を放つ瞬間をどうしても想像できないのだが、そんなことはひとまずどうでもいい。今回触れるのは後者だ。

何を隠そう私も、二十代も後半に差し掛かったころ、職業を一つに選択している。今後また二つの職を兼ねるかもしれないし、このまま専業作家として生き続けるのかもしれないが、とにかくやはり二十代後半でひとつ大きな決断をしたのだ。そのことはまた別の章にて詳しく述べるとして、最近、退職や転職だけでなく、それに併せて日本を出る友人が続出している。海外で働く、または海外で学び直すというような体力も気力も必要なチャレンジに臨《のぞ》むには、二十代後半という年齢がちょうどいいのかもしれない。たとえうまくいかなかったとしてまだイチからやり直せる若さがあるし、新しいチャレンジが軌道に乗り始めたとしてそのまま突き進むべきか判断する大人としての能力も備わっている。とある本を出版したときに行ったサイン会でも、何度も来てくれていた同い年の読者の方から、「もしかしたらこれが最後になるかもしれません」と告げられた。勤めていた会社を辞め、オーストラリアへ渡るという。自分の人生の輪郭が見え始めた同年代の、その中でまだやわらかい部分の形を変えようと試みる姿勢は、とてもたくましい。

海外へ渡った友人たちはまず、ホームステイをするケースが多い。その国で暮らす家庭に住まわせてもらうため、一人暮らしをするより割安なのだそうだ。その代り、どんな家庭に当たるかは運任せである。私の友人からも、なぜかホームステイ先の家族が筆談しかしてくれず、読み書きの能力だけがやたらと向上してしまった者、朝ご飯よと言われ葉っぱを差し出され絶句した者など様々なケースを聞く。しかし、逆のパターンを考えてみると、友人たちの不運な話は他人事ではなくなる。私の実家に外国の方がステイするとして、その人は、母の「前から思ってたんだけど……手を使わずに足の指を広げられる人って、本当にすごいよね？」等という日本人でも対応しかねるわけのわからない日本語に向き合わなければならないのだ。母国語でない言語で浴びせられるトンチンカンな発言ほどつらいものはないだろう。

さて、ホームステイと聞くと、蘇《よみがえ》る思い出がある。

私の地元の岐阜県垂井町《たるいちょう》は、一九九六年、カナダにあるカルガリー市と姉妹都市となった。それ以来異文化交流も盛んに行われるようになったというが、一体カルガリー市はどんなメリットを感じ取って我がふるさと・垂井町と姉妹になる運命を選択したのだろうか。Wikipediaによるとカルガリー市とは「カナダ西部のアルバータ州にある都市である。同州最大の都市かつ同国有数の世界都市」らしい。世界都市のカルガリーと、狭い盆地の垂井町。なんだか、コンビ間格差を売りにした「姉妹都市」という名前の漫才師みたいだ。たとえ腹違いの姉妹だといわれたところで納得がいかない。

そんな謎に満ちたカルガリー姉さんには、妹である垂井町から、毎年中学生が派遣されている。垂井町に二つある中学校から計十数名が派遣メンバーとして選抜されるのだが、当時中学二年生、もちろん海外になんて行ったことのない朝井少年はボンヤリと「自分もカルガリーに行きたいなりー」なんてクソつまらないダジャレもどきを友人に披露し完全に無視されたりしていた。中学二年生の冬、そのメンバーを選抜する試験があるというので、私は、同じくボンヤリと海外渡航への憧れを抱く友人たちと連れ立って受験してみることにした。そして、金色のポニーテールをブンブンと振り回す姿が恐れられていたALT（外国人教師）による英語の面接を受けた結果、なぜか試験に合格してしまい、中学二年生の三月、約二週間もの間カナダのカルガリー市に赴くことになったのである。どこかへ派遣＝小野妹子という謎の早合点をした私は、同じくメンバーに選ばれた同級生たちを見て頭の中で（姉妹都市に行く妹子軍団……）と女偏に塗《まみ》れた思考を繰り広げていた。

それにしても、初めての海外。しかも知らない外国の家庭へのホームステイ。試験合格を知らされた瞬間、妹子たちの緊張と恐怖は即ピークに達した。

ただ、学校側も、妹子たちの不安はお見通しだったのだろう。渡航前の数週間は、学校側が決めてくれたホームステイ先とメールでやりとりができるようになっていた。お互いに自己紹介をしたり、向こうの家族構成を聞いたり好きな食べ物を尋ねられたり、ハートフルなやりとりに妹子たちの緊張した心は少しずつほぐれていった。

だが、もちろん中学二年生の英語力ではそのメールのほとんどを読解することができない。先生たちからはできるだけ辞書などを利用し自力で読むようにと言われていたが、デジタルネイティブ世代に生まれたネオ・妹子たちは即、翻訳サイトという神器の使用を解禁した。私も例に漏《も》れず、初めて届いたメールの本文をまるごとコピー&ペーストした。

ドキドキは最高潮に達していた。数週間後には家族のように生活することになる、カナダ在住のウィリアムズ家からの初めてのメールなのだ。

英語↓日本語。変換される道筋を確認し、胸の高鳴りを抑えるようにエンターキーを押す。

【おい　Ryo】

私は「ヒイ」と奇声を上げながら椅子から転げ落ちた。今から十数年前、翻訳サイトの精度は抜群に粗《あら》かったのだ。Hiが【おい】と訳された文章は、初めてのメールの割にはやけに好戦的で、十四歳だった私は「これが北アメリカ大陸……」とビクビク怯えた。

私がステイすることになるウィリアムズ家は三人きょうだいだった。まず、私と同い年である、十四歳の男の子のジャック。ステイ中は一緒に学校に通うこともあるため、ジャックと私はほとんどの行動をともにすることになる。その下には、年の離れた妹と弟。妹と弟はまだ小学校に入る前とかで、ジャックもかなりかわいがっているようだ。そしてたくましいお父さんと家庭的なお母さんという、絵に描いたように幸せな五人家族。ここに垂井産の一重がブチ込まれるわけである。前作『時をかけるゆとり』では排泄できる場所を求めて山梨の民家に突入した記録を記したが、どうやら私はこのころから見知らぬ家庭の一家《いっか》団欒《だんらん》を崩壊させる癖があったらしい。

ジャックは活発な少年であるらしく、バスケやサッカーなどいろんなスポーツが好きみたいだ。思いっきり他力で翻訳された文章を読みつないでいくと、最後のほうに、こんな文章が現れた。

【だけど今一番好きなのは、氷のインチキです。なので、こちらに来たときはぜひ一緒に氷のインチキを楽しみましょう！】

文末にエクスクラメーションマークが付くくらい陽気な文章の中、何か薄ら怖いことに誘われていることのみがよくわかった。氷のインチキって何だろう。果たしてそれは異国から来た少年と無邪気に興じる類のものなのだろうか。私は散々頭を悩ませたのだが、やがてそれは、カナダの国技でもあるアイスホッケーのスペル、【ｉｃｅ ｈｏｃｋｅｙ】からｃが抜け落ちたことによる【ｉｃｅ ｈｏｋｅｙ】の直訳だということが発覚した。こんな形で、すぐにメールの文面をコピペするのではなく一度自分で訳してみるべきだという先生の教えが身に染みたのである。【ｉｃｅ ｈｏｃｋｅｙ】という字面を目で見てさえいれば、見知らぬ外国人と身も凍るような騙し合いをする羽目になるのか、と怯えていた無駄な時間を省けただろう。

早くカナダ行けよ、という読者の声が聞こえてきそうなので、時間を進める。初めての空港、初めての飛行機、初めての税関、とあらゆる初体験にキャアキャアと喚《わめ》きながら、妹子たちは無事カナダに辿り着いた。聞いていたよりも寒く、想像していたよりも人や道や建物が大きく見えた。日本を発ってから二日間ほどは、ホテルに宿泊し、校外学習という体《てい》で観光を楽しんだと記憶している。妹子チームで過ごす最後の夜は、翌日からお世話になるホームステイ先の家族の方々とのウェルカムパーティがあり、いよいよ明日からはバラバラになるのだという緊張感にみんなガチガチだった。

そんな、ホームステイ先へと旅立つ前日。ウェルカムパーティを終え、ホテルに戻った妹子たちのうち数人で、不安のあまり一つの部屋に集まった。二つの中学校から選抜されたチームだったが、異国の地で唯一日本語の通ずる相手ということで、チームの結束は自然と強固なものになっていた。いよいよ明日からは全員別々の家庭で、さっき会ったばかりの人々と英語のみで生活しなければならないのだ。そのプレッシャーは凄まじく、私たちは「緊張するな……」「楽しみでもあるけど、やっぱちょっと怖いよね」なんて、一人では抱えきれないワクワクやドキドキを分かち合った。

そろそろ各部屋に戻ろうか――そんな空気が流れたときだった。私は、とある男子が、部屋にある大きな窓の向こうを、じっと凝視していることに気がついた。

「どうしたの？」

私も窓の外へと目を凝らす。しかし、あまり視力のよくない私は彼が何を見ているのかよくわからない。

「……なあ、向かいのホテルの、あのカーテンが開いてる部屋……」

彼が、ぽつりと呟いた。

「ヤってねえ？」

！

思春期真っ盛りの十四歳たちは、無言で窓際に吸い寄せられた。道路を挟んだ向かい側にある大きなホテル、ずらりと並んだ各部屋の窓の中で、カーテンが開けっ放しになっている一室がある。確かにそこでは、裸の男女が、この部屋にいる十四歳たちが一度も取ったことのない体勢をキメていた。

「……うわあ……」

「すげえ……」

そのとき、さっきまで健気に分かち合っていたドキドキ、ワクワク、初めての海外、明日への胸の高鳴りなどの要素は一掃され、（エッロぉ……）というたったひとつのモノローグのみが私たちの感じ取ることのできるすべてとなった。結局その後どんな会話をして自分の部屋に戻ったかは覚えていない。だが、あの日初めて、映像などではなく本物の、外国人同士のまぐわいを目撃したという記憶は今でも強烈に脳に焼き付いている。

早くホームにステイしろよ、という読者の声が聞こえてきそうなので、時間を進める。

私も書きながらそう思っていた。

私に氷のインチキを仕掛けてきたウィリアムズ家は、この世の幸福をぎゅっと凝縮したような一家だった。つまり私はホームステイ先として大当たりを引いたのである。同い年の男子、ジャックをはじめとする三きょうだいはみんな陽気だったし、両親もそのラブラブさを子どもの前で隠さないような、素敵な洋画に出てくるタイプの夫婦だった。謎の垂井町民を引き受けられるだけのことはあり、家は大きく、なんと地下にビリヤードやサッカーの練習ができるようなプレイルームまであった。ウィリアムズ家は、ほぼ命令形でしか会話ができないような盆地出身のネオ・妹子をあたたかく歓迎してくださったのである。いい人たちで本当によかった。

私はウィリアムズ家のために、日本からのお土産として色んなものをトランクに突っ込んでいた。彼らは異国の学生を受け入れるだけあって異国の文化に興味があるらしく、私が持っていった日本的なあらゆるものにも大変興味を示してくださった。中でもジャックやその弟や妹が食いついたのは折り紙だった。

『これ知ってる！　いろんな形のものを作れるんでしょう?!』（今後、二重カッコのセリフは英語として読んでいただきたい）

特に食いついたのは妹で、色とりどりの折り紙を楽しそうにぱらぱらと手に取った。ただの正方形の紙から鶴とか花とかそういうものを作ってしまう日本人の器用さは、外国人にウケがいい——事前にそんな情報を仕入れていたのだが、まさにドンピシャリだった。

『作ろう、鶴を、ともに』

私は持参していた電子辞書で〝鶴〟を検索しつつ、妹にそう伝えた。彼女は喜び、喜ぶ彼女を見守るウィリアムズ家もニコニコ笑顔だ。

鶴の折り方は覚えていったほうがいい――これも、日本を発《た》つ前に仕入れた情報だった。私はそれまで、偶然にも「折り紙で鶴を作る」という経験をしておらず、このお土産を喜んでもらうために急きょ折り方を覚えた。その努力がまさに実る瞬間が訪れたのだ。

こうして、こうして、こうして、と、私がするとおりに、妹さんが紙を折っていく。ただの正方形が鶴になるなんてアメイジング！　という期待感がリビングに満ちる。

しかし、私は、かなり序盤の段階で、顔を引きつらせていた。

折り方を忘れたのである。

出発前あれだけ練習したのに、いざ正方形の紙を目の前にすると一体どうやってこの紙から鶴が誕生するのか見当もつかない。急ごしらえの記憶は、ここ数日間で出会った様々な初体験によって脳から追い出されていたのだ。いくら折っても鶴らしき輪郭が見えてこない。いよいよ妹さんも不信感を露《あら》わにし始めたところで、私ははたと手の動きを止め、言った。

『忘れた。終わり』

突然の幕引きだった。でも、申し訳なさやふがいなさを伝えるだけの英語力を持ち合わせてもいない。Ｗｏｗ……という空気の中、テーブルには鶴にも何にもなり切れなかった化け物が二つ転がっていた。これが初夜の記憶である。

二日目以降は、ジャックとともにカルガリーの中学に通った。ライ麦パンのサンドウィッチをランチとして持たされたときは、「スヌーピーとかで見たことあるやつやあ！」とひとりテンションぶち上げ状態だった。カルガリーの中学に通うことができたのはたった数日間のみだったが、日本の中学校とのカルチャーショックは激しく、ただひたすら刺激的な時間だった。

英語で繰り広げられるフランス語の授業に対して「完全に降参で〜す」という表情をしていたら一人だけ教室の掲示物の貼り換えという軽作業を託されたりと、なんだかんだ私はカルガリーでの日々に馴染んでいった。ジャックはいつも私を助けてくれたし、彼の友達も明るくて気持ちのいい子たちばかりでありがたかった。ジャックの母による食事もおいしく、靴のまま家の中をウロウロすることにも慣れ、鶴放棄事件により疎遠になっていた妹さんとの距離も再度縮まり、異国での生活に少し余裕が出てきてはいたが、私はひとつだけ、どうしても慣れないことがあった。

お風呂だ。

北米の人はまず湯船に湯を溜めない、ほぼシャワーで済ませる、という話は聞いていたが、加えてウィリアムズ家はシャワーでさえ毎日浴びないようだった。髪も肌もわりと脂っぽかった十四歳の私はそれが割とキツく、三日目あたりについに『私、シャワー、使いたい、すごく』と嘆願した。

オールオッケ〜みたいなざっくりとした返事をもらい、いざ全身を洗い流したときの気持ちよさは凄まじかった。長らく使われていないだろう白い湯船を見て、初めて日本が恋しくなったものだ。毎日たっぷりの湯に浸かることができたあの日々はなんて尊いものだったのだろうか……後ろ髪引かれる思いで脱衣所に立ち、ふわふわのタオルを目の前にして、私はハッとした。

すっかり忘れていたのだが、私はそのとき、いんきんたむしを患っていたのである。

私の通っていた中学校では、冬、剣道の授業があった。その際、剣道部も使用している防具を身に着けるのだが、とにかくそれらの匂いがひどかった。中には黴《かび》が生えているものもあり、私はまさに黴だらけの防具に身を包み一冬《ひとふゆ》を過ごしてしまったのだ。あっというまに股間が痒《かゆ》くなり、恥を忍んで病院に行ったら即、町一番のいんきんたむし野郎の刻印を押されたのである。私の股間が黴だらけだという事実は一瞬で朝井家を駆け巡り、使用するタオルなどが厳しく管理されることとなった。これが日本を発つ一週間ほど前の出来事だ。

ぽた、ぽた、と、私の体から水が滴る。

きょろきょろと、周囲を見渡す。もちろん、誰もいない。

私はゴクリと唾を飲み込んだ。

そして、白くてやわらかくて清潔なタオルを、いんきんたむしの巣窟《そうくつ》に擦《こす》り付けた。

私は「ごめんなさいごめんなさい」と小声で繰り返しながら丁寧に股間を拭いた。家庭内で誰にもうつさないようにうつさないようにと気をつけていた菌を、まさか国を越えてバラまくことになろうとは全く思っていなかった。あんなにお世話になったウィリアムズ家に、股間から始まるパンデミックをお見舞いしたのである。恩を仇で返すとは聞いたことがあるが、私は恩をいんきんたむしで返したのだ。当時の私に鶴なんて折れなくたっていいから股間に黴だけは生やすなと言いたい。

さて、ステイ期間中、ウィリアムズ家は私といんきんたむしを色んな所に連れて行ってくれた。ジャックは地元のアイスホッケーチームに所属しており、その練習を見学しにアイスリンクにも行った。カナダでのアイスホッケー人気は凄まじく、一度スタジアムにも感染、漢字変換にもいんきんたむしの影響が出ていてつらい、観戦しに行ったのだが、かなり大きな会場がものすごい人で賑わっていた。選手のユニフォームやグッズもたくさん売られており、日本でいうプロ野球といったところだろうか。

そんなウィリアムズ家は、最後の日が近づいてきたある日、親戚中が集まるらしきホームパーティに私を連れて行ってくれた。『楽しい人がいっぱいだし、おいしい料理もたくさんよ！』だかなんだか、魔法のような誘い文句は大変甘美に響いた。

着いた家はウィリアムズ家のそれと負けず劣らずの豪邸で、中にはすでにたくさんの人がいた。ジャックは『おじさんのポールだよ』『おじいちゃんのデヴィッド、おばあちゃんのセリーヌ』『いとこのブライアンとジム』というように次々と私に紹介してくれたが案の定全く覚えられず、私は『リョウです、リョウでーす』とバカの一つ覚えみたいに繰り返していた。

やがて私がウィリアムズ家にホームステイをしているという情報がパーティの参加者中に知れ渡り、いつしか私は話題の中心に祭り上げられていた。それはありがたいことなのだが、パーティということでみんなテンションが上がっており、かなり早口になっている。私は周囲の人々の発言をどうにか聞き取ることで精いっぱいの状態だった。

そんなとき、ポールだかデヴィッドだかが大きな書物を持って私のほうに近づいてきた。ポールだかデヴィッドだかはその書物をぱらぱらめくりながら、私に訊いた。

『リョウはどこから来たの⁉』

それはさすがに聞き取ることができた。えーっと、日本から来てるってことは知ってるはずだからどうやって答えようかなと返事を思案する私の目の前に、ポールだかデヴィッドだかがバンと手にしていた書物を広げる。

それが世界地図だということが分かったのと、私が『タルイタウン』という誤答を引き当ててしまったのは、ほぼ同時だった。

『タルイタウン？』

『この地図で言うとどこ？』

私がタルイタウンから来たという情報は瞬く間に広がっていく。やばい。私は小指の爪で世界地図の一角を指しながら、『ここ、ここ』と必死に人口三万人以下のタルイタウンを世界都市カルガリーの人たちに向けて示した。

『トウキョウに近いんだね』

『すごいね！』

タルイタウンに関する間違った情報がどんどん広がっていく。『ノーノー、ここ、ここ』私はどうにかして世界地図をベースにタルイタウンの正確な位置を伝えようとしたが、その試みは失敗に終わった。諦めた私は、東京都民には無許可で、トウキョウの近くにあるタルイタウンから来た、ということで手を打った。

『あ、リョウ！』げんなりしている私に、ジャックが目を輝かせる。『そういえば、この家にはピアノがあるんだよ！』

私は中学生になるまでピアノを習っており、その情報は会話の種としてウィリアムズ家に提供していた。ウィリアムズ家にはピアノがなく、みんな『リョウのピアノ聞きたかったよ』と残念がってくれていたのだ。

『なに、リョウはピアノが弾けるの⁉』

『いいね、何か弾いてもらおう！』

ブライアンだかジムだかが、私をピアノがある場所まで導いてくれる。実は、当時の私はピアノの腕にはそこそこ自信があった。ここで取り返そう、という思いで、導かれるままに私は歩いた。

連れていかれた部屋には、ご立派なピアノがでんと鎮座《ちんざ》していた。『さあリョウ、何でもいいから弾いてよ！』親戚中に私をもっと紹介したいのか、ジャックの目はきらきら輝いている。

いざ椅子に座り、期待に満ちた目に囲まれたとき、私ははたと我に返った。今ここで弾けるような、楽譜なしで弾ける曲って何だろう。さらにこの空気感からすると、一節だけでなく、それなりの長さを弾き切ることを望まれている——私は焦った。今思えば、「エリーゼのために」でも「トルコ行進曲」でも、とにかく世界的に有名な曲ならば何でもよかったはずだ。だが、楽譜なしで割と長めに弾ける曲、楽譜なしで割と長めに弾ける曲、と混乱状態に陥った私は、当時もっとも弾き慣れていた曲を弾き始めてしまった。

垂井町立不破《ふわ》中学校の校歌である。

死にたい——弾き始めてすぐ、私はそう思った。ホームパーティを楽しんでいた場で、突然、全校集会を始めてしまったのだ。先ほどタルイタウン・イン・世界地図という失敗を犯したというのに、その小さなタルイタウンの中にある小さな中学校の校歌を披露するなんて私は何を考えていたのだろうか。しかも、伴奏だ。和音を繰り返すばかりで、特にメロディラインがあるわけではない。

いつサビが来るのかな？　いつ私たちの知っているメロディが来るのかな？　みたいな顔をしていた一同は、『終わり』弾き終わった私に混乱の拍手を浴びせた。ブライアンだかジムだかが『うまいね！』みたいに言ってくれたが、私はこの異国の豪邸に垂井町立不破中学校の校歌が流れたという事実に薄ら笑いを浮かべてしまっていた。

なんだか、色々とうまくいかない。どうにか気分を盛り上げつつホームパーティを乗り切っていると、終盤、ジャックの姪だか甥だかいとこだかが、私に話しかけてきた。

『リョウ、夢はなんなの？』

突然のハートフルな展開を許していただきたい。向こうからすれば、十四歳という若さでホームステイをしにくるこのタルイ人にはさぞ大きな夢があるのだろう、とでも思ったかもしれない。私は姿勢を正すと、姪だか甥だかいとこだかの目をまっすぐに見て、言った。

『ｗｒｉｔｅｒ《ライター》……将来、ボクは作家になりたいんだよ』

今思うと、美しいやりとりである。カナダの素敵なお家、初めて出会った陽気な人たち、そこで明かす将来の夢――まるで絵本の中にいるみたいだな、と思ったとき、姪だか甥だかいとこだかがぱっと表情を明るくして、言った。

『ｒｉｄｅｒ《ライダー》!?　かっこいい！　リョウは車を運転するんだね！』

姪だか甥だかいとこだか、ブンブンと言いながらハンドルをくるくる操る真似をし始める。おや？　と思ったときにはもう遅かった。ジャックが『えっリョウはｒｉｄｅｒになるのが夢なの!?　かっこいい夢だけど意外だね！』だかなんだか、目を丸くしている。その周りを、バイクに乗る真似をしている姪だか甥だかいとこだかが駆けずり回っている。

違う、とは、もう言えなかった。

私はその日、ライダーを夢見る少年という像を演じ続ける羽目となった。今こうしてライターとなり、あのころの日々を振り返りお金を稼いでいると知ったら、ウィリアムズ家の皆様はどう思うだろうか。オールオッケ〜とまた笑ってくれればいいが、いんきんたむしの件は今思い出しても本当に申し訳ない気持ちでいっぱいだ。本当に本当に出会う人全員がやさしくて良い人だっただけに誰にも菌がうつってなければいいのだが、それを確認する前に私の初めてのホームステイは終わりを告げたのだった。

ファッションセンス外注元年

【紀元前】

私は、服装に関して、独自のセンスを発揮してしまうことが多い。

これはもう昔から再三指摘されていることだ。友人曰くクソダサイらしい。毎月雑誌の表紙に踊るトレンドなんてものは本当に全くわからないし、これからわかるようになる予感もない。これとこれを組み合わせるのは古い、これとこれを組み合わせるのは去年だったらかっこよかった、この組み合わせはあえてハズしており逆にかっこいい――いい加減にして！　これ以上私を困らせて楽しい⁉

私にとって服とは寒さを防ぐもの、または恥部を隠すものであり、逮捕されないために仕方なく着ているといっても過言ではない。もし全裸で町中を歩いたとて逮捕されない世界だったら、私は服を着ないと思う。

そもそも、私みたいな、ばくばくと食べ物を消費し、のうのうと自然を破壊し続けている人間が、何かで自分を着飾ろう、よく見せようと思うだなんて大変おこがましいではないか。そこにいるだけで地球を壊し続けているような私は、生きている、ただそれだけで罪深い存在なのに、さらに見た目を良くしようだなんて！　眠れる欲深さにクラッとしてしまう。服を買いに行ったとして、いらっしゃいませぇ〜と近づいてきた店員さんに、耳元で「生きているだけで罪深いのに、さらに服まで手に入れようとしているんですか？」なんて囁かれたらもう終わりだ。反論できない。だから私は仕方なく、同じ服を大量に買い、それが破れるまで着回す。先日、何年も着続け生地が薄くなってきているシャツを着て帰省したとき、母に「このペースで薄くなり続けていくと、このシャツは数年後にはなくなっているのではないか」と珍しくまともな問題提起をされた。その通りだ。そしてそのときが私の服の買い時だ。

これまでは、このスタンスでもまあ許された。だが最近は、いよいよ人に迷惑をかけ始めている。

私のような人間にとって、結婚式は鬼門である。普段着でいるときでさえ「えーっと、どうしてこの服を買おうと思ったの？」と購入時の記憶まで掘り起こされ精神的に凌《りよう》辱《じよく》されることがしばしばなのに、そんな人間が【パーティにふさわしい正装】なんて煌《きら》びやかな引き出しを持ち合わせているわけがない。私は常に、真っ黒の礼服、真っ白のネクタイ、真っ白のシャツ、黒い革靴、この四点セットで式に馳せ参じてきた。使用する色は、黒と白。ここからブレなければ、結婚式という場所で失敗することは絶対にないはず——そう信じて疑わなかったのだが、二十代後半にもなると、一緒に式に列席する友人たちが皆、黒と白以外の色を差し込みやがるようになった。なんかチェックのベストやら目立ちすぎない柄物のシャツやらを取り入れつつ【パーティにふさわしい正装】からは外れない、みたいなウルトラCをキメやがるようになってきたのである。生意気な。結果、黒と白のみに包まれた私は誰の結婚式でも安定して親戚のおじさんみたいな存在感を発揮してしまうようになった。式中はいつも、「誰の目にも映っていなければいいな～」と思いながらパンを千切ったりしている。

そんな中、先日、大学時代の友人の結婚式に招待された。八月だったので、招待状には【暑いのでノーネクタイでお越しください】みたいな一文が記載されていた。ふむ。私は、真っ黒の礼服、真っ白のネクタイ、真っ白のシャツ、黒い革靴、の四点セットから、真っ白のネクタイ、を嬉々として放り投げ、その式で披露する予定の余興の練習のため、都内のダンススタジオへと向かった。

ともに余興を行う友人たちはすでにスタジオに到着しており、相変わらずチェックのベストやら目立ちすぎない柄物のシャツやらを生意気にも取り入れやがっていた。ハイハイいいですよいいですよどうせ私は親戚のおじさんですよ、と秒速で臍《へそ》を曲げた私だったが、スタジオの壁一面にはめ込まれている鏡に映る自分を見て、固まった。

——法事？

真っ黒の礼服、真っ白のネクタイ、真っ白のシャツ、黒い革靴、の四点セットから、真っ白のネクタイ、を抜くと、その途端、礼服が喪服に早変わりするのだ。すごい。脳トレの問題でよくある、マッチで作られた数式を成り立たせるためにどれか一本を移動させなさい、みたいな感じである。ネクタイ一本引き抜いただけで、真夏の結婚式が盆の墓参りに大変身なのだ。友人たちは「結婚式で余興をやる人間としては、死の臭いがしすぎている」「人の幸せを祝う気があるとは到底思えない」等、人知れず冠婚葬祭の婚と葬を兼ね備えてしまった私を旺盛に合評した。

そして、何より困るのは、やはりテレビ等のマスメディアに私の全身が晒されるときである。担当スタイリストなんてもちろんいないため、着る服を自分のクローゼットから選んでいくことになるのだが、クローゼットの中身がハズレクジばかりなので、目を瞑《つむ》ってえいっと引き当ててみたところでその服は百パーセントハズレなのである。数年前、『ボクらの時代』という番組に出演したことがあるのだが、収録が終わったあとそのままの姿で会った友人に、「今日、『ボクらの時代』の収録だったんだあっ」と鼻の穴を膨らませながら自慢したところ、「そうだったんだ、じゃあそのあと着替えたんだね〜」ととても自然に息の根を止められたことがある。その服装でテレビに出るようなヤツらの時代なんて永遠に訪れない——そんな言外のメッセージに、私は力なくほほ笑むほかなかった。

とはいえ、衣装は準備します、と言われたところで私は迷惑をかけてしまう。以前、なぜか「GQ」という大変しゃれた雑誌のメンオブザイヤーという企画に選出していただき、数ページ分の写真を撮っていただけることになった。「撮影用のお召し物をオーダーメイドで準備させていただきますので、体のサイズを教えていただけますか？」と尋ねられ、「えーっと、Mです」とざっくり回答したときはまさに〝絶句〟といった空気が流れた。身長や体重はもちろんウエストや首回りなど私の全身を構成するあらゆるパーツのサイズを知りたかったらしいが、そんなものは知らない。優しい担当者が「では、スーツを購入されるときはどんなブランドのどれくらいのサイズのものを買われますか？」と質問を変えてくださったが、「えーっと、一着目千円のやつから選ぶので……」と話し始めた途端、生きている人間のにおいはしなくなった。

結局、先方に某一流ブランドの服を用意していただいたのだが、スタイリストの方々にそれを着付けられている最中、私は心身ともに自分のあまりの罪深さに細胞のひとつひとつが順番に死滅していく感覚に苛まれていた。頭からつま先まで、某一流ブランドのスーパー高い服。それに包まれているのは、創造と破壊の破壊の部分しか担っていないのに我が物顔でこの星の上を歩いている人間――そんなのダメだ！

私の中のシャッターが完全に降りてしまった瞬間だった。そうなのだ、私は良い服を着ると、人類である自分の罪深さと愚かさに直面してしまい、人間活動のスイッチがオフになってしまうのだ。

その年のメンオブザイヤーに選ばれた方々は、私以外、たいへん著名な方々ばかりだった。その中で私のみ、パッと見て何を職業にしている人なのかわからないレベルの知名度であり、「なんかイトコにいそう」と言われるような汎用性《はんようせい》のある顔立ちをしていた。そのため、小説家だということを読者にわからせるべく、小道具として鉛筆が用意されていた。

鉛筆で執筆したことなんてないけどな、と思いつつ、私は死んだ顔で鉛筆を握る。すると、カメラマンの方が「あ、朝井さん、鉛筆なんですが」と指示を出してくれた。

「持つのではなくて、口にくわえていただけますか？」

持つのではなくて、口にくわえるのですか？

私の脳内はほぼオウム返し状態だった。きっと、私服を着ている状態の私であれば、「えーなんですかそれぇ」とか言いつつも、一応、鉛筆を口にくわえたと思う。だがそのときの私は、某一流ブランドのスーツを身にまとっていた。人間の罪深さ、愚かさをもう自分の両手では抱えきれないような状態だった。

「できません」

私はハッキリと断った。ふざけんなイトコ顔、である。やれよ。黙ってくわえろよマジで。百本くらいくわえろよ。おめーはそれくらいしねえと写真撮られる価値ねえんだよ！

だけどどうしてもできなかった。すでにこんなにも人間ありのままの姿に嘘を塗り重ねているのに、さらにその上に「鉛筆をくわえる」という嘘を重ねることはどうしてもできなかった。どうにか撮影スタッフ側が折れ、私は鉛筆を手に持ったまま撮影に臨んだのだが、その合間にメンオブザイヤーに選ばれてどうか、というような短いインタビュー映像の収録があった。私はカメラに向かって自分の気持ちを正直に話したつもりだったのだが、完成した動画を観てみると、謎の幾何学《きかがく》模様のような映像に、私の音声が被せられていた。おそらく、そうしなければならないほど私の顔は死んでいたのだろう。本当に申し訳ない気持ちでいっぱいだが、自分の醜さが覆い隠されれば隠されるほど、私の顔は死んでしまうのだ。それはもう、ＤＮＡに搭載されてしまったシステムなのだ。今自分で書いていても仕事なんだからゴチャゴチャ言わずにきちんとしろよと思いました ごめんなさい。

途中、衣装が変わることになった。その間に、次のカットに向けて、撮影スタジオもセットの変更に入るという。私は逃げるように別室に転がり込み、スタイリストの方々が手をかけるより早くスーツを脱いだ。一秒でも早く、ありのままの醜い自分に戻りたかった。

といっても、すぐに次の衣装を着なければならない。その日、スタイリストは二人もついてくださっており、私はもう完全にマネキン状態であった。棒立ちの状態で変わっていく召し物をボンヤリと見下ろしていると、スタイリストの二人が小声で交わしている会話が聞こえてきた。

「このボタンってどこまで留めます？」

「アー……そっか、全部留めちゃうと」

「はい、跳びづらいと思うので」

跳びづらい⁉

私は思わず「次、私は跳ぶんですか⁉」と詰問してしまった。そうみたいですね〜と軽く流されつつ、私は棒立ちのまま呼吸をし続ける。またもや、一流ブランドの高価なスーツだ。これを着て、私は跳ぶらしい。それは一体どういうことなのだろう。先ほど鉛筆をくわえることを断ったように、跳ぶという動作を断ることはできるのだろうか。

「よろしくお願いしますー」

挨拶をつむじで受け止めながらスタジオに戻ると、そこには、五メートル四方ほどの原稿用紙の海が準備されていた。

これは……。絶句する私に、スタッフの方が説明をしてくださる。

「カメラマンが真上から写真を撮りますので」見上げると、網状の床からカメラのレンズを突き出しているカメラマンの方がいた。ご苦労様です。「この原稿用紙のプールの中に飛び込んでもらってもいいですか？」

原稿用紙のプールの中に……飛び込む……。

「ベリーロールみたいな感じでお願いします」

ベリーロールみたいな感じを……お願いされた……！

私は「はい」とロボットのように頷いた。鉛筆のときは思い切って断ったが、今はもう目の前に原稿用紙のプールが用意されているのだ。この労力を前に「できません」なんて言えなかった。私は何度も飛び込んだ。ベリーロールみたいな感じで飛び込んだ。

シャッターが切られるたび、スタジオにあるパソコンにその画像が転送されるのだが、パソコン画面の前にいる若い男性は確実に笑っていた。本当は罪深く醜い自分を高級スーツで覆い隠し、原稿用紙の海にベリーロールで飛び込む私の本質を、彼だけではなく世界中の人たちに見抜かれているような気がした。

結局、プロ中のプロの方々の技術のおかげで、写真自体は素晴らしいものに仕上がった。だが、私はあの写真を直視できない。美しい服に身を包んでいる自分を、私は長時間、観続けることができない。

とにかく、普段着であれ正装であれメディア出演時であれ、私と服は相いれない存在なのだ。もはや、自分の好き嫌いもわからなくなっている。インタビュー等でよく「朝井さんにとって小説とは何ですか？」みたいなクソ質問をされ、「そうですね……私を人間たらしめてくれるもの、でしょうか」なんてクソ回答でクソ界のリターンエースを決めにかかることがあるが、もし「朝井さんにとって服とは何ですか？」と尋ねられれば「私を全裸ではなくしてくれるものです」と即答するほかない。私が着る服に「法律を守らせる」以上の役割を課さないでほしい。

そう考えると、中高生のころは本当にラクだった。学ランを着ていればそれでよかったからである。つまり、制服、というものが存在する生活であれば私の心は休まるのだ――なんて思っていたのだが、スーツという制服を手にしたはずの会社員時代も、それはそれで大変だった。白いシャツの下になぜかカラシ色のインナーを着てしまっていた日は、一日たっぷり勤め上げたあと、上司から「ずっと思ってたけど……今日、若手のヤクザみたいって言われてたよ」と告げられ、カッと目を見開く羽目になった。一度、あまりにふがいない格好をしている私を見かねた上司がわざわざ半休を取って、シャツやスーツを見立ててくれたこともある。その日はもちろん私も半休を取ったのだが、「服を買いに行く」なんて理由で半休を取ったと周囲に悟られないよう、二人でホワイトボードに半休と記入したのち時間をズラして退社した。あとから色んな人に「バレバレだった」と続々と告げられ、禁断の社内恋愛みたいな行動をしてしまったことを時間差で恥じた。

自分で選んでもダメ、衣装を用意すると言われてもダメ、スーツという制服があってもダメ。残す道は全裸か逮捕となったとき、とある女性誌が主催するトークイベントに登壇者としてお声がけいただいた。普段から交流のある西《にし》加《か》奈《な》子《こ》さんとの対談だったので快諾したのだが、そのイベントにはスポンサーがついており、スポンサーから登壇時の服装へ注文が三つほどあるとのことだった。

私は恐る恐る、注文が明記されているメールを開いた。私が持っている服は、とにかく黒が多い。黒さえ着ておけば、大成功はなくとも失敗はないだろう、という守りに徹した考えのもと生きているからである。お願いだから、クローゼットの中にある手持ちの布切れで見繕《みつくろ》えるような条件でありますように——。

①暗い色不可

手持ちの服がゼロになった瞬間だった。さらに続いていたのは、②春らしい色の、③柄物ではない服。暗い色不可、だけでなく、春らしい色、というダメ押しがあるあたり、黒なんて着ていったらもう大人なのに泣くまで怒られるかもしれない。注文から外れた服で登壇するか、全裸で登壇するか——究極の二択の前で、私はついに白旗を振った。

もう、自分で考えるのはやめよう。

ここまできてやっと、私は、人の力に頼ることに決めた。ここが私のアナザースカイ、間違えた、ファッションセンス外注元年である。

【紀元後】

かねてより友人から、「スタイリストをしている友達がいるから、その人に服を選んでもらっている」という話を何度か聞いていた。友人は、そのスタイリストの方（今後、

Kさんと表記する）にシーズンごとに服を選んでもらっており、それで日々の生活がすこぶるラクになったという。確かに、会社だって、専門的でない分野は別の会社に外注する。服の選択だって私の専門分野ではないのだから、外注すればいいのだ。それで私自身の罪深さが軽減されるわけではないが、自分で選んだわけではないのだから、と自分自身に対して言い訳はできる。

私は友人に頼み、Kさんと会わせてもらえることになった。普段着まですべてとは言わない、とりあえず人前に出る用の服を一式選んでいただきたい、と懇願する私を、Kさんは優しいほほ笑みで迎えてくださった。スタイリストとしてキャリアも実力も人気もあるKさんは、友人の友人、つまりほぼ他人である私の服を選ぶという、何の経験にもならない、感覚的には排水溝の掃除とかと同列のイベントに乗っかってくださったのだ。ありがたすぎる。どれだけ感謝してもしきれない。

Kさんは、お会いする前に私の画像を色々チェックしてくださったらしく、その結果「この人は、この服が好きだから、というわけではなく、これなら人に嫌われなさそうだから、という理由で服を選んでいる」という真実をあっという間に突き止めていた。これはもはやメンタリストである。二時間サスペンスドラマ等でよく聞く「スチュワーデス刑事」的に言えば、メンタリストスタイリストだ。体が服を着た結果、心が丸裸になるなんて皮肉な話である。今の言い回し、褒めてくれてもいいんですよ。

そもそもどの店に行けばいいのかわからない、店に辿り着いたとして店員さんとうまくコミュニケーションが取れない、ゴミクズ人間が一丁前に試着なんかして笑われていないか不安……服に無頓着な人間あるあるは枚挙にいとまがないが、プロのスタイリストの方と一緒に訪問すれば、それらの悩みは気持ちいいほどに一掃された。Kさんは、ある程度どんな服をピックアップするか考えてくださっていたらしく、歩みに迷いがない。さらに、どの店に入っても、Kさんがいると分かった途端、店員さんの中の誰かが「あ、お疲れ様です」といった感じでKさんに声をかけてくるのである。ファッション業界で大活躍のKさんは、仕事上のやりとりがある店が大変多く、お店側にとってはただのお客ではないのだ。カッコイイ。店員さんに話しかけられてもとりあえず無視を決め込んでしまう私は〝店員さんの知り合いの知り合い〟という自分にあっというまに酔った。

ただ、今日はどうされたんですか、お仕事ですか、みたいな感じでKさんに話しかけてきた店員さんが、「この男性の服を選びに来たの」と答えるKさんの後ろにいる私を見て、ほんの一瞬、「は？」みたいな表情になることが本当に申し訳なかった。業界でも有名な売れっ子スタイリストのKさんと、ハズレクローゼットの中から引き抜いてきた手持ちの布で恥部を隠している私。なぜKさんがこの男の服を仕事でもないのに見繕わなければならないのか。傍から見たら、Kさんがとんでもない弱みを握られているようにしか見えないだろう。強盗犯に乗りこまれたタクシー運転手は「空車」「支払」などと表示される箇所に「ＳＯＳ」と表示するという都市伝説があるが、このときのKさんは後ろにいる私に見えないように「ＳＯＳ」と書かれたてのひらを誰かに見せていないと辻褄《つじつま》が合わないような状況だったはずだ。

Ｋさんはとんでもない手際の良さで様々なアイテムを当てがってくださった。本当は罪深いのに、こんなにも醜いのに、みたいな思考を差し込むことのできないスピードで、「これを着てみて」「これも着てみて」あらゆる召し物が私の手に渡る。ありがたい。私に必要だったのはスピードだったのかもしれない。

Ｋさんと私をつないでくれた友人もその旅路に参加していたのだが、私が試着室に入り、Ｋさんが選んだものを着用し試着室から出てきただけで、Ｋさんと友人たちはワアワアと面白いように盛り上がってくれた。似合う！　印象が全く変わる！　やっぱり服は大事！　等、拍手せんばかりの大盛り上がりである。その賞賛はＫさんの手腕に対するものだとは重々承知しているが、試着室のカーテンをシャッと開き外の世界に一歩踏み出すたびにステキやら似合うやら言われると、まるで自分が褒められているような気持ちになってしまう。イメージとしては、映画やドラマでよくある、あか抜けない主人公が強引な相手役に連れられ服屋や美容院を巡り洗練された姿に生まれ変わるアレである。映像がダイジェストになり、売り出し中の若手シンガー（主演と同じ事務所所属）の挿入歌《そうにゅうか》が流れるアレである。

特に、濃い紺のニットを着たときのリアクションはすごいものだった。あまりにもポジティブな感想を浴びせられるため、おや？　もしかしてこれはマネキンである私自身もステキになりつつあるのでは？　もしかして想像よりも罪深くも醜くもないのでは、さすがにそうでなければここまで絶賛されないのでは……なんて思うほどの盛り上がりだった。試着室に戻っても、カーテン越しに、友人たちの「今のすっごくよかったね！」なんて声が聞こえてくるのだ。私は試着室の中で（そんなに褒められても何も出ないよお〜）なんてニヤニヤしていたのだが、その次に聞こえてきた言葉により全身の動きがピタッと止まった。

「朝井は顔色が悪いから、紺がすごく似合ってたね！」

危ない。勘違いするところだった。ステキなのは私ではなくて服、服、服、私はあくまでも醜く罪深い生きもの、もの、もの……改めて自分に呪文をかけながら、私は試着室の中、手持ちの布で恥部を隠す。当たり前だが、元の姿に戻った私が試着室から出てきたところで、なんの賞賛もない。透明人間になったのかと思うようなノーリアクションが待っている。この、Kさんに選んでもらった服を試着する→一挙手一投足をものすごく褒められる→元の服装に戻る→何をしても誰の目にも映らなくなる、というとんでもない高低差の運動を私はひたすら繰り返した。アスリートは高地トレーニングをすると持久力がつくというが、私にとってこのサイクルを繰り返すことは私自身のセンスの無さを何度も何度も改めて眼前に差し出されるトレーニングでもあった。

Kさんの手際の良さはとんでもなく、半日ほどで、私の醜き全身を覆い隠すにはじゅうぶんのアイテムが揃った。服だけでなく靴や靴下まで選んでくださり、それらすべてのアイテムを身に着けると、もうこれまでの私はどこにも見当たらなくなった。臭いものに蓋をしたのである。服の力は本当にすごい。心なしか、姿勢もピシッと正されたような気がする。こうなってくると腕時計や財布などKさんに選んでもらっていない部分が、まるでプレミアム・モルツのCMのビールの部分のように、そこだけ色鮮やかに浮かび上がってきそうだ。

買い物を終えたころにはもう、私はKさんが右と言えば右に、左と言えば左に進む蠟人形《ろうにんぎょう》に成り下がっていた。一瞬、ある特定の人物に傾倒したという噂のある芸能人の方々に共感すらした。人は、普通の人が自分でしている選択を誰かに外注したとき、何かを失うのかもしれない。

それからというもの、私はもうひたすらにその服を着まくった。雑誌やWEB媒体の取材、テレビ出演、トークイベント、サイン会、とにかく人前に出る機会があれば、Kさんが選んでくれた服を着た。おそらく、もう百媒体以上の取材をその格好で受けていると思う。するとどうだろう、それまで私服姿の撮影時に感じていた「いま、世界中の人からダサいって思われてるんだろうなあ」という気持ちも、用意してもらった服で臨む撮影時に感じていた「本当は醜いのにこんな素敵な服で自分を覆い隠してなんて罪深いんだろう」という気持ちも、全く抱かなくなった。すごい。心の底から、外注してよかった。何を失ってもいいからKさんに選んでもらってよかった。驚くべきは、出版業界の人ではなく、学生時代の友人に会っても「服装が変わった」と一目で言い当てられたことである。私はそのたび全力で「自分で選んだわけではなく、友人に選んでもらった」と説いた。素敵な服を自分で選んだと思われることは恥ずかしかったのである。我ながら面倒くさいが、仕方がない。これが私なのだ。

私はファッションセンス外注元年を大いに楽しんだ。この鎧《よろい》を身にまとえば、どこに行っても恥ずかしくない。罪深くない。醜くない。書店で『フランス人は10着しか服を持たない』というベストセラー本を見つけては、あれ、自分ってフランス人だったっけ？　むしろ一着しか持っていないなんてフランス人よりもシャレオツ？　なんてほほ笑む始末だ。

そんな中、学生時代の友人と食事をする機会があった。二次会で、最近のつんく♂さんの歌詞の鋭さについて私がべらべらと語りその場にいる全員がどっと疲れる、みたいなよくある状況に陥っていると、友人のひとりが私に向かってこう言った。

「そういえば、服装が変わったよね」

またた。ふっふっふ。私は「あぁこれ？」と自分の着ている服を指さしながら答える。

「実は～、スタイリストやってる友達（※当時Kさんは友人の友人だったが、こういう場所では友達と言い張っていた）に選んでもらったんだよね～やっぱプロってすごいよね～」

ね～、と繰り返していると、もう一人の友人がお酒を片手に話し始めた。

「あー、別のヤツも言ってたよ。なんかリョウ、最近――」

――おしゃれになったよね、って。次に来るであろう言葉をさりげなく受け流す準備をしながら、私は、ごくり、と、唾を飲み込んだ。

「スティーブ・ジョブズの真似してるっぽい、って」

!!!!!

黒のタートルニット、下はジーンズ……かの有名なスティーブ・ジョブズが毎日同じ服を着ているのは世界的にもよく知られている話だ。私は自分の服装を改めて見つめる。紺の丸首のニット、下はジーンズ。図らずも、ジョブズと酷似している。違うのは中身の人間の志《こころざし》だ。

「あの、違うの、別にそういうわけじゃ」

「すごいねージョブズを真似るなんて」

「やっぱ作家センセーは違いますね～」

ニヤニヤする友人たちの飲酒ペースが明らかに上がっている。服装に関して抱く恥はすべて捨てられたと思っていたのに、新たな恥ずかしさが発生してしまった。一体どうすればいいのか、私にはもうわからない。

オトナへの第一歩

高校卒業を控えた春休みのことだった。もうこのまま終わらないのではと思うほど長く感じた受験勉強地獄から解放された私は、同じく浪人を免《まぬが》れた友人たちと春休みといううご褒美タイムを謳歌していた。勉強しなくていい、校則だって関係ない、親も無礼講を許してくれている――それは、まるでホールケーキを丸ごと食べるかのような、贅沢な時間の使い方だった。

中でも、ほぼ同時期に受験を終え、私と同じく地元を離れ上京することが決定していたRとは、頻繁に連絡を取り合っていた。とりあえず髪の毛を染めてみよう、と、初めての染髪《せんぱつ》を試みたときもRと一緒だった。

高校二年生のときに同じクラスだったRには、謎の愛嬌があった。見た目はシュッとしており、運動神経もいい。だけどそういう男子特有の怖さがないというか、どこか隙があるというか、言語化するのが難しいが、とにかく人から愛される余白があった。そんなRとの時間はとても平和なものだったが、だからこそ、私たち二人はあることに焦っていた。

――のほほんとした自分たちは、魔都・東京で生きていけるのだろうか。

毎日楽しく過ごしながらも、だからこそ、今の自分のまま高校を卒業することに対して大きな不安があった。だって、高校を卒業するだけじゃない。家族と離れ、友達とも離れ、知らない土地、しかも地下という地下を高速列車が駆け巡っているような激ヤバシティで、したこともない一人暮らしを始める……不安なことを指折り数えればあっという間に両手がグーになるような状況だった。しかも、上京も一人暮らしも、徐々にではなく、ある日百パーセントの状態で始まり、もう後戻りはできなくなるのだ。

しかしある日、私とRは、数多ある不安のうちのある一つの事柄に関しては、前もって準備ができるのではないか、と気が付いた。

それは、アルバイトである。

私たちの通っていた高校は、アルバイトが禁止だった。そのため、ふらりと入ったファストフード店で、違う高校に進学した旧友と〝店員と客〟という関係性でバッタリ遭遇したときは、〝店員〟としてレジ前に立っている友人がそれだけでひどく大人びて見えたものだ。と同時に、果たして自分にこんなことができるのだろうか、とも思わされた。そんな不安は受験を終えたあともずっと続いており、就業経験がない、という事実は上京を控えた私たちの心をより一層震え上がらせた。

「春休み、バイト……してみない？」

どちらからともなくそう提案しあった私とRは、まだ見ぬ〝バイト〟という世界に早速色めき立った。バイトにまつわる言ってみたい言葉ややってみたいことはいっぱいある。「あ〜その日バイトだから行けないや」という言葉と共に投げる、スケジュール帳への舌打ち。「その日いきなりバイト入れられちゃってさ、困っちゃうよ」という、周囲へのさり気ない〝自分は頼られている人間なんです〟アピール。「今うちの店、人手足りなくてさあ。社員さんも大変そうなんだよね」等という気遣いから垣間見える、自分のことだけでなく店全体を広い視野で捉えている感……まだ来てもいない遊びの誘いを断る文句だけをいくつも想像しつつ、私とRはどんなところでバイトデビューを飾ろうかと話し合いを進めた。

その結果、私たちは登録制の短期バイトを行うことに決めた。働くことができる期間がとても短いので、いわゆるファストフード店などで働き、高校の友人と〝店員と客〟という関係性を結ぶ、という夢は叶わなかった。「残念だね」「ね」私とRは肩を落としたが、登録制の短期バイトの紹介サイトからにじみ出ていた、ここでしか出会えない仲間たちと楽しくサクサク働こう★みたいな雰囲気は文字通り楽しそうで、自分でお金を稼ぐということへのヒンヤリとした緊張感と併せて、なんだか気持ちがよかった。

さて、登録のためには一度だけ面接があり、そのために染髪した毛を早速黒色に戻さなければならないことが発覚した。いろいろなことを見切り発車で行うと、こうなることとわざにでもなりそうな現象だ。ドラッグストアで手に入れた黒染めスプレーを家で使用していると、姉から突如「あんたは顔が軽薄だから、黒髪のほうが絶対にいい」と宣告された。そのとき初めて、十八年一緒に暮らしている姉が私のことを「軽薄な顔をした人」と認識していたことを知った。

面接を終え、私とRは無事、登録を済ませることができた。あとは、短期のバイトの依頼が来るのを待つだけだ——と思っていると、依頼はすぐに来た。「来たね」「来た来た」「行こうね」「行こう行こう」バイト童貞卒業への期待と不安を胸に、私とRはその日を待った。

何も知らないとは、やはり、強みだ。あれから十年近く経った今、よく、初めてのバイトとしてあの内容の依頼を選んだな、と思う。

私とRのバイトデビューは、結婚式場のウェイターだった。

それがどこかの店のホール業務を担当することとは少々意味合いが違うことを、今なら理解することができる。なんてったって結婚式だ。新郎新婦はもちろんご両家にとっては一生に一度（だといいな～と願われている）の式典。もちろんほかのアルバイトでも失敗は許されないわけだが、誰かの一生の思い出となるだろう一日を運営する、という点で、緊張感が違う。

ただ、当時の私は、亡くなった祖母の骨を盗むというとんでもない行動を共にしたイトコの結婚式に一度出席したことがあるくらいで、そこでウェイターをする、ということの重大さにピンときていなかった。むしろ、「ぴしっとしたカッコイイ服を着られるっぽい」「余ったウェディングケーキを……食べられるのかも!?」なんて軽薄な顔つきになるのも当然といったような浅い考えしか抱いていなかった。おそらくRも同レベルだったと思う。今だったら、他人の結婚式で一日ウェイターをするなんてそんな大切な役割、絶対にやりたくない。たまに出席する式の運営に携わっている方々を見ると、当時の自分の浅はかさを思い出して突如土下座をお見舞いしたくなる。

さて、当日だ。スプレーで黒く染めた髪の毛で、Rと二人、指定された駅に向かう。そこには性別も年齢もバラバラの、いかにも刹那《せつな》的な共通点しかなさそうな集団がおり、案の定その方々が今日一緒に働く人たちだった。彼ら彼女らはこれまでどこかの現場で一緒だったというような様子も少なく、曇天《どんてん》のもと、特に会話を交わしていない。これが、楽しくサクサク働くことをともにする〝ここでしか出会えない仲間たち〟か……。私は全員うっすらと違う方向を向いて歩く集団の中で、小さくため息をついた。

会場であるホテルに着くと、ウェイター、ウェイトレスの服がそれぞれ人数分用意されていた。私とRは緊張感もへったくれもなく、ただ初めてのバイトにテンションを上げ、キャッキャキャッキャ言いながら服を着替えた。今の自分がもしこのような現場にいたら、引っぱたきたい部門第一位を受賞させるだろう。しかし、その場にいた〝ここでしか出会えない仲間たち〟は、静かに私とRのことを見守ってくれていた。迸《ほとばし》る幼さに閉口していたのだと思う。

そのあとは会場準備だ。大広間に点在する丸テーブルから椅子を下ろし、大きなテーブルクロスを二人がかりで掛けていく。すると、空間における白の割合が増え、あら不思議、がらんとしていた場所があっという間に結婚式場っぽくなった。「わーすごい」「すごいね〜」私とRが、別に言わなくたって世界は何一つ変わらないような凡庸な感想を述べている間も、グラスや皿などが次々に並べられていく。手伝え。

ある程度準備が終わると、現場をまとめるリーダー的な人が全員を一か所に集めた。一人一つインカムを渡され、使い方の説明を受ける。従業員同士のやり取りはこのインカムを通して行われるらしい。「わあ、スパイみたい」「かっこいいねえ」インカムなんてものも初めてだったので、私とRはまた口から放った瞬間死ぬような何の記憶にも残らない感想を言い合った。試しに音声をオンにしてみると、早速キッチンのほうで誰かがモメているやりとりが流れ込んできたので、私はすぐにスイッチを切った。

派遣組が任されたのは、主に料理とお酒の配膳《はいぜん》だった。当然だが、キッチンの中を仕切る人たちは別におり、私たちの仕事は〝完成された料理を決められた順番で各テーブルに運ぶ〟のみであった。とはいえこれからコース料理の内容について覚えたりするとなると簡単な仕事というわけではないぞ……と少々不安になっていると、「あと大切なのは、お酒の注文ですね」とリーダーは続けた。

「料理を運んでいると、お客様からお酒の注文を受けることが多々あります。そのときは」ここでリーダーは、小さなメモ帳のようなものを私たちに渡した。「このメモにお酒の名前とテーブル番号を書いて、あそこのバーカウンターに提出してください。するとメモと一緒にお酒が出てきますので、それをお客様に運んでください」

あと、瓶ビールの中身が少なくなっているものを見つけたら率先《そっせん》して交換してあげてください。それと——次々と繰り出される説明に、私はどんどん焦りを募らせていった。コース料理について何か質問をされたときのために覚えておくことは多くあったし、そもそも配膳といわれたところで、それ相応の作法というか、所作さえもよくわかっていないのだ。なんてったってバイト未経験の高卒ほやほや十八歳、人にお茶を出したこともないようなつんつるてん人間である。さらに、当たり前だが、お酒に関する知識は皆無。次々に来るだろうお酒の注文をさばくなんて、自分にできるのだろうか。ちらりとRを見ると、さすがに不安そうな表情をしていた。だよね、そうだよね。不安だよね。せめてもう少し、練習というか、研修的な時間が欲しいよね——。

「では、配膳の仕方について説明します」

きた！

私とRは身を引き締める。そうそうそうそういうやつそういうやつ！　できるだけ具体的なヤツ！　今の私は、ウェイターっぽい服に着替えただけで、決してウェイターではないのだ。早く私を生まれ変わらせて！

「皆さんには、このお盆を使ってもらいます」リーダーが、黒い、大きなお盆を手にして説明を再開する。「これに五、六人分の食事を乗せて運んでもらうことになります。そうするともちろんお盆が不安定になってしまいますが、そのときに気を付けるべきこと、何かわかりますか？」

リーダーは、明らかに私とRのほうを向いていた。今日の未熟者はこの二人だ、と見抜いているような視線にドキッとしたが、実際本当に何もわからない未熟者なので、それくらい目をかけてもらっていたほうがありがたい。

「すみません、わかりません」

私は正直にそう答えた。大量の食事を素早く運び、配膳し、片付ける、ウェイターとしての具体的な作法。早く教えてほしい。それを知っていれば、バイト童貞の私とRも一丁前にそれらしく動けるようになる金言、早く、早く——私はゴクリと唾を飲み込み、リーダーの次の言葉を待った。

「それは」

リーダーが口を開く。

「お盆を持つ手に、力を込めることです」

既知——。

私は、カッと見開いた目でリーダーを見つめた。だが、引き出すことができた続報といえば、「力を込めれば、たくさんの食事をお盆の上に乗せても、バランスが崩れにくくなります」という食べカスみたいな内容のみだった。何だよその当たり前すぎる答え！　逆に当てづらいよ！

「さ、もうすぐ挙式を終えた方々がこの大広間にいらっしゃいます。みんなで力を合わせて頑張りましょう！」

リーダーがパンパンと手を叩くと、集合していたメンバーが「はい」「よろしくお願いします」とか言いながら、即、散り散りになった。えっ、ちょっと待って。ほんとにもう始まるの？　結婚式ってこんな感じで営まれる系のやつだっけ？

あたふたしていると、入り口から、「広いな〜」「席どこだろ？」なんて言い合いつつ、おめかしをした方々がぞろぞろと流入してきた。列席者だ。見渡すと、インカムを着けた人々は皆、完璧な笑顔をつくりつつ「このたびはおめでとうございます」なんて挨拶をしたり、お手洗いの場所を案内したりしている。もう、始まっている——。絶望と共にその場に立ち尽くしているのは私とRだけだった。いつしか私たちは、〝お盆を持つ手に力を入れるとイイ感じ〟という武器のみを手に、戦場のど真ん中に放り出されていたのである。

始まれば、もう、やるしかない。私とRは、タイミングを確認しつつ、キッチンから出される料理をテーブルへと運びまくった。やっていくうち、ベテランっぽい人が「料理は左から、ドリンクは右からね」等と注意してくれたこともあり、なんとか形にはなっていたと思う。ただ、料理に使われている食材や調理法についての知識を詰め込む時間はなかったので、絶対に誰からも質問されないよう、ものすごく高速で動きまわっていた。幸い料理についての質問を受けることはなかったが、自分がバイトを統《す》べる立場だったらこんな学生は両の頬を引っぱたきたい。

インカム上では常に三つ以上のやりとりが順番もめちゃくちゃに交わされており、その日初めて着用した身からすると内容を聞き取ることは困難であった。しかし取り外すこともできないため、私は〝常に情報を交換しつつ臨機応変に動き回るデキるウェイター〟っぽさを醸し出すためのアイテムとして利用することにした。たまにインカムを片手で押さえつつ、マイクに向かって何か小声で、かつ早口で語りかける、というような動作を加えればもう百点だ。私は耳に流れ込んでくる音声を理解することは完全にあきらめ、デキるウェイターコスプレだけを続けつつ料理の配膳に意識を集中させた。

幸い、私はもともと物事にルールを見つけるのが得意なほうだ。動作を繰り返していくうち、自分なりに動きやすいルールのようなものが見えてきた。余裕が出てくると、知らない人たちが噛み倒しながら新郎新婦へメッセージを送っている映像なんかもニコニコ眺めることができるようになる。なんだなんだ意外と大したことないじゃないか、なんて、若干油断し始めていたときだった。

「すみません」

列席者に、声をかけられた。

「……いかがいたしましたか？（料理について質問しないで質問しないで質問しないで質問しないで）」

「お酒は君に頼んでいいの？」

あっ。

そうだ、お酒。「はい、もちろんです」笑顔で対応しつつ、私は遅れてやってきた初オーダーに少々戸惑っていた。ビール瓶を片付けたり追加したり、ということはしていたが、高速で移動していたためか、ビール以外のお酒の注文を受けるのはこれが初めてだった。

えーっと、どうするんだっけ。リーダーから受けた説明を、おぼろげながら必死に思い出す。

……このメモに～～～名前とテーブル番号を書いて、～～～バーカウンターに提出してください。すると～～～お酒が出てきますので、それをお客様に～～～……。

そうだ、メモだ！　これに、名前とテーブル番号を書くんだ！　――もしアニメだったら、このときの私の頭の上にはピカーンとランプが灯《とも》っていたことだろう。すっかりその存在を失念していたメモ帳をポケットから取り出すと、私は「ご注文をどうぞ」と姿勢を整える。

「じゃあ赤ワインをお願い」

「かしこまりました、赤ワインですね」

繰り返すと、キリッと顔を整え、私はこう尋ねた。

「それでは、お名前をうかがってもよろしいですか？」

は？　という顔をされたのは、すぐにわかった。だが、私も同じく「は？」という顔を返すほかなかった。だって、このメモには名前とテーブル番号を書けと言われているのだ。だから名前を早く教えろ。

「……名前、ですか？　私の？」

「はい、お客様のお名前を教えていただけますか？」

「えっと……田中ですけど」

「かしこまりました、ありがとうございます」

私は手元のメモに〝田中〟と記した。その横に、テーブル番号を書いておく。オッケー、完璧。田中よ安心しろ、これでお前のもとにはお望み通り赤ワインが届くだろう。

「あ、ビール以外も頼めるの？」

私と田中の会話を聞きつけたのか、そのテーブルに座っていた女性が手を挙げる。

「はい」私はメモを抱えたままその女性のもとへと急ぐ。

「私は白ワインで」

「かしこまりました。白ワインですね。では」

私は、すうと息を吸う。

「お名前をうかがってもよろしいですか？」

は？　という顔をされたのは、すぐにわかった。だが、私も同じく「は？」という顔を返すほかなかった。だって、このメモには名前とテーブル番号を書けと言われているのだ。だから名前を早く教えろ。と先ほどの文章をコピペしたくらい、全く同じような空気が流れた。

「私は島田ですけど……」

「島田様ですね」

私は手元のメモ帳に、テーブル番号と、シマダ、とメモする。これで島田でも嶋田でもオーケーだ。完璧な仕事っぷりである。

結局私は、そのテーブルのほとんどの人から注文を受けた。さらに、式も後半に差し掛かったタイミングでビールではないお酒を飲みたくなった人が多かったのか、他のテーブルからもいくつかお酒の注文を受けた。

つまり、私はそのたび名前を聞き出し、テーブル番号とともにメモに書き残していったのだ。そして、何の疑いもなく、そのメモをバーカウンターに提出し続けた。

存在価値が耳クソの蓋くらいにまで成り下がっていたインカムから、少々大きな音が流れ込んできたのは、数分後のことだった。

私はその音声を今まで通り、膨大な量の点数が足りず落ちた第一志望大の英語のリスニング試験ばりに聞き流そうと思っていた。だが、やがて、気になる単語がちらほらと混ざっていることに気づいた。

【――てるの、誰ですか？】

誰かが誰かを探している。私はインカムを耳に押し当てる。

【お酒のオーダー票にひたすら人名書いてるの、誰ですか⁉】

お酒。オーダー票。人名。

私だ。

思わず「はい」と返事をしそうになったが、次の言葉を聞いて、私はグッと口を閉じた。

【当たり前ですけど、オーダー票には人の名前ではなくお酒の名前を書いてください！キッチンで何を準備すればいいかわからないから！】

本当だ!!!

私は、様々な人が動き回っている大広間の中、突如、雷に打たれたような衝撃を受けた。

なんということだろうか、インカムで指摘されるまで、私は、自分が起こしている行動に疑問を抱いていなかったのだ。冷静に考えれば、お酒のオーダーを通すためにお酒の名前が必要なことくらいすぐにわかる。そんなことバイト経験の有無なんて関係なく、誰にだってわかる。だが私はいつしか、オーダーのついでに個人情報をカジュアルに吸い上げるハッカーとして式場を徘徊《はいかい》していたのだ。しかし口頭で情報を吸い上げるなんて、ハッカーにしてはやけに現場主義である。

私は慌てて田中や島田に駆け寄り、もう一度オーダーを聞き直した。その式に列席していた人たちは優しい方々ばかりで、私を個人情報保護法違反だと責め立てる人はひとりもいなかった。ありがたい。そもそも、田中や島田の氏名なんて席次表を見ればそこに載っているのだ。ハッカーが足を使って稼ぐような情報ではない。

一部の列席者の名前を無駄に覚えてしまったりしたが、式自体は無事にクライマックスを迎えようとしていた。いよいよ、新婦から両親への手紙を読むゾーンへ突入だ。つまり私にとっては知らない人が知らない人に手紙を読むわけだが、ウェイターも式場の空気に合わせて、所作をどことなくしっとりさせる。

手紙の準備をしている間に、切り分けたウェディングケーキを各テーブルに配膳することになった。数十分前、〝大きなスプーンにケーキの塊《かたまり》を乗せた新婦に対し司会者が「そんなに大きいと、新郎の口に入らないんじゃないですかあ？　鬼嫁ですねえ」と世界一つまらないおどけ方をしてみせる〟という季節関係なく全国的に発生している現象の中心にいたケーキである。あの、ファーストバイト、と呼ばれる儀式は一体なんなのだろうか。もし私があれをやられたら、「この口にその大きさのケーキが入らないなんてすぐにわかるよね？　その学習能力の低さだと一緒に暮らしていくことは難しいと思う」等と散々問い詰めた挙句、二次会を前に価値観の不一致で離婚するかもしれない。

ケーキはかなり細かく切り分けられていたので、自立するだけで精いっぱいですといった感じだった。食事に使われていた皿を片付ける者、ケーキを配膳する者、スタッフはそれぞれ分かれる。私は、ケーキが倒れてしまわないように、そっとテーブル間を移動しつつ配膳をしていた。

Rは、使用済の皿を片付けていた。「では、新婦からご両親への、感謝の手紙です」司会者が、逆にうさんくさいくらい潤んだ声を出す。新郎が、わたくしもこの場において立派な役割を果たさせていただいております、とでも言いたげな表情で、手紙を読もうとする新婦にマイクを差し出している。

そのときだった。

「あっ」

私は思わず声を漏らした。たくさんの食器を抱えたRが、まるで雪道を歩く関東人のように、後ろ向きに回転したのだ。

それは、とてもゆっくりとした映像だった。

Rが、背中から床に落ちていく。

そのとき私は、力を込めた左手にお盆を乗せていた。そのお盆には切り分けられたケーキが六人分ほど置かれており、そのうちの一皿を、右手でテーブルに置こうとしていた。

ドン。

Rが、食器の下敷きになる形で床に寝そべった瞬間、私の左手の上にあるケーキたちが、ぱたぱたぱたっ、と、すべて倒れた。

両親への手紙を読む準備を始めていた新郎新婦、床と一体化したR、きれいに倒れた盆の上のウェディングケーキ——私は固まりながら、この三点が揃った光景を、自分は一生覚えているんだろうなあ、とひどく冷静に思った。実際、今でも鮮明に思い出すことができる。

「失礼いたしました」「申し訳ございませんでした」駆け寄ってきたベテランスタッフたちにより、床に散らばった食器とRは即行で片付けられた。何事もなかったように、新婦は手紙を読み始める。私も、ばたばたと倒れてしまったケーキを何食わぬ顔で配膳した。もう最後だしいいや、みたいな気持ちが若干芽生えていたのを、田中や島田には見抜かれていたかもしれない。

列席者を全員見送り、片づけを終えると、もう完全に日が暮れていた。駅まで続く真っ暗な道を、今日一緒に働いた人たちと一緒に歩く。特に誰かと仲良くなるようなことはなかった。

Rと二人きりになったタイミングで、私は、「途中でインカムに入った注意、覚えてる？　お酒のオーダーに人名書くなってやつ」と切り出してみた。あったねえ、と苦笑するRに対し、「あれ、実は俺だったんだよね……」とカミングアウトすると、Rは「えっ」と肩をビクつかせたのち、絶句していた。そんなにバカなヤツとつるんでいたなんて、という心の声がはっきりと聞き取れた。「でも、実は、俺も、転んじゃったんだよね。しかも、背中から……」フォローするようにそう告げてきたRに対しては、知ってる、と思った。あの場にいた全員が知ってるよ、と思った。

そのあともなぜか懲《こ》りなかった私とRは、とある企業が子ども向けに開催するイベントで再度アルバイトに挑戦してみたりした。愛嬌のあるRには大量の子どもが群がり、私のもとには人っ子ひとり寄ってこないという寂しい結果となった。

定食屋のホール、弁当屋のレジ、二十代の社長が運営するネット関連企業のデスク……上京してからは様々なアルバイトを経験したが、正直、あの春休みのアルバイト経験が何かに活かされたという記憶はない。ただ、出席した結婚式にて高速で移動しているウェイターがいたら、料理についての質問をしないようにはしている。

会社員ダイアリー

勤めていた会社を辞めてから、早くも二年が経過した。今のところ心身（肛門以外）共に健康に過ごせているが、兼業生活に戻りたいな、と思うことがしばしばある。それはお金のためでも、社会とつながるためでもなく、単純に、会社勤めをしていたころのほうが「よし、小説書くぞお～～～!!!」という気持ちになることができたからだ。家に帰ったら、週末になったら、思いっきり小説を書くぞお～～～!!!　と、自然にエンジンがかかったのである。「仕事として、生活のために小説を書く」ではなく、「娯楽として、一息つくために小説を書く」状態だったあのころは、時間の余裕こそなかったが、書いているときの幸福感はとてつもないものがあった。とはいってもあのころの生活をそのままもう一度送るのは体力的に少し遠慮したいため、また職に就くとしても前職のようにフルタイムで働く総合職は厳しいかもしれない。ただ、また自分を「小説を書くことができない状況」に置くことの大切さは感じている。

ということで、前作『時をかけるゆとり』を出版してからのこれまでの日々のうち、半分以上を会社員として過ごした時間が占めている。つまり、私がいかにもエッセイにしそうなスットコドッコイエピソードは会社員として過ごしていた時間内に多数発生しており、それらを詳細に記すことはできないのだ。スットコドッカーとしては、スットコドッコイエピソードを持っていながらも文章にできないなんて、もどかしくてたまらない。

という状況の中、なぜ会社員時代のエピソードをエッセイに書いてはいけないのか、と、冷静に考えてみた。それは、万が一勤め先が突き止められた場合、仕事の内容や業務の進め方が競合他社等に知られたら不都合が生じるため、だろう。そんな風に考えなくとも、単純に、組織に属する社会人がその内実をべらべら喧伝《けんでん》するというのは下品なことだ。フリーランスになった途端、会社員時代に〝チームで〟受賞した社長賞をまるで〝個人で〟受賞したかのようにプロフィール等に書き連ねているような人を見ると、下品ってこういうことかあ～と非常に納得させられる。

ということで、今回は、会社員として関わった、仕事とは離れたエピソードを紹介しようと思う。絶対に会社には迷惑がかからない、かつ、下品にならないという塩梅を目指して書くが、一応、その前に空にお願い事を飛ばしておく。～～～元勤め先に関わる方々が、誰も読みませんように～～～　よし、これで大丈夫。

【その１】部内旅行と私

今考えてみても、本当にいい会社だったと思う。このご時世、部署ごとに厚生行事が存在していたのだ。食事会を開催したり、韓国に一泊二日の弾丸ツアーに行ったり、行事の内容は部署により様々だったが、私が入社してから二年間所属していた部署は、国内で一泊、というのが通例だった。つまり、部内旅行である。

入社一年目のときは、私の直属の上司が幹事を務めていた。「来年はお前だからな」という呪いの言葉をできるだけ真に受けないようにしながら、「大変ですね！　がんばってください‼」と応援し続けた。

その年は結局、京都へ行くことになった。午前中に新幹線で移動し、まずはランチ。その後全員での観光のあとは各自自由行動、夜になったら夕食のため再集合、というプランである。ふむふむ、ランチも夕食もとてもステキなお店だし、大部分は自由行動というところもありがたい。さすが先輩、と思っていたところ、全員での観光、の内容を確認した私は目をひんむかざるを得なかった。

京都の紅葉を贅沢に楽しむ、約一時間の川下り。

約一時間の川下り。その言葉は、通勤で使う全ての駅のトイレへの最短経路を把握しているようなお腹下しスト（＝私）にとって、死刑宣告に近い響きを携えていた。お腹下しスト（＝私）は、常に、この世界を二つに分断して見ている。トイレがある場所と、トイレがない場所。さらに怖いことに、後者に関してはさらに二つに分断される。トイレがないと言いつつ多少の我慢や移動を伴えばトイレがあるゾーンに移動できる場所と、何をどうあがいたってトイレがあるゾーンには辿り着けない、すなわち、最悪の場合トイレではないところで用を足さなければならない場所——この二つだ。各駅停車の地下鉄やディズニーランドの行列は前者、人身事故等で止まってしまった電車の中やぎゅうぎゅうづめで身動きの取れないライブハウスの最前列は後者である。

私は焦り始めた。一時間の川下りは、止まった電車やライブハウス最前列と並ぶ、この世界のうち最も行きたくない場所のうちのひとつだ。しかも、ランチをしたあとすぐだなんて、便となりうるあらゆるものを摂取し、かつ、腸が最も活発に動いている、いわばマジックアワーである。よりによってそんなときに、縁もゆかりもない街の特に興味もない紅葉を見つめながら便意と戦わなければならないのだろうか。川下りとは即ち、トイレとトイレの間をゆっくりと漂流するということである。ああ、嫌だ。絶対に、川より早く私の腹が下る。

そう確信した私は、真剣に、部内旅行を欠席する方法を考えた。新入社員が部内旅行を欠席することで買う顰蹙《ひんしゅく》と、成人男性が川下り中にボートという小さな密室空間で脱糞することで失う人間としての尊厳、どちらが重いかだなんて一瞬で判断できることだ。想像するだけで怖い。もし川を下り始めて十分後に粗相をしてしまった場合、その後約五十分間、私は糞と上司を並列させてしまうわけである。それは筆舌に尽くしがたい空間だ。

結局欠席を言い出せないまま部内旅行の前日を迎えた。私は例によってひとりでランチをしていたのだが、偶然、当時人事部に勤めていた同期が店に入ってきた。同期は開口一番、「顔色悪いけど、体調悪いの？」と言った。川下りへの不安は体にまで表れ始めていた。私は、このままでは部内旅行の思い出が川下りではなく腹下しになる、という旨を同期に向かって真剣に訴えた。どうやら深刻度が伝わらなかったので、もし粗相した場合はその瞬間に連絡をするので、人事部勤務という権限をフル活用し速やかに異動させてほしい、と伝えた。深刻度は伝わらなかった。

結局、「ランチの後にたっぷりとコーヒーを飲み、川下り前に腹を下す」（私の腹はコーヒーに異常に反応するのである）という鳴かぬなら殺してしまえホトトギス感のある戦法により、人間として健康で文化的な最低限度の生活を守ることができた。ただ、トイレがないという条件に加え、その場で自分が一番格下、自分の都合で団体の活動を止めるわけにはいかないという状況は、本当にきつい。二度とあんな思いはしたくない。

というわけで、私が幹事の年は、実は常にトイレが近くにあるようなプランにさせていただいた。だけどそれに気づいた人はいないと思う。トイレのありがたみは、失ってから気づくものだからだ。

ちなみに、部内旅行と聞いて読者の皆さんが連想するのはおそらく〝若手社員への一発芸等の強要〟や〝いつまでも終わらない地獄の宴会〟等のマイナスワードばかりだろうが、私の勤務先ではそういったものは一切なかった。というのも、当時私が在籍していた部署にはグルメな人が多く、部内旅行の最大の目的は〝食〟だったからである。観光でも親睦を深めるとかでもなく、とにかく食が第一優先。そうなると、宿泊先にある大広間だか座敷だかで宴会料理、みたいなセッティングは最も避けるべきなのだ。そのお店がおいしいということであれば、十数名がひとつのテーブルにまとまっている必要も、個室である必要もない。自然と、一発芸やら宴会やら、そんなキーワードは消え失せるわけである。

というわけで、幹事にとって最も大切な仕事は、一泊二日の旅行のうち、初日の昼食、そして夕食において、全員が万全の状態で最高においしいものを食べられる店をチョイスすることだった。旅行は一泊二日だが、二日目は朝から自由行動で朝食からもうバラバラなので（帰宅方法だけヒアリングしておき、幹事が新幹線なり飛行機なりのチケットを押さえておく）、とにかく初日の昼食と夕食、この二店舗を外さなければいいのだ。旅行の幹事、と聞くと考えなければならないことが山積するイメージがあるが、遂行すべき最優先事項を定めてしまえば、やるべきことは意外と整理される。

部内アンケートの結果、行先は長崎に決定した。そうと決まれば店探しだ。幹事は私以外にもう一人おり、その先輩も「絶対に成功させよう！（店選びを）」と意気込み、九州支社の人たちに協力を仰いでくださった。新人には繰り出せない技である。グルメな人たちには店のメニューを見て選んでもらうのが一番ということで、候補として挙がった店に片っ端から連絡し、メニューのコピーをＦＡＸで送信していただくよう頼んだ。そんな面倒な申し出にも快く対応してくださったお店の方々には感謝しかない。

さて、苦労の甲斐あって、昼食も夕食も素敵な店を確保することができた。特に夕食の店は立地も部屋の内装も素晴らしく、夜の海を眺めながら海鮮を楽しめるということだった。席も、座敷ではなくきちんとしたテーブルと椅子で、一日歩き回った足への負担も少ない。お酒の種類も豊富で、とにかく落ち着いた雰囲気でその土地ならではのおいしいものを、という条件は満たせているはずだ。

当日は、特に大きなトラブルもなく無事ホテルまで到着することができた。とりあえず一安心である。夕方の自由行動のうちにホテルの近辺にある二次会の店をチェックしておき、よし、準備は万端だ。

お店の方々は、予約までにすでに何度もやりとりをしていたということもあり、大変手厚く歓迎してくださった。食事の前には中庭や生《い》け簀《す》を見学させていただき、料理への期待は弥《いや》が上にも高まった。食事をする部屋も大変広々としており、真ん中に部員十数名全員が腰かけられる大きなテーブルがあっても全く狭く感じなかった。大きな窓からは長崎の夜を撫でるような海が見える。まさに求めていた大人の落ち着き空間！

「本日は当店にお越しいただきありがとうございます」

お店の方々が、恭《うやうや》しく料理を運んでくださる。皆、この瞬間のために毎月お金を積み立てていたのだ。全員、目が本気である。落ち着いた雰囲気で、地元ならではのものを――何度も行った打ち合わせ通り、お店の方々の対応は完璧だ。

ある程度料理が進んだところで、和装の仲居さんが大きなお皿を運んできてくれた。

これは何だろう。あらかじめ聞いていたメニューにはそのようなものはなかった気がする。

「本日は部内旅行でいらっしゃったということで、特別に……」

仲居さんが、にこっと笑う。

「海鮮の踊り食いをご用意させていただきました！」

O★DO★RI★GU★I

落ち着いた雰囲気だった卓上が、一気に騒がしくなった。魚がびゃっと跳ね、「ぎゃあ！」と声が上がり、液体のようなものが飛び散ったりしている。ついさっきまで「落ち着いていて、いいお店だね」なんてしっとり目を細めていた大人たちが果敢《かかん》に踊り食いに挑む姿は大変味わい深いものがあった。店側からの予想外の御心遣いにありがたみと意外性を感じつつ無事部内旅行は終わったのだが、私は今でもたまに、目を白黒させながら口の中で動く魚を飲み下している上司たちの姿をふと思い出すことがある。

【その2】同期へのイタズラ

私はとにかく子どものころからさくらももこさんのエッセイ集が大好きで、いつか小説家になるという夢が叶ったら自分も彼女のような〝少し長め、かつ、メッセージ性皆無のくだらないエピソードばかりで編まれたエッセイ集"を出すんだっ、と鼻息を荒くしていた。もちろん、これまで読んだ本の中では、命の大切さや人間の負の部分などを深く描いた文学作品も心に残っている。だが、おすすめの本を教えてください、と言われたときに真っ先に思い出されるのは、人生における重要なことなんて全く訴えかけてこなかった、だけど実家のトイレでもお風呂でもどこでも夢中になって読んでいたあのくだらないエッセイ集たちなのだ。

中でも、『さくら日和』という本に収録されている「おめでとう新福さん」という一編は群を抜いてバカバカしく、数あるエピソードの中でもベスト3に入るほどのお気に入りだ。内容は、著者が普段からお世話になっている新福さんという編集者に感謝の意を伝えるため、いい大人たちが急に一致団結し「新福さんを褒めたたえる会」をサプライズで開催するというものである。会自体のコンセプトはもちろん、会の中で催される出し物も真剣ゆえにひたすらくだらなく、幼い私はこの話を読みながら「時間と知恵と労力をこんな風に無駄遣いできる大人になりたいなァ」なんて思いを馳せたものだ。

そんな中、あっという間に就職する年になった。社会人だなんて、立派な〝大人〟である。だが当時は、新生活に馴染むことで精いっぱいで、さくらももこさんのエッセイどころか読書すら全くしていなかった。そんなふうにもメンタルを失いかけていたある日、当時の同期のうちの一人が体調不良で少しの間療養するという出来事が発生した。

その情報は私たちの代ですぐに共有され、グループメール内では「大変そうだったもんね」「とりあえずゆっくり休めるといいね」「体調が戻ったらみんなで慰労《いろう》しようね」と珍しくまじめなやりとりが交わされていた。私も、その同期がいち早く元気になりますように……と一点の曇りもなく祈っていたのだが、とあるメンバー、ここでは思い切って新福くんと表記することにする、新福くんからの返信によって、私の清い心に一点の曇りが生じた。

【××には早くよくなってほしいな。あー、俺も慰労されたいな〜】

ん？

私はもう一度、彼からの返信を読み返す。何度読み返しても、そこには【あー、俺も慰労されたいな〜】という文字がある。

ふむ……。

当時の私はなぜか、その一言がやけに引っかかった。確かに、新福くんは当時、体調を崩してしまった同期に最も近しいポジションで働いていた。彼はきっと、冗談めいた気持ちで、「俺も同じような業務をこなしているのだから、俺のことも慰労してくれよ〜」と物陰からちらっと顔を出す感じでアピールしているのだろう。そんなの、友人同士の会話ではよくあることだ。うるせえな〜お前は黙って働けよ〜みたいにツッコめばそれで済む話である。しかし新福くんにとっての唯一の誤算は、同期にめんどくさめの作家がいたことだろう。私はテレビ番組などでよく聞く、宣伝ゲストに対する惜別《せきべつ》の言葉「また遊びに来てくださいね～！」が大嫌いだ。だって、本当にバドミントンのラケットとか持ってテレビ局にまで遊びに行ったらば、は？　という顔をされるではないか。何マジで遊びに来てんの？　という空気になるではないか。だったらきちんと、「またあなたに何かしら宣伝したいものができたとして、そのときにこの番組がまだ続いており、あなたがこの番組で何かしらを宣伝することに価値と意義を感じ、私たちもあなたをゲストとして迎えることは番組にとってプラスに働くなと判断したら、ギャラ交渉をしたのちスタジオにいらしてくださいね～！」と言うべきである。同じ文脈で、パソコンを持参して入った喫茶店などで言われる「ごゆっくりどうぞ」にもなぜかカチンとくるときがある。コーヒーでも出されながら、ごゆっくりどうぞーと言われると、こっちは今から原稿を書くんだ、あなたの想像を超える〝ごゆっくり〟をこれからたんと見せつけてやる……と謎の業火《ごうか》に独りでいきなり包まれたりする。コーヒー一杯で長居するつもりの自分のほうが絶対に悪いにもかかわらず、だ。つまりは、その後の展開を深く考えずに発せられる適当な一言、というものにやけに引っかかるタチなのだ。

新福くんの余計な一言は、私をぽーいと業火の中に放り込んだ。つまり、「お前が後悔するくらい慰労してやるからな」というインチキ閣下のような気持ちを抱き始めたということである。これはもう、「おめでとう新福さん」ならぬ「おつかれ新福くん」になりうる事案なのではないか。私は今こそ、ももこメンタルを取り戻すべきなのではないか。

よし、やろう。おつかれ新福くん、やろう。

この計画を実行に移すにあたり最も大切なのは、理解ある仲間の協力だ。「何でそんなことするの?」というまともな質問をぶつけてくるような人間を運営スタッフに迎え入れた時点で、この計画は破綻する。なぜならば、その質問には答えられないからだ。理由なんてない。面白そうだからやるのだ。

私は新福くん以外の同期に、新福くんを全力で慰労したいので協力してもらえないか、と連絡をした。ついさっきまで体調を崩してしまった同期の心配をしていたのに、突如ピンピンしている新福くんを慰労したいと言い始めた私の発言は完全に混乱を生んでいた。だが、私の本来の目的が「慰労されたいというアイツの軽はずみな発言を後悔させること」だということが伝われば、団結は早かった。すぐさま新福くん慰労会実行委員会が結成され、【あー、俺も慰労されたいな~】のメール画面をプリントしたTシャツを作ろう、絶対に成功させよう、と入社以来一番の一体感を発揮することとなった。実行委員長は私、副実行委員長は幸か不幸かさくらももこさんの読者でないのにももこメンタルを持ち合わせて生まれてきてしまった同期・Aである。

さあ慰労会の内容を考えよう、となったところで、ところで慰労とは何をすることなのかという根本的な問題にブチ当たった。引いてみた辞書には「なぐさめ、いたわること」とある。ちなみに慰めは「つらい気持ちがやわらぐようにする」、労わるは「苦労を認め、ことばをかけたりする」とある。なぐさめ、いたわることかァ……どんなことをされたら新福くんは「ああ、自分は今なぐさめられ、いたわられているなあ」と思うのかなァ……静かに思いを巡らせていると、あるひとつの風景が、私の脳裏に光った。

——ビールかけは、どうだろうか。

思いついたときには、もうそれしかない、というところまで気持ちは昂《たかぶ》っていた。プロ野球で優勝したチームがよくやっているアレである。あれほど、互いの苦労や功績をたたえ、互いをいたわり合っている空間があるだろうか。私は見たことがない。

早速、ビールかけができる店を調べてみると、そのようなサービスを実施しているトンデモ店がいくつか見つかった。結婚式などで使用されることも多いみたいだ。値段は張るが、十数名いる同期全員の協力を得られれば突破できる額でもある。早速その案を共有すると、素晴らしい、それこそなぐさめ、いたわることだという賛同の声が実行委員の面々から続々と届いた。療養が決まった同期が心配だ、という連絡が回ってきてから数十分後、議題は新福くんに自然な流れでビールかけをするにはどうすればいいか、というものに転じていた。故事成語にでもなりそうな転じ方である。

そんな中、ふと、頭を過《よぎ》ったことがあった。

——新福くんが「慰労されたいとは言ったが、ビールかけをされたいとは言っていない」と憤怒《ふんぬ》したら？

これはゆゆしき問題である。最悪訴えられたとしても、敗訴は避けたい。というわけで私たちはまず、新福くんの口から「ビールかけをされたい」という言葉を放たせ、それを録音しておくという段階を踏むことを決めた。そうすれば、相手がどれだけ優秀な弁護士を引っ張ってきたとて勝てるだろう。

ついさっきまで療養中の同期を心配していた私は、昼休みになると、新福くんが「ビールかけをされたい」と自然に発言できるような脚本の執筆を開始した。ああ、忙しい。さくらももこさんの苦労がうかがい知れる。

発言を録音する場所は居酒屋に決まった。新福くんは年末でも暑気払いの季節でもないのに滅多に開催されない同期会が突如行われることを不審に思っていたみたいだが、全ては彼の口から「ビールかけをされたい」というトンチキ発言を引き出すためである。急な話にもかかわらず出席率が異常に高いことも、新福くん以外は納得である。

飲み会前日、渾身の脚本は無事完成した。

①(自然な流れで誰かが)〇〇部の××さんってきれいだよな、女子アナっぽいよな。

②(主にAが)女子アナといえば、野球のシーズンにビールかけに巻き込まれている姿がいいよな(と言いつつ画像検索→新福くんに見せる)。

③(主に私が)ビールかけってどんな感じなんだろう。でも、一生に一度はやってみたくない? ねえ?(新福くんに問いかける)

④新福くん「やってみたい」
⑤勝訴

完璧だ。私は自らのストーリーテラーぶりに惚れ惚れした。物語の目的を果たすためではなく、キャラクターが自然に動いている。計画を成立させたいという作者のエゴがどこにも感じられない。人間が描けている。

飲み会当日、居酒屋にばらばらと同期が集まり始めた。その中にはもちろん新福くんもいる。一杯、二杯、とお酒が進んだころ、Aが私に視線で合図を送ってきた。胸元の携帯電話の録音機能を起動した、という合図だ。

「そういえばさ、○○部の××さんって――」

自然に流れていた会話が、そのままの温度で、スッと脚本部分に突入する。新福くん以外のメンバーの表情が、一ミリ単位で微妙に揺れたのがわかった。みんな、大丈夫。私の脚本を信じて。なぜならあれは人間が描けているから。

全員がベテラン俳優のような絶妙な演技を見せつけつつ、ついに核心に迫るシーンになだれ込む。

「――ビールかけってどんな感じなんだろうなー」

Aの言葉を受け、私は満を持して言った。

「一生に一度はやってみたくない？　ねえ？」

私に問いかけられた新福くんは、「あー」と呟き、それこそビールを一口飲むと、言った。

「あれ、思ったよりネチョネチョするんだよなー」

!!!!!

「え……？」

「したことあるの……？」

とんでもなく重いカミングアウトをされたかのように戸惑う私たちに、逆に新福くんが戸惑っていた。「うん。部活のやつらと。あれほんとネチョネチョになるんだよ。気持ち悪くってさー」新福くんは大学時代、体育会の部活に所属していた。ただ野球部ではなかったため、ビールかけをすでに経験しているかもしれない、ということまでは予想できていなかった。

「そうなんだ……」

「へえ……」

「……」

「……（コトン）」←グラスを置く音
飲み会は信じられないくらいの盛り下がりを見せた。高低差すごすぎて耳キーンなるわ、である。特に話すことがなくなったので、すぐに解散となった。同時に、新福くん慰労会実行委員会も空中分解した。

翌日、録音を担当したAは「一応、家に帰って音源を聞き返してみたけど、地獄だった」とだけ語った。あれから数年、まだあのデータが残っているのだとしたら今すぐどこかの国会議員ばりに機械の中枢《ちゅうすう》部分にドリルで穴を空けていただきたい。

「おめでとう新福さん」ならぬ「おつかれ新福くん」は未遂に終わったのだが、その後ももこメンタルは衰えることはなく、関西に異動になった同期に対し運動部の強豪校が試合会場にせっせと掲げるような巨大かつダサい横断幕を作成したり、婚約した同期に対しゴールのマス目が〝婚約〟、それ以外のマス目が彼の人生の汚点紹介になっている巨大すごろくの作成を試みたりと（作成中、婚約は破棄されお蔵入りとなった。つらい）、無駄なことに時間と知恵と労力を注ぎ続けている。今は、社会人生活も五年目を迎え、SNS上、現実問わず絵に描いたような人脈自慢を過剰供給するようになった同期の発言を書き起こしたカードでカードバトルができないか、という話が持ち上がっているところだ。ももこメンタルに司られながら思うのは、自分がこういうことをされたら絶対に嫌だな、実行犯を一生許さないだろうな、ということである。

【その3】退職あれこれ

会社員生活は、ものすごく楽しかった。もちろん大変なことも多かったが、とにかくいい会社で、「眠い」「明日は豪雪らしい」以外の理由で会社に行きたくないと思ったことは一度もなかった。

だから、退職するかどうか決めるときは、本当に悩んだ。

日本経済新聞での連載「プロムナード」の最終回でも書いたためその理由についての詳細は省くが、退職を決意するきっかけがなかったとしてずっと会社員を続けていたか、と聞かれれば、即座に頷けない自分がいる。やはり定年まで会社員を続けている未来予想図を描いているわけではなかったと思うし、だからといって作家一本で生き続ける自分を想像することもできなかった。というか、後者の想像は今でもできていない。

そして、私はずっと、罪悪感があった。社内にはそんな目線を向けてくる人はいなかったのだが、心のどこかで、どうせ腰掛サラリーマンだろ、と思われているんじゃないかと疑心暗鬼になっていた。特に直木賞をいただいてからは、私が飲み会の類を欠席することがあってもなんとなく許してもらえていたし、たとえば目の下にクマができているような日は、上司から「仕事、大変なの？」と声をかけていただいたりしていた。会社員としての仕事こそ「仕事」なのに、と、そのたび申し訳ない気持ちになった。また、入社三年目にもなると、周囲の同期も資格を取得したり、休日でもゴルフや飲み会などを通して業界内での人脈構築に努め始めていた。私には、彼らが、勤務時間外も会社のことを考え行動しているように見えた。逆に言えば、勤務時間外は会社のことを一切考えず小説ばかり書いている自分は、会社という組織の癌《がん》細胞なのではないかと思うようになっていた。昼食だって誰とも食べに行かなかった。一人で空いている店を探し、そのテーブルでパソコンを広げ、原稿を書いていた。そんな私の姿を、その場に居合わせた会社の人たちはどう思っていたのだろう。私だったら、何だあいつ、と、当時の私に対して悪口のひとつも言いたくなっていたと思う。昼休みにも小説家ぶってよ〜、直木賞だかなんだか知らねえけど目障りだよなーああいうことされると、とか、私だったら、言っていたと思う。

だけどそんな人はいなかった。本当に素敵な会社だった。仕事も楽しかったし、人にもとても恵まれていた。上司も同期も後輩も取引先の人たちも、本当に大好きだった。だけど、だからこそ、いつか出て行かなければならないんだろうな、と、ぼんやりと感じていた。甘えようと思えばいくらでも甘えることができてしまう、だけどそうしていると、いつか本当に、お世話になった人たちにとんでもない迷惑をかけてしまうような気がしていた。

ただ、退職するかどうかで悩んでいたのは、素敵な会社だったからというだけではない。もっと、利己的な考えもあった。

直木賞をいただいたときは、平成生まれであることと兼業作家であることをとても多く取り扱っていただけた。それによって私の存在と名前を知ってくださった方も多く、「新入社員の兼業作家が直木賞を受賞」というのはそれほどキャッチーな状態であり、自分がその状態にいることのラッキーさを日々嚙み締めていた。正直、作品の内容うんぬんではなく、私個人の情報のみを知ってくださっている方も多いと思う。そういう意味で私は他の作家よりも狡《ずる》い立場を獲得していたのだ。

(最近は減ってきたが)現在の私に投げかけられる「なぜ会社を辞めたのか」という質問は、おそらく純粋に私が会社を辞めた理由を訊いているわけではない。

「会社を辞めて、最大の売りを失ってしまって大丈夫なのか」

「作品の内容や質が評価されているわけではないことに、もしかして気づいていないのか」

「作品で得た読者より肩書きでつかまえた読者のほうが多いのに、その肩書きを捨てるなんて勘違いしているのではないか」

「社会の未来を予言する斬新なプロットや誰も思いつかない起承転結で魅せるような作品ではなく、経験したことをただ書いて共感を得るというタイプの作家なのに会社員経験という世の中の大多数の人が自動的に共感してくれるポイントを失って大丈夫なのか」

「なぜ会社を辞めたのか」という問いは、こんな風に変換されて、私の耳に入ってくる。なぜなら、退職するかどうか悩んでいた私が、私自身に何度も何度もそう問いかけていたからだ。また、単純に、私が様々なインタビューなどで「しばらく会社を辞めるつもりはない」と発言していたことも大きいかもしれない。それを読んだ方からすると、この馬顔青年はとんだオオカミ少年だということになる。馬顔のオオカミ少年。キモイ。

なんだかんだ書いたが、とにかく私はいま専業作家だ。その事実は変わりない。ただ、いまだに退職について尋ねられることがあまりに多いため、いっそ、退職するまでの流れを一つのエッセイにしてしまおうと思う。兼業作家が最後に手にできる武器をブン回しつつ、今の勤め先を退職したいけどいつどのようなタイミングで上司に言い出すべきかわっからな〜い★　みたいな、世の中に眠る退職・転職希望者の参考にもなればいいと思う。

入社三年目の秋ごろ、退職を決意した。そのとき最も悩んだのは、どのように上司に申し出るのか、ということだった。

誰に、どのタイミングで、どんな言葉で——尽きない疑問はネット検索に限る。すると、やはり所属する課の課長または所属する部の部長に話すというのが一般的な流れらしかった。さらに調べると、タイミングは退職希望日の三か月前というのが常識的らしい。

私の元勤め先は、四月と六月と十月が異動の時期だった。なので、新任の方に直接引き継ぎをする期間のこと、元勤め先の三年離職率がずっと〇%だということも含め、私は入社四年目の四月三十日を退職日とすることを決めた。そうなると、年が明けた一月中、遅くとも二月中には上司に退職の旨を伝えておいたほうがいいだろう。猶予が長い方が、もろもろ調整しやすいはずだ。

さあ、具体的にはいつがいいのだろう。私は考える。年内のバタバタしているときに辞めますなんて言いづらいし、年明け早々「あけましておめでとうございます辞めます」なんていうのも難しい。やはり一月後半から二月にかけて、のあたりがねらい目なのだろうか――そんなふうに考えていたらあっという間に仕事納めの日となり、年末年始が訪れてしまった。

年末年始は、実家で、確定申告の下ごしらえをするのが毎年の恒例だ。例によって大量の領収書に埋もれ息切れしかけている私に、父が声をかけてきた。

「会社にはもう伝えたのか、辞めること」

両親には、来春退職するということを報告はしていた。だけどその話をしてから顔を合わせるのはこのときが初めてだった。

「まだ報告してないんだよね。年末にするのもなって」

「まあそれはそうだな」

父は、一呼吸置くと、淡々とした声でこう言った。

「退職の報告に最も向いている日――つまり、一年で最もサラリーマンの意識が朦朧《もうろう》とする日が、もうすぐ訪れる」

もはや預言者だった。そんなノストラダムス感すら漂う日が、全国のサラリーマンに毎年訪れているなんて――私はごくりと唾を呑み込み、姿勢を正す。

「それは、年が明けた一週目の金曜日だ」

父ははっきりと断言した。

「年が明けた一週目の、金曜日……」私はただ繰り返す。

「そう。年始の数日は、そんなに重い仕事もないだろう。そしてまた週末が来るという金曜日が、一番ボンヤリしてるもんだ。その日に言うのが、一番衝撃を抑えられる」

健闘を祈る、と去りゆく父の背中には、四十年間サラリーマンを続けた人間にしか醸し出せないオーラがあった。なんという説得力。私は父の言う通り、年始の一週目の金曜日に退職を報告することを決めた。すでに二度転職を経験している姉からは「慰留《いりゅう》されるかもしれないけど、まあそこはぴしっと振り切らないとね」と先輩らしいアドバイスをいただいた。家族に乾杯。

領収書も支払調書も片付けられないうちに、その日はやってきた。報告の場となる会議室は、上長がつかまりそうな時間帯を確保しておいた。「少しだけお時間よろしいですか」と、できるだけ誰にも見られていないタイミングで声をかける。もしかしたらその時点で、何かを察していたのかもしれない。清水の舞台から飛び降りるような思いで「実は、退職することに決めました」と話し始めた私への上長のリアクションは、こうだった。

「明日にでも、という感じ？」

予想外の反応に私は面食らった。「いえ、退職日としては四月末を想定しているのですが……」「そう。わかりました。また改めて部長に一緒に報告しましょう」まるで有給取得の許可を頼んだときのようにあっさりとしていた。お姉さん、あなたの弟は全く慰留されませんでした……アドバイスまでもらったのになんかすみません……。

それから、部長、人事部長と順番に報告の場をいただき、前の部署でお世話になった上司にも早めに伝えて回った。それぞれ驚いてはいたが、この裏切者、という空気を出されることもなく、皆、私の決断を応援してくださった。その他の人たちには有給消化に入る少し前に伝えるということで、退職を隠しての会社員ライフが始まった。

ここで、全然関係ないかもしれないが、せっかくなので書き記しておきたいことがある。

社会人になってから、様々な人から「男は靴と時計を見られる。だからちゃんとしたものを買うべき」と言われてきた。そのたび私は、ウッソだあ〜！　と思っていたし口に出して言っていた。私は誰かと会ったとして、靴も時計も確認したことなんてない。見てみたところでそれがいいものなのかどうかなんてわからないし、安いものだったとしてそれで何が測れるのかがわからないからだ。なので私はドンキで千円以下の時計を大量購入し、時計が壊れるたび同じものを装着し直していたのだが、たびたび「ちゃんとした時計買いなよ……」と副流煙みたいなため息を浴びせられていた。時計なんて時間が分かればいいじゃないですか、と答えては、何度ため息を追加吸引したことか。

さて、有給消化まであと二週間ばかりとなったころ、私の革靴の紐が爆散した。千切れた、とかそういう表現では捉えきれないような激しめの現象だった。複数の箇所が細くなり始めていたのは認識していたのだが、三年間同じ靴を履き続けたのだ、そろそろ限界だったのだろう、あるとき突然バラバラになってしまった。靴紐を失った右側の革靴はかなりぶかぶかになってしまったが、ズボンの裾が覆い被さっているので、視覚的には紐がない状態だということはわかりづらかった。

新しい紐を購入すべきか、私は迷った。正直、あと二週間のために、と考えると食指が動かなかった。そんなとき思い出したのが、ウッソだあ～アワード百年連続受賞の「男は靴と時計を見られる」である。

これまで時計については何度か指摘を受けたことがある。だが、靴については一度もない。これは、実験するにはベストなタイミングなのではないか。あと二週間のうち、一体何人が靴紐の有無に気付けるのか——やってやろうじゃないの。誰も人の靴なんて見ていないってことを、私が証明してやろうじゃないの。

実験初日の出勤時、まず自宅から駅まで自転車を漕いでいる最中に右足の靴が脱げた。割とスピードを出していたこともあり、ぽーんと遠くへ飛んでいった。いけないいけない、油断油断。こんなことをもし会社でもしてしまったら、すぐに靴紐爆散の事実を突き止められてしまう。気を付けなければ。

それからというもの、右の足の甲を若干反らせつつ歩行しないとかぽかぽと踵《かかと》が動いてしまうので、たまに足がつりそうになって大変だった。ただ、やはりズボンの裾で大部分が隠されているからなのか、会社内で私の靴紐について指摘してくる人はいなかった。一人で階段を上っているときには、身体が油断をしたのか、シンデレラの如く靴だけを置いて数段進む、ということを何度かしてしまったが、幸運なことに誰にも見られてはいなかった。何だ、やっぱり誰も人の靴なんて見ていないんじゃないか。やーいやーい。いっそのこと時計も時計に見せかけたシールとかにしてみればよかったかもしれない。そんなふうに高を括っていたときだった。

四月から、私は『オールナイトニッポン0《ゼロ》』という、言わずと知れた『オールナイトニッポン』二部のパーソナリティを担当することになっていた。つまり、有給消化までの二週間ほどは、会社員と深夜ラジオのパーソナリティという二つの肩書きが重なっていたのだ。当時はNOTTV《ノッティーヴィー》という携帯電話端末向けマルチメディア放送によるラジオ番組の映像配信が行われており、毎週、ニッポン放送に行けばNOTTVのスタッフさんとも顔を合わせていた。

その中に、チェコ人の方がいた。パヴェルさんという、陽気でマッチョな男性である。

「朝井リョウです、よろしくお願いいたします」

スタッフの皆さんに挨拶をした瞬間、パヴェルさんが言った。

「右足、靴紐がないヨ」

あ!!!!!

「すごい！　初めて指摘されました！」

感動のあまり、私は靴紐に関する実験を洗いざらいすべて話した。男は靴を見られるという何の根拠もないオシャレ戯言をよく言われてきたこと、これまで何日間かこの靴を履き続けていたが誰にも気づかれなかったこと、指摘してくれたのはパヴェルさんが初めてだったこと――興奮気味に話す私を見て、パヴェルさんは冷静に言った。

「みんな気づいてたけど、言わなかっただけだと思うヨ」

私は初対面のスタッフさんの前で変な顔になってしまった。社内の人はみんな、もしかして、あいつ靴紐ねーぞ仕事ナメてんのかよクソ小説家消えろと思いつつ、ニコニコ私に接してくださっていただけなのだろうか……？　もしそうだったとしたら、つらすぎる。

その後、同期と食事に行ったときにも、同じようなことが起こった。関西出身の同期（バレーボール界のバスコ・ダ・ガマ）が、「お前、靴紐どうしたん？」ととても自然に尋ねてきたのである。私はハッとし、「え、わかる？　意外と誰にも気づかれなかったんだけど……」と問うと、彼はいつもの小気味よいテンポでこう言った。

「みんな気づいとったけど言わんかっただけちゃう？　で、何で紐ないん？」

何でないんだろう……。私は質問に答えられず、薄笑いを浮かべるほかなかった。

【あと二週間のうち、一体何人が靴紐の有無に気付けるのか】。仰々しく問題提起したが、もしかしたらものすごく膨大な人数に気付かれていたのかもしれない。だがそれだとつらすぎるので、この問題提起の文章内にある「一体何人が」の部分を一体なんにんが、ではなく、一体なにじんが、と読むことにして、答えは【チェコ人と関西人】ということにさせていただきたい。ええ、はじめからそういう問題提起でしたよ。日本人の国民性、及び県民性を問おうとはじめから考えていました。

さあ、いよいよ有給消化まであと数日、というところまできた。私はこの日のために、お世話になった人たちへ一斉送信するメールの文面を何度も何度も書き直していた。長くなりすぎず、だけどあっさりしすぎず、きちんと感謝を伝える。送信する時間も、自分なりに気を遣って考えた。仕事の邪魔にならないようなタイミングとなると、ちょっとコーヒーでも買いに行きたくなる午後三時台後半がいいだろうか、とか、これまで受け取ったことのある退職を知らせるメールを参考にしつつ、試行錯誤を繰り返していた。読み返し、修正し、いよいよ送信のときがくる。メールを送ったあとは、お世話になった各部に挨拶に行こう。私はぐっと体に力を込め、送信ボタンを押した。

送信、完了。デスクから見えるいくつかのパソコンに、たった今、私がしたためた文章が行きわたった。このとき、私は本当に、こんなにも素敵な会社を辞めてしまうのだな、と思った。やっぱり、寂しかった。

さて、メールというものは不思議なもので、送信前に何度読み返したとしても、送信後、何かおかしいところはなかったかと気になってくる。特に退職を知らせるメールなんてその最たるもので、あんなにも確認したのに、私はもう一度内容を確認したくなった。

送信トレイにアクセスする。ついさっき送ったメールの本文を開く。
お疲れ様です、××部の○○です。このたび――ふむふむ、推敲《すいこう》を繰り返しただけあって、やはり問題はなさそうだ。そのまま読み進めていく。様々な仕事に携わらせていただき、本当に充実した日々でした。未熟な私でしたが、右も左もわかる中、皆様に助けられてどうにか――ん？

右も……

左も……

わかる中――――――――――！！！！！！！

ぎゃああ

私は、体内で、一億人くらいの私が四肢をバタつかせのた打ち回っているような感覚に陥った。はたから見れば、何食わぬ顔でパソコンを覗いているように見えただろう。だが、私の体内を巡る血液は完全に沸騰し、今にもつむじから全身の中身が全て飛び出ていきそうだった。信じられない。何だこのミスは。私は一体どこを確認していたのだ。ただ大量送信したこのメール、今から回収することなんてできない。だけど、追加で「右も左もわかる中、というのは、わからない中、の間違いです」なんて訂正メールを送るのも相手をバカにしているようで恥ずかしい。ああ死にたい。靴紐とかじゃなくて自分自身が爆散してしまいたい。

それから様々な人に退職の挨拶をして回ったのだが、ニヤニヤしながら「右も左もわかってたんだねえ」とツッコまれ、そのたび私は死にそうな表情で顔を俯《うつむ》かせるほかなかった。そうするともれなく視界に入るのは靴紐のない革靴で、こんな自分を受け入れてくれた会社への感謝がますます増幅したのだった。

第二部
プロムナード

〝日本経済新聞で2015年下半期の半年間連載〟という
フィールドオブドリームスに錯乱した著者が、
新聞購読者を読者にしたいという野心に司られつつ綴ったコラム21編。
単行本刊行時の「その後の一言」、
文庫本刊行時の「その後のその後の一言」と共にどうぞ。

枠

2015年7月1日

数週間前、退職した会社の同期と飲み会をした。まだ一杯目のビールも届いていないようなころ、同期のうちの一人がこう言った。

「今、毎日何してんの?」

彼が、そこまで深い意味を込めてこの発言をしていないことはわかっている。ただ、私の兼業時代を理解してくれているはずだと思っていた人の口からこぼれ出たその言葉は、未だに、頭の中で反響し続けている。

今年の四月三十日、三年と一か月勤めた会社を退職した。しかし、専業作家になる、と決意したわけではない。来年、とある仕事のために、東京ではない場所に生活拠点を設けることになるため、それゆえの退職である（その仕事を無事終えられたらまた兼業をしたいと考えているのだが……数年間職歴が空くわけで、どうなることやら）。

退職して感じたことは、サラリーマンという肩書きは、私に給料以外の様々なものを与えてくれていたということだ。具体的にそれが何かとは表現しづらいのだが、一言で言うと、「枠」のようなもの、だろうか。

会社に保険証を返却し、会社から年金手帳が返却され、という分かりやすい「枠」の喪失もあれば、引っ越しの手続きの際、契約書類の職業欄で手が止まったりと、ふと気づく形で喪失を悟る機会も多くあった。

毎日何をしているのか。そう問われて口ごもったとき、私は、「枠」とはその内側にいる人が何をしている人間なのか見えるようになる装置なのかもしれない、と思った。

【その後のその後の一言】

読み返すと〝まともな人間に見られたい〟欲に引きますね。誰にどう思われたっていいじゃん、当時の自分。今、兼業もしてないよ！

私は作家なので、もちろん、ほぼ毎日文章を書いている。だが、そんな日々の営みは、本という形にならないと、誰の目にも映らない。本を出さなければ、私はずっと、「毎日何してんの」状態になるわけである。

逆に、街中をせわしく歩く社会人らしき人々を見かけると、本当は見えていないのに、彼ら彼女らを取り囲むあらゆるものが見えるような気がする。スーツ姿で電話をしながらパンを食べている、というだけで、落ち着いて昼食を摂れないほど忙しかったのかな、とか、外回りから帰社したら溜まったメールを返すんだろうな、とか、電話しながら頭下げてる、今日は残業になっちゃうのかな、とか。日々の営みが見えたわけでは決してないのに、見えた気になる。そして、安心する。毎日何をしているのかわかって、安心する。

枠は、人を、安心させる。この人は、あなたの目に見える世界にいる人だよ、と、背中を撫でてくれる。

正直、兼業作家という肩書きは、私の本をも様々な枠で囲ってくれていたと思う。「時間が無い中で書いた作品」「読者の方と同じような社会生活を送る著者の作品」本当はそうではないかもしれないのに、そう見えるように、私の本の周りでは沢山の枠が手を繋いでくれていた。

二十六歳になった私は、退職により全ての枠を手放した。それはつまり、誰の目にも映らなくなるかもしれない、ということである。とりあえず今日から半年間は、この連載枠の中に、います。

【その後の一言】日本経済新聞というフィールドに合わせ人格をカスタマイズすることに尽力する私。

食う寝る踊る

2015年7月8日

引っ越した。本当に念願の引っ越しだ。大学四年生から社会人にかけて四年間住み続けた、食う寝る以外何もできそうにないワンルームから、やっと脱出することができた。

もちろん、「隣人の目覚まし時計の音で起床する生活をやめたい」というのも引っ越しを決意した理由の一つなのだが、とにかくずっと、独立した仕事部屋を設けたかったのだ。テレビとベッドとデスクが一緒くたになっているワンルーム生活とはつまり、ちょっと休憩、という名の七時間睡眠が常にすぐそばで手招きをしている状態のことである。また、床面積が増えれば、念願の複合機のリースも可能となるのだ。ファクスもコピー機も宅配ボックスもなかったこれまでの生活は、不便の宝石箱であった。兼業時代、昼間は会社、夜はファミレスで仕事をしていた私は、ガンガン郵送される何もかもを受け取ることができず、原稿がドアの前にボンと置かれていることもザラであった。その結果、「郵送物はほぼ百パーセント受け取れないので、急ぎのものはドアの前に置いておいてください。なあに大丈夫です、ここは日本ですから」等と平和ボケした性善説にボンヤリ根差しただけの発言を各社編集者に対して繰り返していたのである。そんな不用心な作家、私が編集者だったら殴りたい。二回殴りたい。

何度かの内見を経て、やっと、もろもろの条件を満たす物件を見つけた。防音性に関しては、物件を紹介してくれた不動産会社の方が大変ボリューム感のある声量の方だったので、この方がこれだけ話しても大

【その後のその後の一言】 この家からまた引っ越し、より踊りやすい窓を手に入れた結果、私は大学時代の友人と再びダンスを始めてしまいました。

丈夫なんだから大丈夫、という雑な形で確認を終えた。

間取り的に仕事部屋を設けることも可能だし、宅配ボックスもある。日当たりに少々難ありだが、マイナスポイントといえばそれくらいかな――私は「ふむふむ」とでも呟かんばかりの顔をして、その物件を紹介してくれた不動産屋にお礼を告げた。

全ての仕事を後回しにして様々な手続きを進めたので、家を決めてからは早かった。快適な新居生活も、もう二週間が経とうとしている。

実は、内見中、口にも態度にも出さずに、もうひとつだけ確認していた条件がある。

それは、鏡の代わりになる窓と、必要な家具を全て揃えたとしても四肢を好きなだけ動かせるだけのスペースがあるかどうか――つまり、家の中で思い切り踊れるかどうか、だ。

私はよく踊る。特に在宅時、座ったり寝転んだりしていないときは体のどこかしらが舞っている。もともと様々なことを考えすぎるタイプなのだが、踊っているときだけはそのような面倒な思考から解き放たれるのだ。小説を書いているときも、シーンが変わるたび席を立ち、いたずらに、かつ不恰好に舞う。そして何事もなかったようにパソコンの前に座り、執筆を続けるのだ。

窓は、外側の世界が暗く、かつ内側の世界が明るくなると、鏡のように室内を映し出す。そんな全身鏡がある時間帯は、もう大変だ。執筆の合間に踊るというよりも、踊る合間に執筆といったリズムになる。

最近は、同じく「プロムナード」の土曜日を担当している作家の柚木麻子さんとのトークイベントで、自己紹介より早く踊った。満足いく出来に仕上がったのも、この引っ越しのおかげかもしれない。

【その後の一言】　最近は『ラ・ラ・ランド』のサントラで踊りまくってます。そして引っ越して二年、文中で〝念願の〟とか言っている複合機は見積もりすら取っておりません。

スライドショーの隙間

2015年7月22日

某人気女優が、外国から来た友人と東京観光をしているCMがある。街を歩き、江戸切子体験をし、初雪にはしゃぎ――旅の最も楽しい部分をスライドショーのように繋ぎ合わせた十五秒は、それはそれは美しい。だが私は、あのCMを見るたび、この旅の最もつまらないシーンを選抜した十五秒も見たいな、と思ってしまう。無言で移動している二人、足が疲れているのに道を間違えてしまい苛立つ表情、相手にかかってきた電話が終わるのをスマホをいじりながら待つ姿……そんな、スライドショーには絶対に採用されない瞬間を拾い集めたい、と思ってしまう。

　なぜこんなことを書いたのかというと、おとといが海の日だったからだ。私の場合、海と聞くと、スライドショーの隙間にこぼれ落ちたあの日のことを思い出してしまう。

　高校の修学旅行で、初めて沖縄に行った。ダイビングができるという情報を取得していた生徒たちは大はしゃぎだった。岐阜には海がないので、海というだけで十分非日常なのに、その底に潜るなんて！　ダイビング、で検索して出てきた写真があまりにも美しかったことも、はしゃぎ盛りの高校生に拍車をかけた。透き通る海の碧、その中を自由に泳ぎ回る色とりどりの魚たち、水を切り裂くような太陽の光……絵画のような写真たちを小さな画面で見ては、キャッキャしていた。

　ダイビングスーツを着て、事前講習を受け、ボートに乗って海へ出る。青い空、碧い海、まさに写真で見た光景だ。目的地に着き、ボンベを背負い、いよいよ海中へ潜

【その後のその後の一言】 大ゲンカした友人というのは、元の関係に戻れないものなのですね。

っていく。冷たい、だけど気持ちいい！　ドキドキは最高潮だ。

　だが、海底に降り立った瞬間、私は思った。

　暇だな〜、と。

　海底の景色には、三秒で見慣れた。むしろ、写真のほうが断然綺麗だった。加えて、海底だと呼吸以外にすることがなかった。会話すら奪われた状態で、私はただ呼吸をし、無表情のまま前の人の背中を追って歩いた。インストラクターからパンをもらい、それを千切っていると大量の魚が寄ってきたが、水を吸ったパンが散り散りになる様子を見て、汚いな、とボンヤリ思っていた。

　私はそのとき、いま、自分はあの写真の枠外にいるのだと思った。画面に敷き詰められた美しい写真たち、その隙間でただ呼吸をしているのだと。そして、人生の大半はおそらくそうなのだろうなと、海底で一人、ひっそりと悟ったのである。さらに、帰りのボートで船酔いをした私は、ボートを下りたあと嘔吐した。クラスメイトにバレないよう海に潜り嘔吐したのだが、サッカー部のM君には見られていた。

　その後、二度、ダイビングをする機会があった。大学の卒業旅行で行ったセブ島、家族で行ったバリ。どちらも、旅行中、最も退屈を感じた瞬間が海底を徒歩で移動しているときだった。三度経験してこれなので、もう間違いないと思う。

　ところで、私の書いている小説は、物語のスライドショーともいえるあらすじが抜群につまらない。桐島が部活やめる話。大学生が就活する話。あの日、海底でただ呼吸をしていた高校生の自分に、そのままで大丈夫だよ、と教えてあげたい。今後もスライドショーの隙間にある出来事を書き続けて、一応、小説家になれるのだから、と。

【その後の一言】　ダイビング好きの人と大ゲンカしたことあります。

巡る星を掴む

2015年7月29日

私はオーディション番組が好きだ。『ASAYAN』(テレビ東京)で早くも火が付き、これまでにも「オーディション」と名の付く映像があれば片っ端から鑑賞してきた。ミス・ユニバース日本代表を決める最終合宿のドキュメンタリーも、毎年楽しみにしている。「審査員と私の美の概念がズレていたみたいで、悔しい」等、自分の脳からは生まれない言葉を享受しながら、ほお〜と感心するのだ。

私にとってのオーディション番組の醍醐味は、いくら言葉を尽くしても分解できない巨大な何かを突きつけられるところにある。私は子どものころから小説を書くことを趣味としていたため、五感で捉えられるもの全てを言葉で表現しようと試みることが好きだった。だが、オーディション番組がたまに映し出してしまう「人の星」としかいえない何かは、おそらくどんな言葉でも説明できない。だから惹かれる。

国外問わず昔から多いオーディション番組は、ヴォーカリストを見出すものである。現在放送されている『Sing! Sing! Sing!』(TBS)がまさにそれなのだが、現在3rdシーズンを迎えたこの番組でも、多くの人の星が映し出されてきた。誰よりも上手に歌えるのに、「人間味がない」「のびしろが感じられない」と落とされてしまう人。明らかに技術が劣るのに、「だけど気になる」「不安定だからこそ聴いてしまう」と合格する人。誰よりも上手だから、不合格。誰よりも下手だから、合格。そんな、言葉にした途端意味がねじれる、だけど不思議と誰も逆ら

【その後のその後の一言】 現在の私は『PRODUCE101』というオーディション番組シリーズに激ハマりし、自分の都合のいい解釈を人に押し付けまくっています。死。

うことができない輝きを放つ星が、オーディションにはごろごろと転がっている。

そんなことを方々で語っていたら、知り合いが、とあるオーディションの見学に来ないかと声をかけてくださった。もちろん審査員としてではなく、純粋な見学である。

とある作品の、とある役を巡るオーディションだった。一人十五分前後、一日に二十五人。審査は、朝から晩までみっちり行われた。

受験者はまず、あるワンシーンを実際に演じる。その後、演出担当者や監督が出す様々な指示に応えていく。場合によっては、別の役のセリフを急きょ演じてもらったりもする。そんなことをしていると十五分なんてあっという間に過ぎてしまうため、回転扉がくるくるまわるみたいに、すぐに次の受験者がやってくる。

その日、私は、取材気分だった。今日見てしまうであろう様々な人の星をいつか小説に活かすんだ、なんて思っていた。

これを書いている今の私は、そのことをとても反省している。

パッと現れサッと去る受験者たちの後ろ姿を見て、私は、彼らはこの十五分間の前後にも別のオーディションを受けているかもしれない、という当然の事実にやっと気が付いたのだ。私が見たのは、二十五人それぞれのたった十五分に過ぎない。それだけを見て、人の星とか運命とか都合のいい言葉で思考をこねくり回していた自分に辟易した。あの二十五人は、昨日も今日も明日も、手を替え品を替え場所を替え、自分のもとに巡ってくるかもしれない星を摑もうとしているのだ。勝手に創り上げた想像を押し付けて、気持ちよく言語化できた解釈をねじこむのはやめよう、と思った。そんなことばかりしていたら、そんな作品ばかり書いてしまいそうだ。

【その後の一言】　ちなみにこのとき潜入したオーディションとはアニメ『チア男子!!』の声優キャスト決めオーディションでした。またアニメ化されたい。

今後の夢は何ですか？

2015年8月5日

七月二十日、『アンダー、サンダー、テンダー』という作品が日本で翻訳出版された韓国の作家、チョン・セランさんと公開対談をした。「日韓若手文化人対話」の第一弾ということで、日本と韓国それぞれの小説の立ち位置や出版文化についてお話をさせていただいた。

韓国の作家はキャリアを重ねると仕事内容を別のフィールド（脚本家や漫画の原作者）へ移行することが多いことに対して、日本ではむしろ他の職業を経験した人がその後小説を書き始める（最近だとお笑い芸人の又吉直樹《またよしなおき》さん、遡《さかのぼ》れば本職は医者の森《もり》鷗外《おうがい》など）ことが多い点。韓国の人々は電子媒体への抵抗が少なく、電子書籍やウェブ小説が盛り上がっていることに対し、日本ではいまだに履歴書ですら紙に手書きである点などなど（韓国では十年以上前から履歴書はデジタル化されているという）、話しているうちに、想像していなかった価値観の違いがいくつも浮き彫りになり、とても興味深かった。

同世代であるチョン・セランさんとは、昨年の六月、私が訪韓したときにも公開対談をした。自著『桐島、部活やめるってよ』の映画が韓国でも上映されることが決まり、それに合わせて国際交流基金の方々がセッティングしてくださったのだ。対談の他にも、サイン会、トークショー、映画館での舞台挨拶など、様々な形で韓国の読者の方々と触れ合った。韓国では当時『桐島～』と『何者』の二冊が翻訳出版されていたのだが、その感想をものすごく熱く伝えてくださった方々の表情を今でもはっき

【その後のその後の一言】 ここに出てきた中学時代の同級生、何とこのあと映像関係の仕事を経て映画『チア男子!!』の予告編を担当してくれました。

りと覚えている。日本でサイン会を行うとどこか遠慮がちなコミュニケーションになることが多いので、韓国の読者の前のめりの姿勢はとても新鮮で、純粋に、嬉しかった。謙遜の美学が深く根付いている日本人は、思いを言葉にする、ということに対して恥を抱きすぎているのかもしれないと感じた。

中でも印象的だったのは、在韓国大使館で行われた映画の上映会で起きた出来事だ。映画が上映されたあと、作品についての質疑応答の時間があった。手を挙げてくださった方々の質問に答えていく中、司会者の方が、ある若い女性を指名した。

マイクを受け取り、座席から立ち上がった彼女は、なんと、中学校時代の同級生だった。

異国の地で、小説家として登壇しているイベント会場で、同級生に会うなんて――

私は大変動揺した。壇上で格好つけていたこれまでの時間が、急に恥ずかしくなった。そんな私に構うことなく、彼女はよく通る声でこう言った。

「今後の夢は何ですか？」

十年前の面影を残した表情で、彼女は私にそう質問した。私はあのとき、なんと答えたのだろうか。

二十日に行った対談の中で、チョン・セランさんは「大衆作家になりたい」という夢を明かしてくださった。大衆から求められて初めて成り立つ呼び名だから、という理由だそうだ。私は初めて訪韓したあの日から、今の自分にとっての夢について考えている。中学時代に夢見た小説家という立場から見た、夢。一人でも多くの人に自分の作品を、などというぬるい表現でごまかすことの許されない本当の夢を表す言葉を、今でも探している。

【その後の一言】　この韓国行脚で、私は人生で初めて〝パスポートを忘れて飛行機に乗れなくなった人〟を見た。同行予定の担当編集者である（翌朝現地で合流しました）。

待ち遠しかった夏

2015年8月12日

八月は祝日がない。

この衝撃的な事実にブチ当たったのは、社会人になって一年目の夏だった。むしろ、七月も加えてみたところで、祝日は海の日しかないのだ。「ウソでしょ……」とデスクで寂しく独りごちたことを今でも覚えている。自分は社会人になったのだと最も強く痛感した瞬間だったかもしれない。

七月の後半、そして八月のカレンダーがどんな日々で構成されているかなんて、社会人になるまでは全く気にしていなかった。それまでは自動的に、四十日間すべてが「夏休み」という一塊の祝日だったからだ。

とはいえ、社会人にも一応、夏休みがある。私が勤めていた会社は、六月一日から十月三十一日までの間に五日間、各自夏休み休暇を申請するというシステムだった。仕事の関係で五日間の休みを取得することができなければ、その分は給料として換算される。

九月も後半あたりになると、廊下やトイレですれ違う同期などと、こんな言葉を交わすようになる。

「もう夏休み消化した？」

消化……！

学生のころ、夏休みとは、巨大なアイスキャンディーをていねいにていねいに舐めるがごとく贅沢に楽しむものであった。そんな、あれだけ待ち遠しかった夏休み様を、「消化する」ものだと認識する日が来るなんて！　さらに、部署によっては、「この時期に五日間も休めない」「だけどどうにか消化しないと上司に注意されるからな～」など、夏休み様はむしろ邪魔者扱いす

【その後のその後の一言】　私が今一番待ち遠しいのはUber Eatsの範囲内にハニーバターチキンを提供する店が出現する瞬間です。食い意地。

らされており、私はそのたび勝手に、あの方をそんなふうに扱うことは許さぬ！　と、夏休み様の側近ぶった。

通勤などの移動が暑い、冷房により体調を崩しやすくなる、頻繁に洗濯機をまわさなければならない――大人にとって、夏は「待ち遠しい」季節ではないのだ。特に、対お客様で成り立っている業界にとっては、夏は最大の稼ぎ時なのである。

子どものころは、日々の中に、待ち遠しいものを見つける能力がもっと高かったように思う。給食にデザートのゼリーがついてくる日、午後の二時間がつぶれて課外活動になる日、体育でプールが始まる日。交通機関に影響を与えるであろう大雪だって、物流に影響を与えかねない大型の台風だって、不謹慎ながらやっぱり待ち遠しかった。今はどう考えても、待ち遠しくない。

大人になると、待ち遠しい、が珍しくなる。私は、二十六歳にもなってそんな事実に打ちひしがれてしまった。

そんな中行ったとあるトークイベントとサイン会、そこに来てくださったあるひとりの読者の方が、こう声をかけてくれた。

「新作が待ち遠しいです」

久しく聞いていなかった、待ち遠しい、という言葉がそこにあった。

大人になると、待ち遠しいが珍しくなる。この事実はおそらく正しい。だが、それはきっと、大人になった私たちは、誰かにとっての「待ち遠しい」を生み出す側にまわるからなのだ。だから、その作業を阻みかねない夏休みや大雪や台風が、もう待ち遠しくなくなってしまったのだろう。

……と美しく締めようと思ったが、やっぱり休みは待ち遠しい。長期休暇を得られるように、早く新作を書きあげなければ。

【その後の一言】　私が今一番待ち遠しいのはロイヤルホストの新フェアです。

店に行きつけたい

2015年8月19日

とある地方に転勤となって、もう数年になる高校時代の同級生がいる。彼を含む同級生たちと久しぶりに会ったある夜、酔いがまわった彼はこんなことを話しはじめた。

「行きつけの店の大将からおかずをもらうことがあるんだけどさ～」

行きつけの店。大将。大人になったらきっと言ってみたかったんだろうなあ——そんなことを考えつつも私は、「行きつけの店」という酷く地元感のある言葉が、今の彼にとっては、私たち共通の故郷ではない場所に根差していることに動揺を隠せなかった。故郷以外の場所で、土地が繋ぐコミュニティのようなものを手に入れている彼を、素直に羨ましく感じたのである。私はまだ、東京に留学中のような気持ちでいるからか、近所だからという理由のみに根差した関係性を誰とも持ち得ていない。

さらに、よく考えた結果、私は地縁うんぬん以前に、自分が「行きつけの店」を持てる精神性を持ち合わせていないことに気が付いた。

東京で暮らし始めて八年目になるが、行きつけの店、というか、お店の人（前述でいう大将）と私、その双方が「行きつけているなあ」と認識しあっている店は、一軒もない。

私が一方的に通い詰めている店は、多少ある。だが、大将からおかずをもらうような、相互に存在を認識しあうような関係にはどうしてもなれない。なぜかというと、お店の人に「この人よく来るな」と認識されていることを私が認識した瞬間、その店に行けなくなるからだ。お店を出るときの

→【その後のその後の一言】　左記の店にはもう行っていません。

挨拶が「ありがとうございます」から「いつもありがとうございます」に変わった瞬間、私はもうその店に行けない。

自意識過剰だということはよくわかっている。ただ、私はどうしても、好きな食べ物があるということ自体が恥ずかしいのだ。この人いつもこの店に来てこの料理頼むな、これが好きなんだろうな、と思われることが恥ずかしいのである。

私は今、小説を書くことを仕事にしている。四月末に会社を退職して以来、本当に、小説に関する仕事だけ、自分の好きな仕事だけをして、お金を稼いでいる。そんな状態で毎日食べるものがあるなんてそれだけでじゅうぶん幸せなことなのに、そのうえで食べるものを選り好《ごの》むなんて！　どこまで傲慢なのか！　と、どうしてもそう考えてしまうのである。そうなると「いつもありがとうございます」というお店の人の言葉は、「あなたはいつも食べるものを選り好んでいますね」という言葉に変換されて私の耳に入ってくることになる。

おそらく私は、自分のためだけに生きていることに飽きたのだと思う。自分のためだけに書き、食べ、眠り、また書き、という、自分という登場人物だけで終えることのできる循環に、辟易したのだ。誰かのために生きる時間が少しでもあれば、食べ物を選り好むという「生」への傲慢さに、もう少し器用に言い訳ができる気がする。

思わぬ形で自らに眠る結婚願望的なものの存在に気が付いたとき、同級生たちが席を立った。二軒目に移動するらしい。東京で飲むときは私が店の見当をつけておくべきなのだが、当然私には行きつけの店がないので、このままふらふらと夜の街をさまようことになる。彼らが次回上京するまでには、どこかの店に行きつけておきたい。

【その後の一言】このエッセイを執筆して約二年、ようやく予約時に会話ができるような店が……ひとつだけ生まれました……。

大人のための友達論

2015年8月26日

友達が多い、友達が少ない。どちらが幸せか——そんなテーマのテレビ番組が放映されていた。

実際に友達が多く、そのほうが幸せだと主張する人が三名、その逆を主張する人も同じく三名出演していた。お互いにお互いの主張を崩し合うようなディベート形式で番組は進んでいく。

主に、「実際に友達が多いし、幸せ」と主張する人には、それは本当に友達なのか、ただの仕事仲間または知り合いではないのか、という追及が、「実際に友達が少ないけど、幸せ」と主張する人には、自分の時間が確保できる喜びを語っているが本当は寂しいのではないか、という追及がされていたと記憶している。

私はそのような意見を持つ以前に、友達が何なのか、よくわからなくなっている。学生時代の友達とは心も体もどんどん距離が空いている気がするし、大人になってからはなかなか新しい友達ができない。

まず、大人として生きていく中でできる友達とは、一体何なのだろう。大人になってから私は、これまで自然発生してきた「友達」という存在が一切生成されなくなったことに気付いた。学生時代のクラスメイトのように、用がないのに会う人、という存在が途端にいなくなったのだ。それはつまり、会う人全員が自分にとって何かしらの役割や利害がある、ということだ。だから、お互いに担っている役割や利害を感じるより先に「この人とは気が合う」「仲良くなりたい」と思える人に出会ったとき、私はひどく高揚する。あまりにも久しぶり

【その後のその後の一言】 この活動を細々と続けた結果、友達が微増しました。今は、今の友達がいればこれ以上増えなくていいかも、と思えています。

の「友達発生」という現象の尊さに、くらっとくるほど嬉しくなってしまうのだ。

そんな人との関係を発展させるためには、役割や利害などが関係ないときに、役割や利害などが関係ない場所で再度会う必要がある。ここまで理解しているのになぜ友達が少ないかというと、ここで私は立ち止ってしまうからだ。

ひとりの人間として私と仲良くするつもりなんて、向こうには毛頭ないのかもしれない。こちらから誘ったら迷惑かもしれない、断られるかもしれない——そんな考えが頭の中をぐるぐると行き来し、連絡できないのである。同じようなことを、テレビ画面の中の「友達が少ないけど、幸せ」を主張する人々も言っていた気がする。人見知りだから、迷惑をかけて嫌われてしまうかもしれないから、出会いがあっても友達まで発展させることができない、と。

そのとき「友達が多いし、幸せ」側の人が発した言葉に、私は脳天を殴られたような気持ちになった。

断られてもいいじゃん。また誘えば——

テレビの中のその人は、そう言ったのだ。

私はその言葉を聞いたとき、自分は人見知りなんかではない、と気づいた。自分は、人見知りという自己申告により「他人との距離を上手に測れない不器用で奥ゆかしいワタシ」を演出しているだけの、ただただ傲慢《ごうまん》な人間なのだ、と。誘っても断られるかも、嫌われるかも、と思っている時点で、自分の誘いは断られないだろうし、自分は嫌われていないだろうと思っているということなのだ。こんな傲慢野郎に友達ができるわけがないではないか。

今度、仕事関係で知り合った人と、仕事と全く関係なく、会う。緊張したが、私から、誘ってみた。私はその人と、友達になりたい。

【その後の一言】　この活動は細々と続けております。友達欲しいです。

夏裁判

2015年9月2日

夏もそろそろ終わりだ。皆さん、夏裁判への準備は万端だろうか。

海、花火、プール、キャンプ、バーベキュー、旅行……夏になると、あらゆるレジャーに囲まれた人々が、ピッカピカに楽しそうな笑顔で写っている写真を様々な媒体(インスタグラム、ツイッター、フェイスブックなどなど)に掲載し始める。そんな写真を目にしたとき私は、楽しそうだなあ羨ましいなあ、と思うと同時に、こうも思う。

この人たち、夏裁判――周囲からの「夏、何してた?」という質問――に勝つ気満々だな、と。

夏のレジャーで楽しそうにしている写真なんて、夏裁判にかけられた際、物的証拠として最も有効だ。夏は何をしていたのか裁判官から問われたとして、ただ無言でその写真を差し出せばいいわけだ。その他、明らかに黒く焼けた肌、海外のおみやげ(大抵がチョコ)等も、夏裁判を勝ち抜くための物的証拠としてかなり有効である。

自分の夏が、人生でたった一度の○歳の夏が、なんてことなかったなんて誰にも思われてはならない――そんなぎらぎらした執念を、夏にだけはあらゆる人々から感じる。確かに、秋、何してた? とは聞かないし、聞かれたこともない。夏という季節だけ(夏休みというものがあるからかもしれないが)、毎年、裁判にかけられているような気がするのだ。

ちなみに、私が秋に上梓する予定の短編集には、「リア充裁判」という作品が含まれている。私はその作品の中で、学生時代が本当に充実していたかどうかを測る裁判

➡【その後のその後の一言】 引き続きビーチバレー一本で勝訴させていただいております。試合のほうは敗訴となっております。

にかけられる未来を先回りし、必死に様々な写真をSNSにアップする学生の話を書いた。若者特有の、自分の学生時代が楽しくなかったなんて絶対に思われてはならないという強烈な執念らしきものからインスパイアされて書いた作品だ。

夏裁判、リア充裁判。これらの感覚は、二十代、つまりSNSの常用により常に他人の視線を意識し続けなければならなくなった若年層ならではの感覚だと思っていた。だが、どうやらそうではないらしい。

友人の両親が、最近、フェイスブックを始めた。すると突然、日常のあらゆる場面で写真を撮り、それをアップするようになったというのだ。さらに、両親から「いいね！ してよ」と写真の賛美を迫られたという。

どうやら、自分の生活を楽しそうに見せたいというぎらついた自己顕示欲に世代は関係ないらしい。ただ、その欲を発散させるツールがこれまでになかっただけなのだろう。

確かに、私が家族と旅行に行ったときも、せっせと写真を撮る親から「もっと楽しそうに」「もっとふざけた感じで」と注文を受けたことがある。そのとき私は、他人に見せる前提で写真を撮っているのだな、と感じたことを覚えている。だって、この旅行を共有している人間ならば、たとえ見た目が大人しい写真ばかりであっても、旅行がどんなものであったかということは誤解しないからである。

自分以外の誰かから賛美されないと、自分が生きてきた時間を誇ることができない――この感覚がさらに突き進むと、遺影がデジタルフォトフレームによるスライドショーにでもなりそうだ、と思っていたらすでにそんなサービスは始まっていた。人生裁判、という言葉が頭の片隅に過り、私の夏は終わった。

【その後の一言】 私は毎年〝ビーチバレー大会出場〟というカード一枚で勝訴をもぎ取り続けている。

主人公のあるべき姿

2015年9月16日

歌人・小説家の加藤千恵《かとうちえ》さんとパーソナリティを務めるラジオ番組『朝井リョウ・加藤千恵のオールナイトニッポン0』が始まって、そろそろ半年が経過する。毎週金曜深夜三時から二時間、ニッポン放送をキーステーションに生放送でお送りしている、いわゆるオールナイトニッポンの第二部の枠だ。

番組の前半は、基本的にフリートークで進む。つまり、自分が主人公の話を自分で物語る、ということである。

これが、思っていたよりも難しい。基本的に、人から聞いて面白い話というのは、「日常や世間の常識から少しズレた体験をした話」なのだと思う。そして、自分が主人公の「日常や世間の常識から少しズレた体験をした話」を自分で物語るということは、「私はここがズレているんですよ」というポイントを自覚しているということになってしまう。

その時点で、面白さは半減する。あの人やばいよクリスマスに除夜の鐘鳴らしに行くんだよ、だと面白いが、自分やばいんすよクリスマスに除夜の鐘鳴らしに行っちゃうんすよ、だとつまらない。

主人公が、自分の行動を客観視しているのかどうか。この問題は、ラジオでのトークに限った話ではない。

私は小説を書くとき、いつも、主人公がどこまで「見えている」人物なのか、その塩梅に悩む。確かに、突拍子もない行動をしてくれる主人公がいると、物語がどんどん展開してくれて助かるのだが（スポーツ漫画など、サクセスストーリーを描く物語

【その後のその後の一言】

結局まだそんな主人公を生み出せていないが、ただ今挑戦中である。そうです、つまり三年間で進捗ゼロです。がんばろう★

の主人公は大抵そうだ。常識を逸した運動能力や努力や人間力に、本人は気づいていない。その本人が無自覚の魅力に、仲間達がどんどん巻き込まれていく）、小説の場合、漫画でいう背景のように、言葉なしに場面を説明することができない。目に映る情報を正確に読者に伝え、さりげなく場面の説明をする役目を担っているのも、やはり主人公なのである。そうなると、一人称で書く場合は特に、主人公はあらゆることに自覚的になってしまう。それは私の技術不足ももちろんあるが、どうしても、私の書く主人公には、フィクションの中では本来必要のないはずの客観性が宿ってしまう。

ただ、客観性、これが宿った途端、主人公としてのスター性は消滅する。世界中で愛されている主人公たちは、客観性など持ち合わせていない。

たとえば、スタジオジブリの作品群。それぞれの物語で冒険を繰り広げる主人公たちは、ほぼ全員、客観性がない。パズーとシータは出会ったときから両想いだったし、魔女見習いのキキは頭で考えるより先にホウキに跨《またが》る。彼らの行動からは計算らしきものが全く滲み出てこない。多くの人が心を躍らせる主人公とは、やはり、客観性がなく、それゆえのスター性があるのだ。

それはきっと、現実世界で生きるにはあまりにも客観性が求められるからだろう。私たちは、せめてフィクションの中では、客観性なんてものを脱ぎ去りたいと思っている。

毎週、ラジオブースの中で身の回りに起きたことを面白おかしく話しながら、私はいつも、自分のどこが世間とズレているか自覚しながら話している私が生むことができる主人公はどんな人物なのだろう、と考えている。いつか、客観性とスター性を兼ね備えた魅力的な人物を、生み出してみたい。❁

【その後の一言】　結局まだそんな主人公を生み出せていないが、ただ今挑戦中である。

彼らだけの言語

2015年9月30日

毎日、男子バレーを観ている。試合がない日でも、録画したものを観直している。高校時代バレーボール部に所属していたということもあり、とにかく観戦も実践も好きなのだ。上京してからは、つい試合会場に足を運んでしまったりもする。そして大体、泣いている。

そう。泣いているのだ。二十六歳の男が。一人で。

その理由を明かす前に、まず今年の全日本の魅力について語らせていただきたい。十代からバレー観戦を続けている身としては、まず清水邦広《しみずくにひろ》選手がキャプテンというところにグッとくる。今は中央大学二年生の石川祐希《いしかわゆうき》選手を初めとする若手四人組、通称「NEXT4」が注目を浴びているが、清水選手も大学在学時に日本代表入りした選手の一人だ。代表入り当初は「ゴリ」というニックネームの通り、コースの打ち分けやブロックアウトなどのテクニックを駆使するというよりは、とにかく力強さを売りにするようなプレースタイルだったと記憶している。だが今はどうだ。サーブの緩急、辛いトスを無理に打ち込まずリバウンドを取り、その後のチャンスに繋げる姿勢――とにかく大活躍なのである。あの短髪の大学生が立派になって！ というお前何様だ臭漂う感動は、清水選手がキャプテンであり続ける限り途絶えないだろう。他にも、絶対に点を取ることができないポジションからチーム全体を支えるリベロの永野《ながの》健《たけし》選手、常に若手の手本でありたいと語るベテランのミドルブロッカー鈴木《すずき》寛史《よしふみ》選手など、ぐっとくるポイントは多い。

→【その後のその後の一言】 男子バレー、西田有志選手に東山高校を卒業した高橋藍選手と、新世代の台頭が著しく今後が楽しみですよね。普通のこと言いました。

しかし、これらが私の涙に繋がっているわけではない。私は選手の成長やチームの勝利に涙しているわけではないのだ。

たとえば、対カナダ戦。柳田将洋《やなぎだまさひろ》選手の放ったサーブが相手のレシーブを崩した。そのまま返ってきたボールを、柳田選手と同じレフトポジションとして対角に位置している石川選手が直接スパイクする、というシーンがあった。そのあと、コートの中心に集まって得点を喜びつつ、柳田選手と石川選手はお互いに目を合わせ、頷き合うのである。

ここで私は泣く。

あのコンマ何秒かの頷き合いは、あらゆる歴史——両者共に春高優勝経験者かつ大学バレー界のスター、そして同じポジションとして全日本選出——を理解しあっている者同士にしか交わすことのできない言語だ。そういう、自分が一生理解できないだろう言語のやりとりが垣間見えた瞬間、私は「その言語を手に入れられたかもしれなかった人々」の気持ちに憑依《ひょうい》して、泣く。かつて彼らと共に春高を戦ったチームメイトやかつての恋人、彼らの成長を日々見続けてきた顧問等、彼らの輝きに照らされながらも、彼らが通り過ぎて行った道の脇に立っていることしかできなかったあらゆる人々。そんな存在を勝手に脳内に作りだし、その架空の存在たちの抱く焦燥感や切なさに胸を掻き毟《むし》られるのだ。

私はきっと、小説家という職業に就いておきながら、この世に一生到達できない言語が存在することが辛いのだと思う。だから、「彼らのそばにいた人物」というこんな自分でもギリギリ成り得た人物を作りだし、それを想像のクッションにすることで、自分の力では絶対に到達できない彼らだけの言語に、ほんの少しでも近づこうとしているのだと思う。ガンバレ、ニッポン！

【その後の一言】　バレー熱は日に日に増大しており、その結果が前述した様々な失敗談に結実している。

能動的成長期

2015年10月7日

学生時代の友人が海外へ行くことになった。二十代後半、いよいよ人生における大きな決断を下す人たちが周囲に増えてきたような気がする。

気心知れた仲間達で送別会を開こうということになり、本人には内緒で準備を進めた。私はこういうとき、やたらと時間と労力を注いでしまう性質がある。途中から、その人の思い出のために、というよりは、自分の楽しみのために、という気持ちがムクムク膨れ上がってしまうのだが、今回もまさにそうであった。

話し合ううち、「その友人が日本でやり残したことを最後にやらせてあげよう」というコンセプトが固まった。とはいえ、大学四年間を共にした仲間、ある程度のレジャーは皆で経験済みだ。話し合いが難航する中、あるメンバーがこう呟いた。

「ライブは?」

ライブ——生バンドを従え好きな歌を熱唱すること。渡米する友人は大のカラオケ好きなのだが、さすがにバンドを従えたことはないだろう。これだ、ということになり、早速、客が生バンドを従えて歌うことができるお店を探し、下見に行った。送別会ライブのセットリストを作成するため、友人からあらかじめ聞き出しておいた十八番リストと店側が演奏することができるリストを擦り合わせる。スタイリストをしている友人が当日のステージ衣装を揃え、アイドルオタクをしている私がペンライト等の盛り上げグッズを揃えた。ここまでくると徹底的にやってやろうという空気になり、渡米する友人の弟に、会の最後に別れの手

【その後のその後の一言】

読み返して反省しました。私はいま再び初体験への恐怖により好きなことばかりを繰り返す妖怪・縮小再生産になり果てています。

紙を読む役を依頼した（そのバックで演奏する曲は『いい日旅立ち』）。主役の顔面をプリントしたケーキとTシャツも作成し、準備は万端だ。

当日はあらゆる試みが成功し、会は大いに盛り上がった。生バンドで歌うなんて私にとっても初体験で、ついつい調子に乗り何曲か熱唱した。

のちに、使用した店の方から連絡がきた。送別会実施中に写真を撮影していたようで、その様子を店のブログにアップさせていただきました、とのことだった。

私は軽い気持ちでそのブログを覗いた。

そして、驚愕した。

沢田研二《さわだけんじ》を歌っているステージ上の自分が、まるで見たことのない表情をしていたのである。人生で初めての体験、その感動と興奮の渦の中にいる自分、というものを、私は久しぶりに見た気がした。

大人になると、初めて体験することが減っていく。これまでの経験値から、生きていくうえで必要なこと、不要なことが見極められるようになり、必要なことしか手に取らなくなっていく。さらに、そうしているうち、不要なことをごっそり取り除いても、生きていくうえでは特に困らないということにも気付いてしまう。

生バンドを従えて人前で歌うだなんて、生きていくうえで必要のない経験かもしれない。だけど大人になった今、こうでもしないと、新しい自分に出会うことはできないのだ。話せるようになる、歩けるようになる、背が伸びる足や肩のサイズが大きくなる――こちらが何をするでもなく訪れてくれた受動的な成長期が終わった今、必要か不要かだなんてとりあえず置いておいて、能動的に何かしらの初体験に手を伸ばすことでしか自分の輪郭は変わっていかない。

その事実は、会にかかった総額よりも重く、私の心に圧《の》し掛かっている。

【その後の一言】　ブログに掲載された写真、特別にご用意いたしました。260 ページをご覧ください。

書いてよかった

2015年10月14日

先月の話になるが、都立国立《くにたち》高等学校の文化祭に行った。この高校のあるクラスが、拙著『星やどりの声』の舞台を上演するというのだ。

この小説を舞台にしたいという連絡は、半年以上前に版元経由でいただいていたのだが、本番の一週間ほど前に改めて、観劇されませんか、というお誘いをいただいた。そのお誘いの最後に、こんな一文があった。

【今回の上演にあたりクラスで劇のオリジナルソングを作成しました】

私は軽い気持ちでその音源を聴いた。そして十分後には、国立高校について怒濤の勢いで調べ始めていた。この子たちは一体何者なんだ、そう思ったからだ。

作詞、作曲、演奏、歌、録音、配信、その全てをクラス内で遂行していることも驚きだったのだが、何より歌詞だ。作中に出てくるキーワードがうまく鏤《ちりば》められており、他のどの作品でもない『星やどりの声』のために作られた曲だということがよくわかりつつも、言葉の選択が絶妙なので、意味が狭まりすぎていない。これは、ある個人的なエピソードを出発点に、全国民の共感を呼ぶ歌を作り上げる、いわゆるプロの作詞家の技である。凄い。

よくよく調べていくと、この高校の文化祭は「日本一の文化祭」とも呼ばれていた。中でも三年生の全クラスがそれぞれ創り上げる演劇は圧巻で、公開リハ、本番含め計十回以上の公演が全て満席になるらしい。

実際に観劇させていただいたが、劇の内容は素晴らしく、演技力、舞台美術、ポスターやパンフレットのクオリティ等、全てが

➡【その後のその後の一言】あのクラスの子たちもそろそろ社会人かと思うと感慨深い。みんな元気ィ!?　ていうかあの夏のこともう忘れたりしてる!?

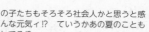

プロ顔負けであった。脚本担当者も、凄い！　終演後、クラスの皆と記念撮影をした。何度もお礼を言われながら、写真を撮った。生徒たちの真ん中でピースをしながら、私は、すごく素直に、「この小説を書いてよかった」と思った。これまで、読者からの手紙やサイン会や映画化や直木賞や、書いてよかった、と思えるチャンスはいくらでもあったはずなのに、胸の中にすとんと落ちてきた気持ちに、このとき初めて気づいたのだ。

　私は、あらゆるアイテムから、高校最後の夏のことを思い出す。擦り減りすぎて底がなくなった「サンダル」、隊形移動を考えるために使っていた「碁盤」、応援団にとっての制服だった「学ラン」。体育祭の応援団長として、応援団の仲間たちと毎日、パフォーマンスの練習をしていたあの日々。かなり美化されているが、きっと一生忘れない夏だ。

『星やどりの声』を演じた高校生たちが大人になって、書店でふと私の本を見つけたとき。彼らは、高校最後のこの夏を思い出すのではないだろうか。自分の小説が、誰かにとってのかけがえのない夏の記憶に辿り着くアイテムになれたということが、私は本当にうれしかった。きっと、この舞台を創るまでの日々も、楽しいことばかりではなかっただろう。だけど、大人になって思い出せる夏があるというその事実は、想像以上に、自分の中のどこか柔らかい部分を支えてくれるはずだ。

　ただ、文化祭の最後に現れて、完成版を観劇して、原作者としてちやほやと迎え入れてもらって、というような形でしか、高校生という時間に参加できないという事実を再確認した私は、意外とダメージを受けている。高校生のころ、二十六歳って割とがっつり「おじさん」だったよなあ……。

【その後の一言】　あのクラスの子たちももうみんな大学生かと思うと感慨深い。みんな元気ィ⁉　ヤッホー‼

女子を前にした男子は

2015年10月21日

ワールドカップを観続けた日々からずっと、バレー熱が冷めない。

バレーボールは、大人になって続けることが困難なスポーツの一つである。公園でキャッチボール、くらいのフランクさでは楽しめない。人数もできれば十二人ほしいし、設備の整った体育館も必要だ。

我慢できなくなった私は、都内の体育館の一般開放日を徹底的に調べた。一般開放日とは、体育館の使用予約などをしていなくても、誰でも自由に出入りができる日のことである。使用時間ごとに競技が決められていることが多いのだが、つまり、一般開放日かつ指定競技がバレーの時間帯にその体育館に行けば、私のような「人数を集められない」「体育館の使用予約は面倒くさい」「だけどバレーをやりたい」というバレーゾンビに出会えるというわけである。

週末、友人を誘ってとある体育館へ足を運んだ。「今度の日曜、体育館に遊びに行かない？」という社会人四年目とは思えない誘いに乗ってくれたその友人は、本当に心優しい。

その日行った体育館は、バレーボールコートが二面用意されており、一面は女性、もう一面は男性、というふうに、ゾンビの生息地は性別によって分けられていた。私と友人は、ある四人組から声をかけられチームを組むことになった。結果、高校生ばかりのチーム、体格のいい社会人が集ったチーム、そして私たちを含む即席チーム、の三チームで男子コートを使用することになった。

三チームでゲームを回していると、とあ

【その後のその後の一言】 その後の一言、ではさらりと逃げていますが、きっと本当に書くことがなかったんでしょうね。もっと真剣に生きて下さい。

る女子チームがこちらに声をかけてきた。練習試合をしませんか、ということらしい。彼女たちも高校生だったので、急遽《きゅうきょ》、高校生同士で試合が行われることになった。

　その女子チームは、見るからにザ・バレー部だった。お揃いの練習着、サポーター、短めの髪の毛。試合前には、コートの真ん中で円陣を組み、「せーのっ、オーッ」なんて高い声を揃えていた。一方、男子のほうは、セッターだけが経験者で、あとは全員未経験者、というような雰囲気だった。決まった掛け声などもなく、服装もバラバラだ。

　だが、試合が始まる直前、私は見た。男子高校生のうちの一人が、他のメンバーに、円陣を組むことを強要し始めたのを。

　さっきまでそんなことしてなかったくせに！　私は心の中で糾弾したが、女子を前にした男子のその行動は、胸に迫るものがあった。そうだよね、強いチームだって思われたいよね。いつも円陣組んで気合い入れてる男達だって思われたいよね……。

「行くぞーっ！」

　円陣をけしかけた男子の声が、体育館に響く。しかし、

「オーッ！」

なんと、この部分も、たった一人だった。

　体育館にいた男全員が、お前は悪くないよ、と、たった一人で気合いを入れてしまった男子を生暖かい目で見つめた。女子を前にした途端、普段とは違う行動を起こしてしまうあの感覚は、他人事ではない。変な空気のまま始まった試合で、彼らはよくわからない負け方をしていた。

　体育館に虚しく響いた「行くぞーっ！オーッ！」を、私は一生忘れないと思う。

　行くって、どこに？　みたいな顔をしていた周りの男子たちよ、あの空振りは、形を変えて君たちの人生にも必ず降りかかることを、覚えておいてほしい。

【その後の一言】「他の連載陣の方々のようにもっと真剣に生きて下さい」という感想が届いた思い出深い回です。

理解する時間

２０１５年10月28日

第83回NHK全国学校音楽コンクール、通称Nコンに、作詞者という立場で参加させていただけることになった。音楽コンクールとはつまり合唱コンクールのことであり、毎年、小学校、中学校、高等学校の三部門に分かれて実施されている。私はその中の、高等学校部門の課題曲の作詞を担当することになったのだ。

今年、穂村弘《ほむらひろし》さんが作詞をした課題曲『メイプルシロップ』がとても話題になったこともあり、その次の年の作詞を務めることに対してはかなりプレッシャーを感じたのだが、もともと合唱、合唱曲がとても好きなので二つ返事で引き受けた。

私が合唱を好きな理由はいくつかあるが、そのうちの一つは、あらゆる世代や地域を超えた共通言語になりうるから、だ。年齢や出身地が違ったとしても、皆大抵、小学生や中学生のときに合唱を経験しており、それに付随して「男子がちゃんと練習せず、女子の学級委員がキレる」「音楽の先生が怒り、職員室に帰ってしまった」等という全国的に多発しているらしきエピソードも持ち合わせている。さらに、何度も繰り返し練習した曲は、大人になった今でも音程を覚えているもので、誰かが有名な合唱曲を口ずさめば誰かがすぐにハモったりもできる。大人になってから行う「ハモる」という作業は存外気持ちよく、合唱でハモり放題だったはずの学生時代、なぜ心行くまでハモっておかなかったのか、と後悔することもしばしばだ。

さて、いよいよ作詞の作業である。

私は正直、依頼をいただいた当初、合唱

【その後のその後の一言】 あれからさらに時間をかけて考えた結果、いま私は合唱を共通項とした作品集を書いています。完成してから言え。

曲の作詞という作業をそこまで重く受け止めていなかった。普段書いている長編小説は十万字以上、一曲分の作詞にそこまで時間はかからないだろうと高を括《くく》っていた。

だが、書き始めて気が付いた。言葉で表現するという意味では同じでも、小説の文章と合唱曲の歌詞では、決定的に違う点がある。それは、後者は必ず、何十回も何百回も繰り返し鑑賞されるということである。

Nコンで全国大会を目指す学校の生徒たちは、半年間かけて、課題曲を練習する。その間、何度私の書いた歌詞に目を通し、その言葉を口に出すのだろうか。一日十回歌うとしたら、千回をゆうに超える。

もちろん小説も、何度も繰り返し読まれることはあるだろう。だが、忙しい現代人、どれだけの人が本を二度以上読み返すだろうか。今は小説も漫画も映画もドラマも、あらゆるフィクションは電子媒体で持ち歩かれ、ちょっとした休憩時間や移動時間に鑑賞されることが多い。その中で楽しんでもらうためには、やはり、わかりやすさは大切な要素だ。

だけど合唱曲は違う。たとえば全国大会の本番当日が千回目の歌唱だとしたら、そのときに、歌詞に対する理解が一番深まっていることが望ましいのだ。内容を理解するまでに、時間がかかってもいい、むしろ時間がかかるべきだ――そんな贅沢で豊かな表現を許されたことへの喜びを存分に噛み締めながら書いたのが、『次元』という曲だ。

日本は、合唱専門の作者の数が世界でもトップクラスほどに多い国だという。つまり、昔から、時間をかけて表現を理解するという行為を重んじていたはずなのだ。もちろん時間をかけて理解した表現だから深い、というわけではないが、わかりやすさが優先されない表現を許されることは、作者にとって本当に幸福なことなのだ。

❀創

【その後の一言】全国大会当日、各校の演奏は本当に感動的だったが、生放送の関係で三時間以上トイレに行けないという点が本当に怖かった。なんと低次元な感想でしょうか。

未来の書き手

2015年11月4日

先日、岐阜市立中央図書館にて、『めざせ直木賞作家！ ぼくのわたしのショートショート発表会』という、参加した時点で直木賞作家を目指さなくてはならないイベントに登壇させていただいた。これが『めざせ朝井リョウ！』等ではなくて本当によかったと思う。後者がイベント名だった場合、参加者は激減しただろう。

イベントの内容は、ショートショート発表会、という名の通り、岐阜市内に在住または在学の中高生が自作のショートショートを朗読し、私がそれぞれ感想を述べ、偉そうにもアドバイス等をするというものであった。とはいえ応募いただいた全作品を取り扱うことは時間的にも難しいため、集まったものの中から「この作品について話したい」というものをイベント用に選抜していた。八作品選抜したのだが、その作者が八人全員、イベントに登壇してくれることになった。

選抜できなかったものも含め、中高生が応募してくれた作品群はそれはそれは興味深かった。「勝利の女神は、神である前に女だと思う」という我々の見慣れた言葉の根っこを華麗に分解してみせた一文を冒頭に持ってきた作者には大変センスを感じたし（内容は、勝利の女神がイケメンばかりに勝利を授けてしまう、というものだった。なんという世知辛さ）、独特な語り口が気持ちいい時代小説、湊《みなと》かなえばりの一人語りによるミステリー小説なんてものも飛び出し、私は実際にそれぞれの作品の作者に会えることを大変楽しみにしていた。顔を合わせてみると、皆やはりまだあどけない

【その後のその後の一言】 その後、ついにこのイベント参加者から作家デビューした子が現れた！ 突然ライバルと化した参加者を前に恐れおののいています。

中学生や高校生ばかりで、この子がこんな作品を、と何度も驚かされた。

私は、基本的に、図書館や学校施設からの講演会などの依頼は受けないことにしている（講演会が苦手な理由は、この連載でかつて書いたとおり、一人語りの講演は自慢話に似ている気がするからだ）。今回、なぜ「人様の作品にアドバイスをする」というような、以前の私ならば恐縮して断ってしまいそうな役目を引き受けたかというと、それは、このイベントは未来の書き手を増やすことにつながると思ったからだ。

読み手を増やさなければならない。出版業界にいると、そんな言葉はあまりにもよく聞く。そのためにどうにかおもしろい話を書いたり、一冊あたりの単価を下げようと努力をする。もちろん私もそのひとりだ。

ただ、私は、書き手を増やすことが、読み手を増やすことと同じく、いやむしろそれ以上に大切なことなのではと考えている。なぜなら、未来の書き手が、新しい世代の読み手を連れてきてくれるはずだからだ。

活字離れが進んでいると言われて久しい。だが私は、決して、人は活字から離れてはいないと思う。触れる活字が多様化しているだけで、ネットニュースでもまとめサイトでも何でも、私たちは活字による情報やエンターテインメントに触れ、感情を揺り動かされたいと思っている。この際、活字でなく映像や音でもいいが、何かにより感情を揺り動かされたいという欲求は決して減っていないはずだ。

イベントで出会った八人の書き手は、これからも書き続けてくれるだろうか。あの子たちが新しい読み手を連れてきてくれるその日がきたとき、書き手として私も胸を張っていられるよう、頑張らねば。

【その後の一言】このイベントは今年で三年目を迎え、毎年おもしろい中高生と交流できる貴重な場となっている。あと、会場となったぎふメディアコスモスは最近雨漏りをしたらしいです。

キメの文化

2015年11月11日

二・五次元、と呼ばれる舞台をご存知だろうか。二・五次元とは、漫画やアニメの世界をほぼ忠実に再現した作品のことである。ドラマや映画ではなく舞台を指すことが多いのは、二次元のキャラクターがその場に三次元として存在する、という意味合いが重要だからだろうか。二・五次元作品は数年前から大変な人気を誇っており、公演のチケットはプラチナチケット化しているという。

一般的に有名なのは『テニスの王子様』のミュージカル、通称『テニミュ』と、『弱虫ペダル』という自転車競技を扱った漫画・アニメ作品の舞台だろう。その二つを、最近鑑賞した。

ファンに話を聴くと、どうやら楽しみ方が二種類あることがわかった。一つ目は、原作となっている漫画・アニメのキャラクターのファンとして鑑賞する方法。もう一つは、そのキャラクターを演じている役者のファンとして鑑賞する方法だ。

私は、そのどちらの方法で楽しむべきかを決めかねていた。両作品とも、不勉強ながら物語の内容に明るいわけではなかったし、「この役者の演技に見惚れたい！」と同世代の同性に目を輝かせるほど私の中に母性は眠っていなかった。どうしようどうしようと不安がっているうちに、あっというまに開幕のベルが鳴った。

結論から言うと、どう楽しめばいいのかという心配は、杞憂に終わった。私は、「キメる」という動作が連発される空間に、とてつもなくグッときてしまったのだ。

ジッチャンの名にかけて！　海賊王に、

【その後のその後の一言】
この潔さ、どんどん失われています。必要のない説明を自分のためにダラダラ書く癖やめたい、ジッチャンの名にかけて！

俺はなる！——漫画やアニメの世界には、ほぼ必ずといって良いほど決め台詞が存在する。そして、主人公がカメラ目線でキメてくれたあとは大抵、シーンが変わる。決め台詞は、停滞しかけていた空間をきゅっと締め、物語を次の展開へと促してくれるのだ。

だが現実世界には、「キメ」文化は存在しない。なぜなら、現実は地続きだからだ。あるシーンでキメてみたところで、その一秒後も、全く同じ温度で現実は続くのである。

例えばフィクションの場合、「頑張って勉強した主人公がようやくテストで百点を取ることができて、喜びのあまり持っていたテストを真上に投げる」という場面でぶつっとそのシーンを終わらせることができる。気持ちのいいラストだ。だが現実では、主人公が投げたテストは虚しい音を立てて床に落ちるだろう。それを誰かが拾わなければならない。気持ちのいいキメのシーンの一秒後があるのが現実なのだ。現実では、時間を省けない。

私は、物語を作る人間の実力は、どこを書くか、ではなく、どこを書かないか、という選択に宿ると思っている。『テニスの王子様』も『弱虫ペダル』も膨大な巻数に及ぶ作品だ。その全編でないにしろ、約二時間の舞台にするとなると、相当なシーンを削っているはずだ。そうなると場面転換が多くなる、つまり場面転換のきっかけとなるキメのシーンが多くなるのだが、そのテンポが何とも快感だった。キメて、省いて、次のシーン、キメて、省いて、次のシーン。なんと潔いことか。

これから小説の執筆が滞《とどこお》ることがあれば、これらの舞台を思い出そうと思う。「よし、ここ書かない！」と決断することで、物語が意外とするりと進んでくれることは、忘れがちな真実なのである。

【その後の一言】　昨冬、自著『チア男子‼』が二・五次元の舞台となった。スタッフ初顔合わせのときに挨拶をキメてやろうと試みましたが失敗しました。

なぜ『なぜ』と訊くのか

2015年11月18日

なぜこの小説を書いたのですか——そう訊かれることが、私は苦手だ。この質問をされるたび、「（あなたの作品より価値のあるものを書く作家はこの世界に何万人とおり、さらに小説以外にも毎日多くの面白い書籍が出版されている中、わざわざこの一冊を作るために大切な資源を利用してまで）なぜこの小説を書いたのですか」と問われているような気がするからである。特に、直木賞をいただいてからは、そんな幻の声がボリュームを上げている。何か真っ当な理由がなければ物語を生んではいけないのか、物語とはもっと自由なものではなかったのか、そんなことをいちいち考えてしまうのだ。

なぜ、人は『なぜ』と訊くのだろうか。

それはきっと、理由を知ることで安心したいからだろう。

私は先日、中高生が書いたショートショートに対して感想を述べる、というイベントに出席した。実際に作品の著者にも来場いただき、その場で対話するという形式だったのだが、私はそこで何度「なぜ」「どうして」と訊いただろう。「なぜ江戸時代を舞台にしたの？」と訊いたときは、もともと歴史が好きだったから、両親の影響で時代小説が好きだったから、等という答えを期待していた。「どうしてまだ高校生なのに居酒屋の描写がこんなにも上手なの？」と訊いたときは、家族や親せきに連れていってもらったことがあるから、ドラマや映画で観たことがあるから、等という答えを期待していた。

私は、安心したかった。原因のわからな

【その後のその後の一言】「なぜ」を説明するのが嫌すぎてインタビューを一切受けなかった作品があるのですが、するとやはり世間に広がりませんね。むずう！

い新たな現象を、自分にとっての異物を、自分の守備範囲内にある論理に当てはめて、その新たな現象や異物が自分にとって脅威ではないということを確かめたかったのだ。安心するための理由づけ。これは、フィクションの中にも散見される。

例えば、ただただ元気で明るいキャラクターを描写したとして、「実は暗い過去がある、だから今はこんなにも明るく生きているという設定がないと、人物造形に説得力がない」等と言われてしまったりするときがある。私の周りには、暗い過去などがあるわけでもなく、ただただ元気で明るい友人も多い。なのに、フィクションの中でそんな人間を生むと、「造形に厚みがない。人間を書けていない」というよく聞くような評がくっついてくるのだ。フィクションの中における「ただただ元気で明るい人間」は、異物に近いのである。

理由づけにより物語に深みが生まれることも、もちろん多い。だが、過剰に全ての物事や現象に理由をくっつけてしまうと、物語が窮屈になることも確かだ。

だから私は、『世にも奇妙な物語』が好きだ。放送開始二十五周年を迎えた『世にも奇妙な物語』には、不思議な世界や人（仇討ちが許されている世界、突然とある部屋から出られなくなってしまう人等）が頻出する。だが、視聴者は誰もその現象に論理的な理由を求めない。物語が始まった途端、この世にも奇妙としかいいようのない現象を、そのまま受け入れるのだ。現在、こんなことが許されているフィクションのフィールドは、本当に少ないと思う。

私は理由づけからの解放に憧れるあまり、別に頼まれてもいないのにドラマ原作用に世にも奇妙な短編を五本、書いてしまった。それが明後日二十日に発売される。私は何をしているんだろう。これこそ世にも奇妙な現象かもしれない。

【その後の一言】連載枠を使って自著『世にも奇妙な君物語』の宣伝をするという自分の姑息さに、今、改めて驚いています。そして映像化の話は全くありません。

好きなもの

2015年11月25日

先日、都内のハウススタジオでとある雑誌の撮影をしたのだが、そのスタジオはただの貸しスタジオではなかった。なんと、普段は夫婦が住居として暮らしている部屋なのだ。共働きの夫婦が家を空けている時間だけ、撮影等で利用可能だという。

スタジオとして貸し出しているだけのことはあって、その家には塵一つ落ちておらず、かつ、アイテムの一つ一つが洒落ていた。天井から吊るされている観葉植物、シンプルで居心地のいいソファ、デスクに置いてあるアンティークのランプ……冷蔵庫の扉すら海外の雑誌の切り抜きでおしゃれに彩られており、カップラーメンや生ごみを意固地になって探し出してしまいそうになった。スタジオとして貸し出すためにこのようなインテリアを揃え上げたのか、住環境を整えていたら自然にスタジオ然としてしまったのかどっちなんだろう、前者と後者では推し量れるパーソナリティが相当変わってくるぞ……立派な額に収められていた結婚式当時の夫婦の写真を眺めながら、私はそんなことを考えていた。

この話をすると、大体、「洒落た家にイラッときたんでしょ？」とニヤニヤされるが、私が言いたいことはそんなことではない。

そして、先日、服を買いに行った。「二十六歳にもなって高校生みたいな格好しかできない」ととめそめそしていたら、スタイリストのKさんが私を助けてくださったのである。

Kさんは私の体型を見ただけで、私の体に合う服をさくさくと選んでくれた。どの

【その後のその後の一言】 Kさんとはその後「バカ舌グルメ」という共通の好きなものが見つかり、今でも共に太り合う友人として関係が続いております。

店に入ってもKさんには迷いがなく、試着するたびにさらりと伝えてくれる「このブランドなら肩幅のサイズもぴったりだよ」等のアドバイスは全てメモを取っておきたいほどだった。本当に親身になってくださるので思わず申し訳なさが募り、「貴重な休みの日にすみません」とへこへこすると、Kさんはあっけらかんと言った。

服も買い物も好きだから、全然気にしないで。

この台詞、人生で一度も言ったことがないな——私はそう思ったのと同時に、あのハウススタジオの住人のことを思い出していた。迷いなく百貨店を突き進んでいくKさんのカッコいい姿と、あの家の壁に飾られていた写真の中の夫婦の姿が、なぜか、重なって見えたのである。

ツッコミ文化が発達した日本では、衣食住にとても気を遣っている人をどこか小馬鹿にするような風潮がある。何を隠そう衣食住に興味が薄い私にもそんなきらいがあった。今になって思うが、衣食住に興味がないなんて一体どれだけナルシストなのだろう。私は、ありのままの自分が最高に魅力的だと思っているのだろうか。衣食住に気を遣わないほうが断然恥ずかしいではないか。

創作の世界ではよく、人生経験が豊富な人のほうが良いものを創れるなんて言われるが、私は他の作家に比べて圧倒的に人生経験が少ない。ならば、好きなものを一つでも増やしたいと思った。Kさんの口から私が発したことのない言葉がたくさん飛び出てきたように、きっとあの部屋に住んでいる夫婦に話を聞いてみたら、同じく私が発したことのない言葉がたくさん出てくるのだろう。好きなものが多い人はそれだけで、語るべき言葉をたくさん持ち合わせているような気がする。

【その後の一言】 Kさんの登場率。服だけでなくエッセイでも何度も助けていただきありがとうございます……。

子どもにとっての言葉

2015年12月2日

明光義塾主催の第四回『私のおすすめブックコンテスト』で審査委員長を務めさせていただいた。全国の小中高生を対象に、自分の大好きな本について感じたことを人に伝える「おすすめ文」を書いてもらうというコンテストだ。私は恐れ多くも優秀な「おすすめ文」を決める審査に加わらせていただき、先日都内のホテルで行われた授賞式にも出席した。

授賞式の会場には、小学校低学年、高学年、中学生、高校生それぞれの部門から大賞が各一人ずつ、そして審査委員長賞としてもう一人、計五名の受賞者が集まったのだが、全員女の子だった。そういえば、最終選考に残った数十作時点で、割合としては既に女の子の作品のほうが圧倒的に多かった気がする。心の成長は女の子のほうが早いというのはよく聞くが、それは「おすすめ文」にも如実に表れていたかもしれない。男子の一人として、全国の男子小中高生よ頑張れ、と思わずにはいられなかった。

五名の受賞者による「おすすめ文」は本当に素晴らしく、本を書く立場としては身が引き締まる思いでもあった。授賞式のあとの懇親会では受賞者の方々といろいろお話をさせていただいたのだが、皆、自分の言葉でしっかりと、考えていることや感じていることを私に伝えてくれた。

少なからず、本が、この子たちに言葉を与えたんだな——そう思うと私は、本を書く人間の端くれとして、勝手に誇らしいような気持ちになった。言葉は時に、他の何よりも、私たちのことを助けてくれる。特に、財も力もない「子ども」という時代を

【その後のその後の一言】 このコンテストとの関わりは二年間で終わってしまいましたが、今さらに、多くの言葉に触れる重要性を感じますね、はい。

生き抜く上で、本から授かる言葉そのものや、本の中の多くの言葉に触れるという経験は、自分を守る盾になりうると私は思っている。

最近、悲しい事件が続いている。いじめによって、十代の子どもたちが自ら命を絶つ道を選んでいる。

子どもだった私にも、人並みには、他人から投げつけられた言葉に傷つく機会があった。その言葉がお腹の底のほうにずっしりと溜まり、固まり、重しのようになってしまい、体が動かなくなる夜もあった。

そんなとき、私を助けてくれたのは、フィクションの中とはいえ「多くの言葉に触れるという経験」だったような気がする。

心ない言葉を投げつけられたとしても、私は、それでも物語の中を生きていく主人公の姿を知っていた。そして、心ない言葉を投げつけるしかなかった人の頭の中を丁寧に描いてくれた作品だって、多くあった。フィクションの中とはいえ多くの言葉に触れていると、その言葉に現実世界で出会ったとき、それがたとえ巨大な悪意に満ちたものであったとしても、心に一枚、盾を張ることができていたような気がするのだ。

私が審査委員長賞として選んだ「おすすめ文」は、給食がテーマの本について書かれたものだった。これまでは給食をおいしく食べることを考えていたけれど、この本を読んで給食を作る人の気持ちも考えるようになった——そんな内容だった。

本は、言葉とともに、視点を与えてくれる。世界を見つめる視点を増やすことは、今あなたを苦しめている相手を倒す武器にはならないかもしれない。だけど、あなたの心がある一点からの圧力によって押し潰されそうになったとき、目には見えない盾を構築する要素にはなってくれるはずだ。

【その後の一言】全国の男子頑張れとか言っているが、二年目は打って変わって政治家にでもなれそうなパワーのある男の子がひとりでいくつも賞をかっさらっていった。おお……。

最後の枠

2015年12月16日

今年の四月三十日、三年と一か月勤めた会社を退職した。しかし、専業作家になる、と決意したわけではない。来年、とある仕事のために、東京ではない場所に生活拠点を設けることになるため、それゆえの退職である。

と、連載初回で書いた。あれから半年、移住に向けて着々と準備を進めている——というふうに文章を続けたいのだが、そういうわけにはいかなくなってしまった。

移住して臨む予定だった仕事が、完全に白紙になったからである。

販元から、その企画が正式に中止となる旨の連絡をいただいたのは今から二か月ほど前のことだった。私は担当者からの説明の意味をなかなか理解することができず、話し合いの場を設けられたとて、まともに会話をすることさえできなかった。

そのために会社を辞めたのに。今後数年間の仕事のスケジュールだって、移住を見越して決めていたのに。当時、私の頭の中をぐるぐると巡ったのは、「のに」で締めくくられ、その後の文章を自分以外の誰かに委ねるような、負の感情ばかりだった。言葉にすることはなくとも、「のに」の後に続く「どうしてくれるんだ」という感情はどうしても簡単には抑えられなかった。

説明を聞くうち、誰かのミスが原因で企画が消滅した、という話ではないことはよくわかった。詳細は伏せるが、この企画に関係した誰かに落ち度があったわけでは一切なく、様々な理由が絡み合い、企画を進められなくなったのだ。ただ、誰も悪くないという状態だからこそ、私を含めた全員

【その後のその後の一言】
最後までまともに見られたい欲の中にいますが、左記で触れている新たなテーマ、全然書き進められておりません！　ダメ人間！

が、行き場をなくした感情をどこにどう収めればいいのかわかりかねているように見えた。

　それから、その企画に関わった人たちとは会っていない。中には今後一生会うことのない人もいるだろう。私たちは、企画という一つの枠の中にいただけで、その枠が取り払われれば、それぞれの進むべき方向へと歩を進めていかなくてはならない。

枠。

　私は「枠」という題名の文章で、この連載枠をスタートさせた。そして、こう綴った。

「二十六歳になった私は、退職により全ての枠を手放した」

　あのときの私は本当にそう思っていたのだろうか。退職を決断した理由として、「執筆のための移住」という誰も何も突っ込めないような盾を手にしていた私は、何だかんだ自分を守るための最後の枠だけは手放していなかったような気がする。移住を伴う仕事に臨む小説家、という、自分を良く見せるための最後の枠だけは、いつだって私の心に目には見えない膜を張ってくれていた。

　今回を最後に、この連載枠も、私から離れていく。人の目に触れる場所から、また一歩、遠ざかる。

　スケジュールを開けていた来年の四月以降、何を書こうか。この二か月間、そのことばかりを考えていた。そしてようやく最近、なくなってしまった企画と同じくらい、もしかしたらそれ以上の時間と熱量を注げる予感のあるテーマに出会うことができた。私はその作品を、自分の外側や見てくれを飾り付ける枠として利用することは、もうしたくない。自分の内側を形作ってくれるたったひとつの骨組になるまで、よく咀嚼《そしゃく》して、丁寧に、じっくり書いていきたい。

　半年間、ありがとうございました。

【その後の一言】新たなテーマについて、もんのすごく遅いペースではありますが、書き進めております。いつ完結するのやら……。

〝沢田研二を歌っているステージ上の自分が、まるで見たことのない表情をしていた〟（p240「能動的成長期」）

第三部 肛門記

切れ痔ほどメジャーな響きもない、イボ痔ほど笑いに変えられない——
お尻の穴が増えちゃう病気、こと、痔《じ》瘻《ろう》。
発症、手術、入院、そのすべてを綴った肛門界激震の一大叙情詩。

肛門記　前編

右記のタイトルを含め、この章を黙読するときは、かの名作「放浪記」や「方丈記」のようなテンションでお願いしたい。わざわざ、書体もなんか古くからある名作みたいな感じにしたのだ。実際、これから語られる話には人生の機微や、悲喜や、人間の業が詰まっている。ただ、放浪記及び方丈記側からマジギレされたら簡単に負けるので、ここで軽めにイジったということは口外しないでいただきたい。

私の肛門がただものではないということは、前作『時をかけるゆとり』を読んでいただいた方ならばすでにご存じのことだろう。その続報として、新潮社が出版している由緒正しき雑誌「考える人」にて、このようなエッセイを書かせていただいた。今回はそのエッセイを引用し読者との情報共有を図ることから始めたい。

……私の肛門には、少しの刺激でも「おい！　痛えぞ！」と元気に騒ぐ相棒がいる。

肛門に違和感を抱きはじめたのは四年ほど前のことだ。当時会社勤めをしながら小説を書いていた私は、デスクワークに次ぐデスクワークということで、とにかく椅子に座っている時間が長かった。この痛みは何だろう、ととりあえず肛門科に駆け込んだのだが、男の医者に尻を弄《もてあそ》ばれた結果、軽めの痔だろう、という診断がくだった。とりあえずあたためるように、というラフな訓示を授かったのみだったので、なんだそれくらいのことなのか、とこの時点で私はすっかり油断してしまった。また違和感があるようでしたらいらしてください、という医者に、あばよ、という気持ちで背を向けたものである。

だが、そんな様相は一転する。

学生のころより、私は、簡単な移動ならば自転車で済ませていた。その日もいつものように、自転車の細いサドルに腰を下ろした。だが、その瞬間、臀部《でんぶ》に生息するど根性ガエル的な何かが「コラァ!!」ととんでもない怒号を響かせたのである。

痛い。あまりにも痛い。この神経に直接突き刺さるような痛みは、もはや痔からくるものだけではない――私はそう直感した。さらに、サドルに尻が触れたとき、肛門付近のある部分がまるで丘のようにたっぷりと膨らんでいることがわかった。一体何が詰まっている膨らみなのかはわからないが、ただただそこにサドルが触れただけで、強烈に痛い。これは本当に「軽めの痔」なのだろうか。初診から病状が変化しているのではないか……そんな不安を抱えたまま、サドルから腰を浮かせて自転車を漕《こ》ぎ続ける日々が続いた。その結果やたらと目的地に早く到着するようになったのだが、全く嬉しくなかった。

そしてついに、私の臀部にある丘に嵐が訪れたのである。世界三大悲劇のうちのひとつ「嵐が丘」を越える悲劇、「丘に嵐」である。

ある朝、シャワーを浴びようとしたときのことだ。何気なくズボンとパンツをずり下げた私の股に、ねちゃあ、という、気味の悪い感覚が張りついた。

まさか、まさか……私は恐る恐る、自らの神秘の丸窓に手を伸ばした。丘の辺りに、そっと手を添える——ねちゃあ。

ぎゃあ!!!

右のてのひらには、血液と膿のようなものがべっとりと付着していた。「ぎゃあ!!!」私は一人暮らしをしているアパートの中で奇声をあげ、暴れ回り、やがて落ち着いた。リアクションをとってくれる人間なんて一人もいない中、「……病院に行こう」とまるで京都にでも行きかねない趣で呟いた。

医者が言うに、「痔とは全く別の病気である【粉瘤《ふんりゅう》】を発症してしまっている」ということだった。粉瘤とは脂肪や角化表皮が溜まる嚢胞で、炎症を起すと膿むらしく、痛みの原因のほとんどはこれだったようだ。肛門の大量出血は、粉瘤が爆発したことによるものだったという。詳しく説明してもわかりづらいと思うので、ぜひ「粉瘤」で画像検索をしていただきたい。数秒後、あなたは「こんなキモい画像検索させんな！」と私に憤慨することだろう。だけど、粉瘤とともに生きていく運命を背負った私のほうが数倍憤慨しているのだ。そのことは忘れないでいただきたい。

さて、この爆発物をどうにかしてください、と嘆く私に、医者、いや爆発物処理班の先生は言った。「血と膿を全て出しきりなさい」と。

私はそれからしばらく、パンツの内側にふわふわのタオルを仕込んだまま社会生活を送った。なにせ、血と膿はいつ垂れ流れてくるのかわからないのである。昼間は勤め先のオフィスにて何食わぬ顔でデスクワークをこなしていた私だったが、タオルで作ったお手製のオムツを穿いていたわけである。これはなかなかドキドキした。よく言えば、自分が魔法使いであることを隠して日常生活を送っている漫画の主人公の気分、悪く言えば変態の気分である。

血と膿がある程度出てしまえば、丘の盛り上がりはほぼなくなった。一安心である。一安心、となった瞬間、調子に乗った私は、趣味であるバレーボールをしに体育館へと出向いた。丘が盛り上がっている間は自由に体を動かすことができず、ストレスが溜まっていたのだ。だが、興が乗った結果、無理な体勢でレシーブをし、自分のかかとが尻に突き刺さるという悲しい事件が発生した。死んだおばあちゃんがうっすら見えるほど痛かった。私は「グヌゥー」という断末魔と共にその場に倒れ込んだが、誰にも心配してもらえなかった。
粉瘤を完治させるには、手術するしか方法はないらしい。臆病者の私はなかなか手術を決心することができず、あれからずっと、この粉瘤と共生している。椅子に座るとき、自転車に乗るとき、スポーツをするとき——あらゆる場面で「オイラはここだぜ！」と存在を主張してくる粉瘤はもはや、私のアイデンティティを宿した相棒のような存在になっている。どっこい生きてるど肛門ガエル、とでも言おうか。手術に踏み切る日は、まだ遠いかもしれない。

（「考える人」二〇一六年冬号）

……このエッセイのタイトルはまさに【どっこい生きてる、ど肛門ガエル】であり、よく「考える人」からOKが出たなァ、と思う。「考える人」の編集長はこのエッセイの掲載の是非について本当にきちんと考えたのだろうか。ともあれ、当時の私は、自らの日記帳をキティーと名付けたアンネ・フランクのように、自らの肛門をど肛門ガエルと名付け、そこに自身のアイデンティティが宿っているのよ～等とのたまうほど痔持ちの人生を謳歌していた。当時の私の肩を摑んでじっと目を見つめながら諭したい。早く手術をしろ。
「考える人」のエッセイがなぜこんな余裕しゃくしゃくな雰囲気なのかと言うと、執筆時は症状がかなり落ち着いていたからである。痛みがマックスの状態であれば、こんな気の狂った文章を書くことはない。

時は流れて二〇一六年の晩夏から初秋にかけて、私はなかなか働いていた。新刊『何様』の発売&映画『何者』の公開に合わせた書店回り、サイン会、舞台挨拶、取材対応などのプロモーション活動、課題曲の作詞を担当したNHK全国学校音楽コンクールに関する稼働、なぜかこの時期に集中したトークイベント（ロフトプラスワン、東京ビッグサイト、神楽坂１ａｋａｇū等々）、そしてもちろん小説の執筆。いろんなことが重なり、気付かぬうちに疲労を蓄積してしまっていたらしい。しばらく沈黙を保っていたど肛門ガエルがぷくうと膨らみ、大量の膿が垂れ流され始めたのだ。

しかし私は慌てない。これまでの経験から、この痛みと膿は、一週間ほど我慢すれば収まってくれることを知っているからだ。とりあえず我慢、我慢、と唱えながら、仕事を一つずつさばいていく。ただ、膿が大量発生するころになると、下着と肛門が触れ合うだけでかなり痛い。立っていても痛い、座るとさらに痛い、むしろ歩いているときが一番痛い、みたいなことになってくるのだ。ただ「肛門不良」なんて理由で仕事を休むことができるはずもなく、どうにか工夫を凝らしつつ痛みの最盛期を乗り切るべく努めた［図1］。

ただ、ある日、私はキレた。

どうにか我慢我慢でやってきたのだが、あるとき、痛い！　と、シンプルに、だが強烈に思った。そうするともう、ダメだった。街を楽しそうに行き交う人々の姿を見ては、何で私のお尻だけ痛いの!? ねえ!! 答えてよ!!! ねえ!!!! という気持ちになり、見知らぬ人に詰め寄りかねない精神状態に陥った。このままではいつか、〝この著者は肛門がキレイだから〟というだけで帯コメントや文庫解説の依頼を断ったりしてしまいそうだ。そんな自分を愛する自信はない。

そもそも、このまま痛みをやり過ごしたとて、またこの日々が巡ってくることは確実なのである。だったらもう、さくっと手術をしてしまったほうがいいのではないか。【粉瘤はもはや、私のアイデンティティを宿した相棒のような存在になっている】だなんて、そんなバカみたいな文章をしたためた過去の私はもういない。次号の「考える人」には、粉瘤はアイデンティティとかじゃなくてただのヤバめの病気なので普通に治すべきですという内容

図1 某トークイベントにて、座面から尻を離し痛みを回避するという工夫を凝らしている著者

のお詫びと訂正を掲載するべきだ。

早速私は、ネットで探し当てた粉瘤専門クリニックに足を運んだ。粉瘤、という言葉にすら馴染みがないあなたは、その専門のクリニックがあることにさぞ驚いたことだろう。目に見えるものだけが世界ではないのだ。

このクリニックは粉瘤専門というだけあり、日帰りで手術ができるという。ありがたすぎる。私は即、予約をした。そうなると、「この日になれば手術ができる」「この日になれば長年悩まされていた粉瘤を完全除去できる」という思いが日々のあらゆる困難を消し去ってくれるほど精神が安定した。あ〜、楽しみにしていることがある生活って本当に素晴らしい！　テクマクマヤコンテクマクマヤコン、早く粉瘤の手術の日にな〜れ★

そしてやっと訪れた予約当日。この日は子どもが産まれた友人に会う予定があったのだが、私はそれをあっさりキャンセルし、クリニックへ向かった。一緒に行く予定だった別の友人からは、【あなたが肛門の手術をしている時間も、××(友人の子ども)は大きくなっているんだよ】という連絡が届いたが、粉瘤と子どもだったら、ギリ、粉瘤のほうが成長が早い。だったらまずは粉瘤をどうにかして、そのあと、子どもに会いに行くべきである。私の肛門は成長しているどころか、もうグレているのだから。

クリニックを前にした私は、ドラマでいえば下からのアングルで仁王立ちをしている感じであった。この入り口をもう一度くぐるとき、私はもう、これまでの自分ではないんだなあ——みつをみたいな書体でしみじみ思いつつ、私はクリニックの門を開いた。

受付で名前を呼ばれた私は、早速、診察室に東京大学医学部の卒業証書をこれみよがしに飾っている医師（♂）にお尻をまさぐられた。「ここは？」「痛いです!!」「ここは？」「痛いです!!!」進歩の感じられないやりとりを繰り返したのち、医師は、息も絶え絶えになった私に非情な宣告を下した。

「うーん。前は、粉瘤って診断されたんだよね」

「……はい……」（泣きそう）

「これ、痔瘻を併発してる可能性が高いから、肛門科でも診てもらうべきだね」

じ、じろう？

「じろう……」

私は、バカなインコみたいにただ言葉を繰り返すほかない。

「そう、痔瘻。併発してる場合は、肛門科での手術になるから。うちは粉瘤専門だから、どっちにしろ今日うちで手術をすることは難しいかな」

今日うちで手術をすることは難しいかな。

今日うちで手術をすることは難しいかな。

今日うちで手術をすることは難しいかな……

破りたい——診察室にこれみよがしに飾られている東京大学医学部の卒業証書を見ながら、私はそう思った。医師は、凶暴化寸前の私に気付く様子もなく、「通いやすい病院に紹介状書くよーおうちはどこー？」と続けた。私は、今日この日、長年の悩みから解き放たれるつもりで、ここ数週間を生き抜いてきたのだ。それだけを支えに、トークイベントで座面からお尻を離したりしつつ、あらゆる痛みを乗り越えてきたのだ。それが、延期される。このときの落胆といったら、結婚式に新婦が来ないとかそういうレベルの話である。

結局私はこの日、ベッドの上にブタのように寝転がり、ただお尻をまさぐられ、「痛いです!!」と繰り返し絶叫しただけだった。イライラをぶつけるはけ口もないまま、独り、項垂れて帰宅した。

それにしても、印刷したら黒く潰れてしまいそうな漢字が混入しているこの〝痔瘻〟とは一体どのような病気なのだろうか。切れ痔やイボ痔はよく聞くし、もっと言えばそれらにはおかしみを内包したポップな響きさえあるのだが、痔瘻にはそれがない。「切れ痔なんだよね〜！」とカミングアウトする人の画は漫画タッチで想像されるのに、「痔瘻なんだよね……」と吐露する人の画は陰影の濃い劇画タッチで想像される。〝じろう〟は、なんだか響きがじめっとしていて怖いのだ。

だが、安心してほしい。怖いのは響きだけではない。

帰宅し、痔瘻について調べていくうち、私の顔面からはどんどん血の気が引いていった。その体験を、これからあなたにもしていただこうと思う。

痔瘻とは「あな痔」とも呼ばれるそうで、「肛門腺に膿が溜まり、瘻管という管ができて、膿が出てきてしまう病気」ということらしい——と書いたところでいまいちわかりづらいだろう。もっと簡単に、かつ絶望的に説明しよう。

お尻にもう一つ、穴が開くのである［図2］。

怖い思いをさせてすまない。だけど私も怖いのだ。何度説明されても、自分の身に起きている事態が上手に飲み込めないのである。

肛門の内側に細菌が侵入し、そこから膿がトンネルを形成し（これが瘻管と呼ばれる）、ついに皮膚を突き破り尻に新たな穴を開けてしまうのだ。そこからは主に膿が流れ出るのだが、人によってはその新たな穴から便が出てきてしまうこともあるという。

何なんだ、この怖すぎる症状は。痔瘻、なんていうわけのわからない名前でごまかすんじゃなくて、肛門じゃないところから便とかが出ちゃうかもしれない病、などに改名するべきである。

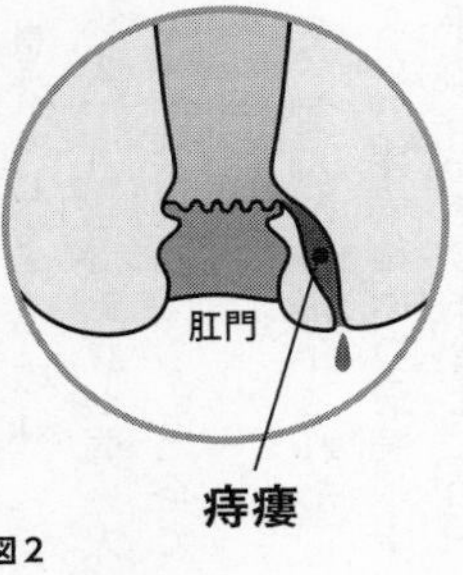

図2

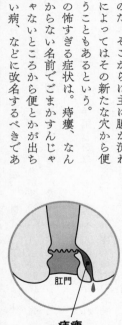

とにかく、肛門内で何かが膿んだ結果、そこから一本の管のようなものが形成され、出口まで結ばれてしまうのが「痔瘻」なのだ。患者として多いのは、(いきむ力があるとされる)若い男性、デスクワークが多い人、そしてお腹が弱い人。完全に私のことである。もう、朝井リョウに患者が多い、と言えるくらいに全ての条件を満たしている。

そして、粉瘤と同じく、完治には手術しかないという。友人から紹介された、〝痔との共生〟というとんでもないコンセプトを掲げている非手術派の病院のホームページにアクセスしてみても、痔瘻に関しては「手術しかありません」の一点張りである。とにかく、瘻管を完全に除去することが大切らしい。あらゆるサイトで早期の手術が推奨されているところから見ても、放っておいていいことはひとつもないみたいだ。

もう、エッセイのネタになるぞ〜ラッキー！　なんてニヤニヤしている場合ではない。少しでも早く手術をすべきだ。粉瘤専門クリニックから紹介された病院へ行く日にさっとワープしたい。

だが、紹介された病院は専門クリニックとは違い大きな規模のところだったので、診療の予約はかなり先になった。私はまた独り痛みと戦いながら、まるで便の出口が一つであるような、キレイな肛門の持ち主のような顔をして映画『何者』の舞台挨拶を行ったりしていた［**図3**］。こちらから何も言わない限り、満員のお客さんは、私の肛門に必要以上に穴が空いているわけがないと思っている――罪悪感に圧し潰されそうな日々だった。

紹介された病院の予約日になったころには、痛みを感じ始めてから一か月ほど経過していたので、すでにピークは過ぎていた。だけど、もうこのタイミングで手術をしてしまいたい。今回乗り切った日々を、最後の痛みとしたい。

診察室に呼ばれた私は、すぐさま下半身を露出し、ベッドに横向きに寝転がり、体操座りをする要領で膝を抱え、足を持ち上げた。私ぐらいになると、ピッと笛を吹かれれば五秒で、〝人間が最も肛門を露わにできるポーズ〟を取れる。人に肛門見せる選手権があればきっと優勝だ。もう、診療室内での臀部露出に関しては何の羞恥心もなかった。

「あー、なるほど。確かにこの感じだと粉瘤っていうよりは痔瘻の手術ってことになりますねー」

医師の触診は相変わらず痛い。だけど、もう、リアクションを取ることも、心が動くこともない。私にとってこんなことは日常茶飯事であり、

図3　映画の舞台挨拶にて、便の出口が一つであるかのように振る舞う著者　©2016映画「何者」製作委員会

特に恥ずかしがることでも動揺することでもな——

——カシャ。

そのとき、私の耳が、乾いた音を捉えた。

「うーん、確かに今はもうひどい状態ではないから急ぐ感じでもないんだけど」

カシャ。カシャ。

「放っておいたらまた痛くなるだろうから、手術しかないねー」

撮られている——？

アルマジロのように丸まっている私は、背後にいる医師の姿を確認することができない。だけど、あの音は、確実にカメラのシャッター音だ——私は、顔がカアアと熱くなるのを感じた。触診はもう何度もされていたが、患部の写真を撮られるという行為は初めてだった。シンプルに、恥ずかしい。見られるより、触られるより、撮られるほうが、なんだかものすごく恥ずかしい！

「えーっと、もっと見えるようにできる？」

「……はい……」（姿勢を改善する著者）

「はい、ありがとー」

カシャ、カシャ、カシャ。

「あ、ちょっと、力抜いて」

「……はい……」（力を抜く著者）

「はい、ありがとー」

カシャ、カシャカシャ。

無数のシャッター音を浴びながら、私は無言で真っ白い壁を見つめていた。シャッターを切られるたび、人として何か大切なものが一つずつ体から剝がれ落ちていくような気がした。

撮影が終わった。私はうつむきながらパンツとズボンを穿き、もともと座っていた椅子に腰を下ろす。恥ずかしい。医師と私の関係は、数分前のそれとはずいぶんと変わってしまったような気がする。「はい、お疲れ様でした」あくまで淡々と話す医師の声につられ、私は顔を上げた。

医師が操るパソコンの画面には、でかでかと私の肛門の写真が映し出されていた。

（ギャー！）と思ったが、私はその叫びを無理やり飲み込んだ。きっと周囲からは蛇が獲物を丸呑みする動画のように、私の叫びが喉を下っていく様子が目視できたはずだ。デジカメで撮影された写真はあっというまにパソコンに転送され、拡大され、私の目の前で煌々と輝いていた。人に見せてばかりいた肛門に、初めて自ら向き合った瞬間だった。

「ここにあるこれがね、痔瘻。こっちにあるのが粉瘤。別に大きくはないけど、まあ手術しか治す方法はないね」

医師が患部について詳細に説明してくれている。はい、はい、と相槌を打ちながらも、私はこの状況になかなか慣れることができなかった。もしかしたら、撮影したデビュー作品のVTRチェックをさせられているAV女優の方々は、こんな気持ちなのかもしれない。

「先生」

私の的外れな妄想を断ち切るように、シャッとカーテンが開く音がした。入ってきたのは、白衣を着た女性だった。私は再び（ギャー！）と思ったが、女性は慣れた様子でパソコンの画面上にある肛門と私を見比べ、何やら医師と言葉を交わし始めた。見知らぬ異性に、自分の目の前で、いきなり肛門のみを見られるという経験……あなたにはありますか――？

「××が〇〇ですが、これは……」

「一応△△の検査もしてもらったほうがいいかもしれませんね」

理解できない言葉を聞きながら、私は、先述したスタイリストのKさんにさえ申し訳なくなってきた。何だか、私が着ている服が素敵であれば素敵であるほど、この空間がおもしろくなってしまうような気がしたのだ。何店舗も回ってセレクトしてもらった素敵な服たち。だけど、今この場の主役は、それらを全て剝ぎ取った最後の最後に出てくる部位の画像なのだ。Kさんとの日々が今この瞬間のためのフリとして機能しているような気さえしてきた。熱視線が注がれるべき肛門の持ち主のクセに、オシャレな服で徹底的に覆い隠して……他人から良く思われようと必死ですねぇクスクスという悪魔（＝私）の笑い声が聞こえてくる。いやはや、世界中どこに行っても恥ずかしくない素敵な服を手に入れることができたと思っていたが、この地球上で唯一、この服が恥ずかしくなる場所がここにあったのだ。そんな発見を静かに受け止めつつ、今度はKさんに通院用の服を選んでもらわねばならないと私は思った。

だけど、これらの恥辱もすべて、完治のためなのだ。手術さえ終えてしまえば、こんなつらい記憶は瘻管とともにきれいさっぱり取り除かれるはずである。ずっと待っていたのだ、粉瘤専門クリニックから追い出されたあの日から、私はこの日をずっと――。

「ということで、こちらで手術をすることになると思いますが、そのためにはまずMRIを撮っていただくことになります」

「え？」

変な声が出た。室内が一瞬、しん、と静まり返る。私はてっきり、今日、手術ができると思っていた。ネット上に躍る〝日帰り手術〟という言葉を信じ、今日こそは、と思い込んでいたのである。

「……あの、手術って、今日していただけるんじゃないんですか？」

は？　という顔で、医師と女性と、そしてディスプレイ上の自分の肛門に見つめられる。

「これからMRIを撮っていただいて、大腸を専門としている先生にも診ていただいて、クローン病というものにかかっていないかの検査もしていただいて、そのあとは麻酔の検査もあります。手術はそれらのあとですし、そもそも手術のときは入院していただくことになります」

淡々と話す医師の言葉を聞いていると、まるで、ディスプレイ上の肛門がしゃべっているように感じられてくる。折れかける心を立ち直らせながら、私はなんとか質問を続ける。

「その検査って、すべて別日に実施するんでしょうか？　たとえば、どれかをまとめて一日で終わらせることとかって――」

「できないですね」

きっぱり、といった様子で言い切られる。私はもう項垂れるしかない。今日も、手術はできないのだ。また、お預け……気が遠くなる。

「次の検査はMRIになりますが、そうですねー」医師は続ける。「九月はもう予約でいっぱいなので、うーん、一か月後くらいですかね」

「ちょ、ちょっと待ってください！」

一か月後、という言葉を聞き、私は思わず身を乗り出す。医師と女性と、そして自分の肛門に「どうしましたか」と視線を向けられる。

この時点で、二〇一六年の九月下旬。数ある検査のトップバッターを切るMRIがこれから一か月後となると――

「最終的に、手術は、いつぐらいになりそうでしょうか」

医師が、ちらりとカレンダーを見た。

「予約状況から見ると……半年後くらいでしょうね」

私はそのとき、画面の中の肛門が、まだまだよろしくな、と呟いた気がした。

嘘だ。そんな文学的比喩でごまかせないほど、ただただ、私の目は死んだ。


〈中編に続く〉

肛門記　中編

二つ目の病院にしてやっと手術ができると思っていたのに、今度は痔瘻の状況をより詳しく確認するためのMRIときた。しかも検査ができるのは約一か月後。健康体への道は遠い。

しかし多くの人目に晒される類の仕事は続き、十月に入ったとある日、NHKで放送される「スタジオパークからこんにちは」という番組の収録が行われた。この番組は通常だと生放送なのだが、私が出演する予定だった日は国会中継が行われたため、生放送予定だった日に収録をし、放送は後日改めて、ということになった。

十月中旬に全国大会が行われるNHK全国学校音楽コンクールに関連して、中学校部門の課題曲を制作したシンガーソングライター・miwaさん、そして高等学校部門の課題曲の作詞を担当した平成生まれの痔瘻持ち作家・私が横並びになる。司会の戸田恵子《とだけいこ》さんと真下《ましも》アナウンサーが、小説家として、課題曲作詞者としての私に色々質問をしてくださる。私はまた、便の出口が一つであるかのような顔をして、その質問に答えた。いつか死んだとき、閻魔《えんま》様にこのときの映像を見せつけられたら、自首して地獄に出頭するしかない。私は生前、人を騙し続けていたのだから。

この時点で、MRI検査の日が明後日に迫っていた。もちろん番組の収録も、Nコンの全国大会も心の底から大切だと思っていたが、私の頭の中は☆★今この瞬間も私は手術に一歩一歩と近づいているのだ★☆という喜びで満ち溢れており、その結果、椅子に浅く座りつつ陽気にボケる、という肉体的にも精神的にもものすごく前のめりな人物に成り果てていた。テレビに出る「ボケる文化人」を見るとイライラする私だが、この日はまさにその状態に陥っていたと思う。

さて、待ちに待ったMRI検査の日である。

検査は十四時からということで、三十分前には受付を済ませておく優等生ぶりを病院に見せつけつつ、簡単に検査内容の説明を受ける。ロッカールームに移動し、腕時計などの装飾品を全て外し、貫頭衣のようなシンプルな服装に着替えた。もちろん携帯電話もロッカーに置いておくのだが、その直前、友人からメッセージを受信した。

【今日、スタジオパーク出るんだね！　仕事休みだから観るよ〜】

私は時計を見る。十四時すぎ。日付を確認する。十月七日。先日収録したスタジオパークの放送日、放送時間と完全に一致している。

装置の中で横たわりながら、私は、今まさに「スタジオパークからこんにちは」が全国で放送されているんだなァ……と大変感慨深い気持ちになった。混乱を極めている肛門の状態を検査されている自分と、全国に流れる公共放送の番組の中で創作について熱弁している自分は、紛れもなく同一人物なのである。今テレビに映っている私は「想像力をテーマに歌詞を書きました」なんて鼻の穴を膨らませているが、それは、番組が放送されるころ瘻管の道筋を調べるためMRIの中にいる自分自身を全く想像できていない私なのである。

それにしても、手術までの道程は長い。周囲の友人たちにも「その病院はどうやって選んだの？　もっとサクサクやってもらえるところ、あるんじゃない？」等と心配される始末だ。

そんなときは「大丈夫、全体的に設備が最新っぽかったからちゃんとした病院だよ」なんてわけのわからない根拠を提示していたのだが、でも、と、ふと思考が立ち止まった。確かに、今の病院は自分で探したわけではなく、粉瘤専門クリニックから私の住所をもとに紹介されただけだ。今担当してもらっている先生のことだって、私はよく知らない。

本当に手術をするのなら、体にメスを入れるなら、実績のある、いわゆる名医と呼ばれるような人にやってもらうべきなのではないか。そもそも今診てもらっている病院、医師の評判を私は一度だって調べただろうか――そんな気持ちで迎えた十一月の検査で、私は思わぬ発言を聞くことになる。

「次は大腸の検査ですが……少し期間が空いてしまいますが、来年の二月ですね」

四か月後!!!　三分の一年!!!!

期間が空いてしまいすぎでは⁉　と激怒する私に、医師は「この時期、混んでるんですよねぇ」とのたまった。痔の手術に旬があるのか。秋から冬にかけては痔の収穫の季節ですなんて聞いたことない。

私は、病院を変えることを決意した。だって、それじゃあ間に合わないのだ。何にって？　このエッセイ集の締切に、だ!!!

この時点で私のモチベーションは「お尻の平和を取り戻したい」から「自分の身に起きた辛い出来事をエッセイにしてお金をもらいたい」に変貌していた。私は診察室を出るとすぐ、痔瘻の手術において評判のいい病院を探し始めた。冷静に考えると、今の病院に通っている理由は、家から近いから、ただそれだけなのだ。もっとエッセイに書きやすい、いや、手術に適した病院は別にあるはずなのである。

結局、匿名のネット情報よりも実在の知り合いの評判ということで、とある人から薦めてもらった病院へ浮気することにした。痔瘻なのに尻軽。救いようがない。

病院に浮気をする旨を伝えたところ、手切れ金として、紹介状とMRIの画像が入ったROMをくださった。これで、これまでの段階を踏まえた治療をしてもらえるわけだ。しかし、はじめに私を粉瘤と診断した病院、粉瘤専門クリニック、クリニックから紹介された病院、知り合いから薦められた病院、と、すでに四軒目である。フォースオピニオン。このままだと私はあらゆる病院に現れてはお尻を見せつけ去っていく妖怪として名を馳せてしまう可能性がある。当たり屋のような所業はここで打ち止めとしたい。

新たな病院は、都内でも有数のオシャレタウンに位置していた。十一月も半ば、鮮やかな紅葉とオシャレな人々の冬の装いで、街は一枚の絵のように彩り豊かだった。私も「法人向けソリューション勤務、起業時から携わっているので若く見えるかもしれませんが実は役員です」みたいな顔をしてコツコツ足音を鳴らして歩いた。ああ、スタバのカップとかを持ちたい。スマホを耳に当てないで通話できるタイプのイヤフォンが欲しい。今の私を見て、誰が、肛門のデータが入っているROMを所持しているなんて想像できるだろう。逆を言えば、今目の前を歩いている背の高い女性も、その前を歩いている高級そうなスーツを着こなしている男性も、あのカバンの中には肛門のデータが収められたDVDが入っているのかもしれないのだ。イマジン。ジョン・レノンの教えが今になって胸に響く。

さて、スーツ姿の男性は病院を素通りし、背の高い女性は病院の隣にあるおしゃれなブランドの店に入っていったわけだが、私は新しい病院を前に少し緊張していた。これまで通っていたのは、総合病院の消化器科だった。だが、今回は肛門科のみの病院だ。だから治療のペースが速いらしいのだが、一体どんな感じなのだろう――ドキドキしながら扉を開ける。

玄関を抜け、待合室に出た私は、カッと目を見開いた。

椅子が、全部、ドーナツ型だ!!!!

型だ、型だ、型だ……頭の中で自らの叫びがリフレインする。この道ウン十年の私たちだからこそ辿り着いたホスピタリティですと宣言するようなその空間に、私は即、心酔した。ずらりとドーナツが並んでいるその景色からは、もはや若干のSFっぽさすら漂っていた。肛門がぐちゃぐちゃであるということがマジョリティとなってしまった世界、そこで肛門がぐちゃぐちゃでない主人公は生き延びることができるのか――？　現代社会を生きる私たちの矛盾点、盲点を鋭く突くような光景に、心の中で拍手喝采である。

私は、セール時のミスタードーナツに行ったときのように「どれにしよっかなっ」という気持ちでお好みのドーナツを探す。隅の席が空いていたので、荷物の多い私はそこへ腰を下ろした。

楽――……！

は～、楽！　オンドーナツ、楽う～！　座った瞬間、普段の自分がいかに無意識に肛門の位置を気にしながら着席していたかということを思い知らされた。これまで「さすがにドーナツ型クッションを使うまで痛みはないし、それに……なんかおもしろいからやだ」とどこかでドーナツ型クッションを軽視していたのだが、いざ使用してみると、あまりにストレスフリーな感覚に瞠目せざるをえない。それにしても、と、私は周囲を見渡す。ここにいる人みんな、まるで普通の顔をして座っているが、全員、そのお尻の下はドーナツクッションなのだ。ここにいる人たちと私が、人生の一時でも同じ空間に集まることができたのは、各尻がトラブルメイカーだったおかげなのだ。そう考えると、「ねえ……飲み会でもしましょうよ！」等と叫びたくなるほど、あたたかな連帯感が私を包んだ。ドーナツ型クッションは、年齢も性別も何もかもバラバラな私たちを繋ぐたったひとつの輪。世界の共通言語なのだ。

ネットの情報によると、こちらの先生は名医として有名であり、全国の肛門ぶっ壊れ人間たちがこぞってこの病院を訪れるらしい。一体どんな先生なのだろう。私はやっと辿り着いた理想郷の中で、ひたすら診察を待った。

「どうぞ」

しばらくすると、診察室に案内された。

「こんにちは」

そこには、やわらかい声の、優しそうな先生が座っていた。

ホッ、と一安心しつつ、私の心のアンテナが、ピンと立った。

この感じ。見た目も声質もやわらかい医者と向かい合っている、この感じ。何かに似ている。なぜだか知っている。何だっけ、何だっけ。

あ、と、私は思い至った。これ、あの、一風変わった眼科医に初めて会ったときの感覚に似ているんだ――。

「どう××ました？」

触診を終え、ハッと、意識が現実に引き戻される。物腰も表情もやわらかなその先生に、あの眼科医の姿がダブる。

「あ、なんでもないです」

「えっと、触診し××が、現状××が××って感じですけどそれは××××××だから安心して、でも××××××××××××」

ん？

私は、身を乗り出す。

「早めの手術をご希望××××××××、そうなると××××××××××××」

決して、この先生が出版禁止用語を連発しているわけではない。

あまりにも話し方が独特で、何を言っているのかわからないのだ。

そんなわけあるか、と、疑惑の目を向けてくる読者もいるだろう。私も、はじめは自分の耳が信じられなかった。はあ、はあ、と相槌を打ちながら、どうにか先生の口から流れ出る言葉を拾い集めようとする。だが、スピードが速いのと、一つ一つの単語が密着している感じで話すので、どうしても聞き取れないのだ。バラバラのチョコレートが溶けてひとつに繋がってしまったような感じである。

「これまで×××で、きちんと病状の×××受けました?」

どうやら、なかなか納得顔にならない私に対して、これまでの病院ではきちんと病状の説明を受けたのか、と聞いているらしい。

「えーっと、あまり詳しくは聞いてないです……」

「それはダメだね」突然、先生の声が大きくなり、聞き取りやすいスピードになる。「患者にわかりやすいようにきちんと説明してくれない病院は、気を付けたほうがいいよ。それはダメな病院だから」

おお。急に頼もしい。私は姿勢を整える。確かに、これまで自分の痔瘻がどれくらいのレベルのものなのか、程度が重いのか軽いのか等、あまりきちんと聞いたことがなかった。私は粉瘤と診断された四年前から放置してきたため、もしかしたら痔瘻の中でも割と進行している部類なのかもしれない。ここで改めて説明してもらえるのは、助かる。

「じゃあ説明するね。××」

聞！き！取！れ！ない！

伯方《はかた》の塩、に勝る絶叫が私の脳内でこだました。患者にわかりやすいようにきちんと説明してくれない病院は気を付けたほうがいいと告げたあとのこのパフォーマンス！　コントだとしたらフリが丁寧すぎる！　陣内智則《じんないともの り》のネタみたい！　私は途中から理解することを潔く放棄したのだが、その様子に気が付いたのか、先生は最終的に、自身が執筆したという痔瘻に関する本を手渡してくれた。渡された時点で丁寧に付せんが貼ってあったことから考えても、このようなことがこれまでも何度もあったのだろう。ありがとう先生。家で読みます。

だが、さすがは肛門科、私のヒアリング能力を除けばあらゆることがスムーズに進み、できるだけ早く手術をしたいという積年の願いは早々に叶えてもらえることとなった。手術を伴う入院は十日間ということだったので、とりあえず十日間、打ち合わせや取材などを入れないようにスケジュールを調整する。こういうとき、フリーランスであることの幸福を感じる。痔瘻にでもならなければ幸福を感じられないということならば悲しすぎる。

手術、入院というパワーワードはモーセのように周囲にある物事をサーッと脇に避けてくれた。インタビューや対談などの仕事を延期してもらったとはいえ、紙ベースでチェックするものに関しては入院前日までにすべて自宅に郵送してもらい、ノートパソコンや資料、書評用の書籍なども一緒に病室に持ち込むので、時間さえ確保できれば書き仕事には支障もなさそうだ。インタビュー等で「作家になってよかったことはなんですか？」と聞かれるとモゴモゴ口ごもっていたのだが、もう胸を張って堂々と答えられる。痔瘻の手術を受けられたことです。

むしろ、入院に必要なもろもろを整えているうち、私はどんどん入院生活が楽しみになってきた。だって、十日間、食事の準備も部屋の掃除もしなくていいのだ。それに、手術といっても患部は肛門だけ、それ以外の部分に不調があるわけではない。これはもしかして、かつての文豪たちが原稿に集中するため行《おこな》っていた〝ホテルにカンヅメ〟に近い状態なのではないか？　もはや、そこにある差異は痔瘻の手術の有無のみである。

文豪プレイへの期待に胸を膨らませていると、入院の三日前、元勤め先の先輩から久しぶりに連絡がきた。その方は私が新入社員のころの新人研修でお世話になった先輩だったのだが、どうやらその部署に所属していたとある女性が結婚するという。そのお祝いコメントを撮れないかという連絡だった。

入院まで時間がないため、連絡をいただいた翌日に撮影が行われることとなった。元勤め先まで足を運ぶと、そこには研修でお世話になった先輩A、また別の先輩Bが私を待っていてくれた。コメントを撮り、懐かしいねえなんて話に花を咲かせていると、先輩Aが「そういえば」と私のほうを見た。

「入院するから早めに撮りましょうってことだったけど、なんで入院するの？」

「あー、実は」私は半笑いになる。十日間を空けるためのスケジュール調整の過程で、この場面には何度も出くわしていた。入院というとみな深刻な空気になるが、痔だと明かした途端その場の空気がポップかつファニーになるのだ。なーんだ、心配して損したよ～、ウケる～、痔の手術ってそんなに入院しないといけないんだね～。

「実は、お尻の手術で入院するんですよ」

ぷぷぷ、という感じで私が話すと、先輩Aは案の定少々の驚きと笑いの入り混じったリアクションをした。「痔なんですけど、肛門以外は元気な状態で十日間入院するんで、むしろ仕事進みそうって感じなんですよね～」ホテル暮らしみたいでちょっと楽しみって感じで～、とニヤニヤしていると、

「え……種類は？」

突然、ポップでもファニーでもない声が侵入してきた。先輩Bである。

「えっと……痔瘻、ってやつなんですけど」

その声色に引きずられ、私もぐっと声のトーンを落とす。すると、先輩Bは、

「俺もしたことあるんだよ……痔瘻の手術」

と告げた。これが『金田一少年の事件簿』だったら、私が向かい合っている窓の外で雷が落ち、先輩Bの表情が逆光で見えなくなる、みたいな雰囲気である。

「そ、そうなんですか……?」

痔瘻、という言葉が説明なしに通じてしまう相手に出会ったのは、このときが初めてだった。「なに? じろう?」状況に追いつけていない先輩Aをあっという間に置き去りにし、私はゴクリと唾を飲み込む。

「大変だったなあ、あれは……」

雰囲気的には逆光のまま、先輩Bが語り始める。

「手術したあとはトイレに行って帰ってくるだけでほんと辛かったよ……前日から何も食べられないから、術後に出されたビスケットとオレンジジュースがこの世のものとは思えないくらいおいしく感じたな。麻酔が切れたら痛み止めを飲んでも患部がずきずき痛むし……大変だけどがんばれよ」

た、たいへん?

私はこのとき、自分はものすごく重要なことを全く考えていなかったことに気が付いた。

私は、手術をするのだ。人生で初めて、体にメスを入れるのである。

便の出口が増える、というファニエスト・オブ・ライフな症状に惑わされた私は、痔瘻をオモシロ事象として捉えすぎていたらしい。私はきちんと、長期間の入院を伴うような手術を、数日後に行うのだ。その自覚が、圧倒的に欠けていた。

それからというもの、私は、痔瘻の手術、及び入院を体験した人のブログやらを検索しまくってしまった。なぜだろう、よせばいいのに、辛そうな体験談にばかり目を通してしまう。

私は麻酔の効きが弱く夜も眠れないくらい患部が痛みました、退院後は長距離を歩くこともままならず会社を休みました、私は人より出血が多く便通のたびに便器が真っ赤になりました、手術前に便を出し切ることができず、手術後に地獄を見ました――。

いくら探しても、文豪プレイが楽しかったでえ〜す★　なんて言っている人はひとりもいなかった。この時点で入院前日。スリッパやら洗面具やらパジャマやら、十日間の入院生活に必要なものをスーツケースに押し込みながら、私はビクビクと怯えていた。もしかしたら自分はこれから、大変な目に遭うのかもしれない。この十日間をアテにして溜めていた書き仕事に集中できないほど、過酷な日々が待っているのかもしれない……。

私はふと、時計を見る。すると、あと数分で二十一時、というタイミングだった。

下剤を二つ、ブチ込む時間だ――。

どのブログにも書いてあった。手術前は、体内をからっぽにしておく必要がある、と。手術中に便が出てきてしまったり、術後、メスを入れたばかりの肛門をすぐに使用することを避けるためだ。そのため、前日の食事は、朝、昼は自由に食べていいが、夕飯は消化のいいものを軽く食べるだけにしておいてください、と言われている。その上、前日の二十一時に、自宅で大きめの下剤を二つ、肛門に投入するようにと命じられている。

私は坐薬型の下剤を手に取る。ブログで読んだ「手術前に便を出し切ることができず、手術後に地獄を見ました」という文章が、頭の中に鮮明に蘇る。どうせなら、その地獄の内容を詳細に記してほしい。いや、やっぱり本当のことなんて何も知りたくない。どうせなら、最後まで騙し続けてほしい。痔瘻に対しウザい恋人みたいな態度を取り始めた私だったが、もううだうだ言っていられない、手術に向けての最後のステップ、坐薬ダブルチャレンジの開始である。

袋から取り出した坐薬の先端に、ジェルを塗る。そして、一人暮らしの部屋で、ズボンとパンツを脱ぐ。下半身だけ裸になった自分を、白い光が照らしている。

私はなんとなく、テレビを点けた。この状況を、なんとかごまかしたかった。

先生からは、坐薬を肛門の中に完全に入れ込んだあと、薬が溶けるまで待機するように、と言われている。待機時間は十分から十五分。それを待たずして排便をしてしまうと、薬も一緒に出てきてしまい、効き目がなくなってしまうという。

絶対に、失敗するわけにはいかない。だって、体を空っぽにした状態で手術に臨まなければ、即、詳細不明の地獄行きなのだ。それは絶対に嫌だ。

テレビ画面の中では、大勢の芸能人がクイズに興じていた。私はその映像を見ながら、坐薬を宿した自らの指を体の中心に押し込んだ。急げ。二つ目も入れなければ、早く――。

とぅるん。

無情にも、一つ目の坐薬が腹圧で戻ってきてしまった。替えはない、だから失敗はできない。「ダメ、ダメ」私は涙目になりながらリトライする。とぅるん。とぅるん。何度やっても、押し出されてしまう。ダメ、ダメ、言うことを聞いて、お願い――。

私は誰もいない部屋で四つん這いになりながら格闘した。本当に真剣だった。テレビ画面の中では、羽田圭介《はだけいすけ》さんが自著の表紙がプリントされたTシャツを着て、あまり楽しそうではない顔でクイズに臨んでいた。

やっとのことで二つの坐薬を肛門に押し込んだときだった。

便意――。

長時間肛門に刺激を与えていたからだろう、坐薬を入れて一分と経たないうちに強烈な便意が体内を席巻した。ダメ、ダメ、十分から十五分は待機しないと効果がないって言われてるの！　私はお尻に力を入れ、じゅうたんの上をのたうち回る。助けて。地獄行きは嫌、地獄行きは嫌――涙目になった私を、テレビ画面の中から、羽田圭介さんがあんまり楽しそうではない顔で見下ろしている。

もうダメだ。

私はトイレに駆け込んだ。努力の果てに押し込んだ坐薬が、二つとも、勢いよく大海へ飛び込んでいくのがわかった。私は泣いた。二十八歳になる年なのに、ひとり、泣いた。開けっ放しのドアの向こうから、羽田圭介さんが得意だというオペラを披露する声が聞こえてきた。

〈後編に続く〉

肛門記　後編

入院初日。午前九時。

昨夜のノー坐薬でフィニッシュ現象を引きずったまま、私はパンパンになったスーツケースを引きずっていた。ああ、何も知らずに文豪プレイへの興奮をじりじりと高めていた自分に戻りたい。何も知らずにいればこんなふうにビクビク怯えずに済んだのに……と、からっぽには程遠い状態の体を無理やり病院まで運ぶ。午前九時半、病院到着。

持参していたスリッパに履き替え、個室に向かう。普段通っていたときはわからなかったが、一階が待合室と診察室、二階、三階は入院用の個室となっていた。一つのフロアには五つほど部屋があり、二階には看護師が常駐している部屋、そして洗濯機と乾燥機が二つずつ、三階には読書コーナー、喫煙室、ウォーターサーバーがあった。こういうとき、読書コーナーに陳列されている著者をチェックしてしまうのが小説家の悲しいところだ。こういう、「日々を楽しむために最低限必要な作品を集めましたよ」みたいな場所に作品が並ぶ人こそ、大衆作家、人気作家と呼べるような気がする。余談だが、私は某大型家具量販店にある永遠に続くモデルルーム地獄みたいなところに迷い込んだときも、そのモデルルームの本棚を埋めている書籍をチェックしてしまう。そして、そこに自分の本が並ぶまでの道のりの長さを想像する→発狂、という運動をいちいち繰り返してしまうため、全然前に進めないし家具を選ぶことができない。つらい。

十日間過ごす部屋の説明を簡単に受ける。ベッドにデスク、テレビ（DVDプレーヤー付）、冷蔵庫、電気ポットにキッチンシンク（コンロは無し）、シャワー付きトイレにユニットバス。何不自由なく暮らせる設備が揃っている。携帯電話、ノートパソコン、ポケットWi-Fiと充電を必要とするものがいくつかあったので、差し込み口が複数ある延長コードを持参していたのだが、なんとWi-Fi完備だった。ありがたすぎる。やはりこれはオプションとして手術がくっついてきただけの文豪プレイなのでは……？　と性懲りもなくニヤニヤしながら、術後自由に動き回ることができないらしい自分のために部屋を整えていく。

午前十時過ぎ、病室。

看護師から、手術や入院生活についての説明を受ける。麻酔は下半身のみなので、手術中は普通に会話もできるし、体にメスを入れられているという感覚もわかるらしい。執刀は午後二時ごろからということで、まだ精神的に余裕がある。

「手術はすぐに終わります。三十分くらいですかね」

看護師の表情も穏やかだ。

「ただ」

突如現れた逆接の接続詞に、ピン、と空気が張り詰める。

「先生からうかがっていると思いますが、瘻管は広範囲に及んでいます。手術を始めてみないとわからないのですが、傷口が大きくなる可能性が高いです」

えっ。

私は、「あ、はい、えーと……」とあいまいな返事をした。本当は、「聞いてません！」と叫びたかったが、それはもしかしたら「聞き取れてません！」かもしれず、押し黙るしかなかったのだ。そういえば、あの口調が独特な先生からいただいた本を、結局読んでいない。いくつかあった付せんの中には、そのような記述があったのかもしれない。

「瘻管が広範囲に及んでいるっていうのは、具体的にはどういう……」

「どうやら、尿道に近いところまで進んでいるようです」

尿道。

その単語に、マイ股間がヒッと悲鳴らしきものを漏らした気がする。病院で、尿道。この組み合わせ、嫌な予感がする。

「なので、朝井さんは」

ゴクリと唾を飲み込む。

「手術の前に尿道カテーテルを入れることになります」

尿道カテーテル。

フォントサイズを誤るほど、私はその単語が際立って聞こえた。一体どこの作家が尿道にカテーテルをぶっ刺した状態でカンヅメに臨むのだろうか。この時点で、かすかに復活していた文豪プレイへの期待は完全に消し去られた。

「…………」(絶句)

「瘻管が尿道近くまで伸びているので、尿道を傷つけないようにカテーテルを入れさせていただきます。入れるのは手術の直前ですし、術後数時間経ったら取れますので、安心してください」

私の耳は、看護師の説明を受けることを途中からほぼ放棄していた。患者を不安にさせないためだろうが、手術に関してもその前後に行われるあらゆる物事(麻酔の注射、術後の排便など)に関しても、どれくらい痛いか、ということについて看護師は何一つ具体的に言及しなかった。だけど、この人は知らない。私が、オードリーのオールナイトニッポンのヘビーリスナーであることを。二〇一一年一月二十八日の放送で、春日《かすが》俊彰《としあき》さんが、尿道カテーテルに伴う痛みに関して十分以上もトークを繰り広げていたことを。

あの春日さんが、肉体的な痛みを熱弁していたのだ。あの、ボディビルもフィンスイミングもレスリングもやってのけてしまう、平成の鉄人・春日俊彰が、である。そんなの、平成の中肉中背である私はどうなってしまうのだろうか。

錯乱した私は、誕生日を迎えた友人を祝うメッセージで盛り上がっていたライングループに突如「カテーテルが怖い」と新しい命の誕生とは何の関係もない文言を投げ入れてしまった。盛んに交わされていたやりとりがピタッと止まった。

午前十時四十五分、一階の診察室。

診察用のベッドに寝転がり、血圧測定、剃毛、ダメ押しの坐薬投入が行われる。さりげなく書いたが、剃毛である。その単語を聞いたときは、そうか、前も全て剃るのか……と思ったが、実際に剃ったのは前ではなく後ろ、肛門付近のみだった。

私は横向きに寝転がり、両足を抱え、エビのように丸くなる。看護師が二人がかりで、私の尻を弄ぶ。シンプルに恥ずかしい。

「瘻管の出口、どこだろう」

「あ、ここだ」

じょりじょりと手際よく毛を剃り落としながら、看護師がこう言った。

「毛を剃ったら、お顔が出てきましたよ〜」

お顔……！

私はカッと頬を赤らめつつも、ハッとした。普通に生きているときは、全身の中で最も重要な情報が詰まっている看板的箇所は顔＝FACEかもしれない。だけど、この病院の中では、肛門が全身のどの部位よりもその人を表すうえで重要な存在なのだ。そう、顔よりも重要な存在、〝お顔〟なのである。東京は都民ファースト、この病院は肛門ファースト。そこはお顔で合っています、違和感を覚えた私が間違っていました。

そして、プロの坐薬投入の技術はとんでもなかった。私が羽田圭介さんのオペラを浴びながら涙した夜はどこへやら、二つの坐薬がポイポイと小気味よく放り込まれ、腹圧で戻ってきてしまうこともない。私は物理的に坐薬の投入シーンを見ることはできないのだが、もしかしてマシュマロキャッチのように遠くから投げ入れているのでは？　と思うほど軽やかだった。次は是非、タラララララ〜、というマジックショーのときによく流れるあの音楽をBGMとして使用したい。

「では、病室に戻って、十〜十五分間、排便は我慢してください。排便後は一応、ナースコールで連絡をください」

はい、と、私はキリッとした顔で診察室を出た。二階へ上り、病室に戻った途端、私は便器に鎮座した。話を聞いていなかったのかと怒られそうだが、もうこれに関しては勘弁してほしい。どうしても我慢できないのだ。どかんと、ほぼ二十四時間何も食べていないとは思えないくらいきちんとした分量が排出された。やはり体がからっぽになっているとは到底思えない。私は排便後、十分ほど病室をウロウロしてから、「今、出ました」と偽りのナースコールをした。この場面を閻魔様に突きつけられても、死後、地獄行きだろう。

午前十一時半、病室。

手術着に着替える。上半身は裸、下半身は下着と靴下、その上に長い丈の浴衣のようなものを羽織っているという状態だ。

病室のベッドに横になった状態で、麻酔剤や抗生剤のアレルギーテストを行う。計四回の注射だ。ここで皮膚が赤く反応してしまったりするとよくないらしいが、ラッキーなことに私は四種類とも異常なしという結果だった。そのあと、空腹による気分不快を防ぐため、そして薬を投与するための点滴を行う。こんな短期間に五回も注射をされる経験は初めてだった。あらゆる液体を注入されながら、健康のことを何も気にせず駆け回っていた日々のことを愛しく思う。

それからは、午後二時まで、病室で待機だ。先生は一日に何人もの患者を手術するため、私の手術開始時刻がいつになるかというのは、まだわからない。

誰もいなくなった病室で、私は天井を見つめる。ふうと漏れたため息が、静かな病室を当《あ》て所《ど》もなく漂う。

尿道カテーテル。

私の頭の中は完全に、手術よりも尿道カテーテルで占められていた。だって、どう考えてもそっちのほうが怖い。手術はどうせ麻酔でわけがわからなくなっている間に終わるのだ。尿道カテーテルの前にも麻酔が欲しい。ああでもそうなると局部に注射を打つことになるわけで、その痛みを和らげるための麻酔が欲しい……そんなことを考えつつも、実は私は、百万分の一パーセントほどの割合で、恐怖とは違う気持ちを抱いていた。

――めっちゃくちゃ気持ちいい可能性も、ゼロではないよな……。

思いっきり下ネタで申し訳ないのだが、皆さんも一度くらい、尿道カテーテルと性的快感が結びつくような記述を目にしたことがあるのではないだろうか。私はある。SMの趣味がなくとも、尿道カテーテルプレイという文言が何かしらのきっかけで視界に入ってきたことが、私にはある。つまり、私の中で「尿道カテーテル」というのは、オードリーの春日さんが公共の電波で口承《こうしょう》を試みるほどの激痛を伴う儀式でありながら、ごく少数の人が強烈な快感を求め手を伸ばすもの、という認識なのだった。

きっと、ものすごく痛い。だけど、もしかしたら、私のカラダはそれがもんのすごおく気持ちよく感じるタイプなのかもしれない、その可能性は限りなくゼロに近いが完全なゼロというわけではない……これまで二十七年間知らなかっただけで、試そうと思ったこともなかっただけで、私はこれから自らの尿道が特異な神経の持ち主だということを知ってしまうのかもしれない……。

巨大な恐怖と一縷《いちる》の期待をひたすら往復していると、あっというまに数時間が経過していた。

午後二時。

いよいよ、手術だ。

「どうも〜」

緊張状態で入った手術室では、ドラマなどでよく見る術衣を着た先生が、ハワイアンミュージックをBGMにニコニコ笑っていた。

「あっという間だからね〜大丈夫だよ〜」

何この陽気な音楽……と戸惑う私を置いて、着々と準備が進められていく。手術の直前になり、私は「あの、まだ、お腹が空っぽになっている感じがしないんですが」と、実はずっと不安に思っていたことを打ち明けた。本当は、さっきのナースコールだってウソなんです。病室の中で、ほんとはリストラされたのに会社に行っている振りをしている人みたいな時間の潰し方をしていたんです。詳細不明の地獄行きだけは嫌なんです。

「もしかしたら下剤の影響による残便感かもしれないですね……まあ、便があったとしても肛門付近まで降りてきていなければ大丈夫なので」

では寝ころんでくださいー、と、看護師は私の一世一代のカミングアウトをさらりとかわした。この人は知らないのだ。私が生粋の快便家（過激派）であるということを。私の言う「うんこがあるっぽい」は、「ここに爆薬が仕掛けられています、早く逃げてください」とほぼ同義であるということを。

「では、尿道にカテーテルを入れますねー」

サラッときた！

残便感に惑わされている間に、いつしか審判の時が訪れていた。処刑台のように思えるベッドに仰向けになると、テーブルクロスでも片付けるかのようにパンツをスッと下ろされた。

怖い。もうすでに、なんか痛い気がする。だけど、0・00001％くらいの確率で、私はこれから絶頂を迎えるかもしれないのだ。

「では」

思いっきり萎縮している私のブツは、看護師たちにより、管を挿入しやすいように上向きにされる。

組板《まないた》の上の鯉《こい》。手術台の上の朝井。

「ちょっと痛いですけど、我慢してくださいね～」

今日は夕方から雨が降るみたいですね～みたいなテンションで痛みを予告されるが、仰向けになっている私は、天井を見つめることしかできない。どれくらいの太さなのか、どれくらいの長さなのか。これから体に挿入される物体の情報がないので、どれほどの覚悟をすればいいのかわからない。

怖い。怖い怖い怖い怖い！　だけどめっちゃ気持ちいいのかもおー!!?　大混乱の中で拳をぎゅっと握りしめると、陰茎の先端に、何かが触れた。

ぐいっ、と、尿道の入り口が強制的に開錠されたのがわかる。そして、これまで尿をダラダラ流していた部分が、逆方向からみしみしと無理やりこじ開けられていく。いやさすがにそこまでだろというところを通過すると、ギンと全身に重く鳴り響くような痛みが神経を貫いた痛い痛いイタタタちょっとまだ行くの!?はマジ痛いんだけど力抜けとか本気で言ってんのかよバカバカとか言ってめんごめんごムリムリムリずぇんずぇん気持ちよくなんかないですすですデスデスDEATH!!ちょっと期待とかして私が悪かったです本当にすみませんでしたもう無理だってねえねえ痛いってねえイイイイッタタタッタタタタ縺ゅ＞縺☒∵縺☒

☒撰ｼ托ｼ抵ｼ☒☒☒ｽﾙｽ☒譁☒ｭ怜喧縺代☒繝ｫ遐皮ｩｶ

とん、と、管の先が、どこか馴染みのある雰囲気というか、尿道よりも広いところに辿り着いたような感覚があった。そうすると、痛みはピークの六割くらいのところで落ち着いた。違和感はあるが、我慢はできる。ぐっと、看護師に腹を押されると、自分の意志とは裏腹に、尿が放出されていることがなんとなくわかった。

「あ、これで大丈夫ですね～」

どうやら、管が膀胱《ぼうこう》にまでたどり着いたようだ。終わった、の？　イマイチ実感がないのは、尿道が開き切っているので、ずっと尿が出続けているような感覚があるからだ。この状態がゴールだとして、陰茎に太い何かが突き刺さっているという不安感はとてつもない。今この管をぐいぐい引っ張りまわすのと生涯かけて一億円払うのだったら、後者を取ってしまいかねないほどの不安感である。しかしこれが性的快感につながることもあるとは、人間の体は本当に謎でいっぱいだ。

「はい、じゃあ麻酔を打ちますので、体を――」

「すみません！」

さあいよいよ手術開始というところで、私はハイと手を挙げた。

「中に、まだ、うんこがあります……！」

音声を消し、映像だけで見ると、「中に、まだ、子どもがいるんです……！」

と燃え盛る家を見つめながら叫ぶドラマの主人公のような切実さがあったはずである。どうしても、残便感が拭えなかったし、私はそれを見捨てるわけにはいかなかった。正義感がそうさせたと言ってもいいかもしれない。一瞬、てめぇマジでカテーテルやる前に言えよクソが、みたいな空気が流れたが、やさしい看護師が「不安ならば、一度トイレ行きますか？」と手を差し伸べてくれた。マリア。

便座に座ってやっと、自分の股間がどういう状態なのかはっきりと目で把握することができた。スタバのストローよりは細い、だけどマクドナルドのストローよりは太い、系列でいうとドトールのストローほどの直径の管が、私の陰茎からにょきりと生えている。もはや見慣れた姿ではない。地味だと思っていたクラスメイトが週末はものすごく奇抜なファッションを楽しんでいる姿を見てしまったような感覚だった。お前、そんなんじゃなかったじゃん……という気持ちである。

一方、尿が出続けているような気味の悪い感覚は継続しており、そのせいで注意力が散ってしまったのか、便の存在を感知しつつも外に出すことができなかった。一生の不覚だ。この私としたことが、そこにあるとわかっている便を排出できないなんて――地団駄を踏みたいところだが、管が揺れることが怖い私は、そっと、そーっとすり足で移動するしかない。

うんこが出なかった、というだけで信じられないくらい肩を落としている私を、看護師は「残ってしまっていても大丈夫ですよ、手術中に出てきてしまう方もいますし、手術ができなくなるわけではないので」と何度も励ましてくれた。でもこれはもう手術云々の話ではない。快便家としてのプライドの問題だった。

さあ、ようやく麻酔である。体を横向きにし、腰に注射が行われる。ものすごく細い針を使っているとかで、なるほど、痛みはほとんど感じられなかった。麻酔が効き始める前に、体をうつ伏せにする。うつ伏せって、アタシ今カテーテル生えてますけど!? と思ったが、手術台の該当箇所はきちんとくりぬかれていた。

「じゃあ、始めますね。三十分くらいで終わりますからね〜」

先生の穏やかな声に、なぜかかかり続けている陽気なハワイアンミュージック。麻酔が効いているのか、自分で足を動かそうとしても動——く。下半身、動く。全然、私は誰の視界にも入っていない両目をカッと見開いた。

思い通りに動く。いいの!? これいいの!? この状態でメスとか入れられたらむちゃくちゃ痛いんじゃないの!?

一瞬、とんでもない恐怖が全身を包んだが、どうやらもう手術は行われているらしかった。内容を聞き取ることはできないものの、先生や看護師たちが会話を交わし、様々な道具を私の下半身に対して使用していることはわかる。足は動くが、肛門の痛みは感じない。なんだか、とても薄い氷の上を歩いているような感覚だった。

手術中は、ヒマだった。

うつぶせの状態で、私は、見える範囲のものをつぶさに観察した。何に使うのかわからないような医療器具には説明書のようなものがくっついており、そうだよな、こういう器具も説明書を見ながら使ったりするんだよな……とどうでもいいことを考えたりしつつ、ゲラを持ってきていたらこの間に短編くらいはチェックできたな～、と思った。

「はい、終わり～」

遂にうとうとしかけていたころ、先生から声をかけられた。終わり？　もう？

「問題なく終わりました、お疲れさまでした～」

よかったね～と祝われているうちに、肛門はガーゼのようなものでふっくらと蓋をされた。そのまま、体を仰向けにされる。下半身はまだ麻酔が効いているようで、相変わらず動かすことはできるが、びりびりと痺《しび》れている。

「あ、ありがとうございます……」

終わった、らしい。

約四年間悩まされ続けた病気の手術が、いま終わったのだ。私は仰向けの状態のまま、先生にお礼を言い続けた。何を言っているかわからないなんて言ってごめんなさい、あなたは確かな腕の持ち主でしたごめんなさい、そしてこれからもよろしくお願いします……ワゴンのようなものでガラガラと運ばれつつ、私はあらゆる人の肛門をたった三十分ほどで正常化している先生に心の底から感謝した。

ハワイアンミュージックは最後までかかり続けていた。

午後四時半、病室。

手術前からしていた点滴を、ようやく抜き取る。術後二時間が経ったあたりから麻酔が切れ始めるということで、痛み止めを服用する。つまり、約半日ぶりに水分の摂取が許されるのだ。先輩Bから「術後に出されたビスケットとオレンジジュースがこの世のものとは思えないくらいおいしく感じた」と聞いていたので大変期待していたが、錠剤を飲み込むために口に含んだお茶は完全にただのお茶だった。

午後五時半。ここでやっと、尿道カテーテルを取る。アイスハニーカフェオレでもないのにドトールのストローを突っ込まれていた私の陰茎よ、お疲れ。

「抜くときは一瞬ですから」

看護師はそう言うが、一瞬とはいえやはり痛かった。ぎゃあっ、という悲鳴を体内に押し込めつつ、私は元の姿に戻った陰茎に喜びを感じた。うん、お前、やっぱそっちのほうがいいよ。オシャレだと思ってるっぽかったから言えなかったけどさ、頭から管とか、ちょっと前衛的すぎたもん。

「ほうら、こんなのが入ってたんですよお」

アダルトビデオみたいな台詞とともに、実際に入っていた管を見せつけられる。想像以上の長さだ。膀胱まで届かせなければならないということで、二十センチ以上も挿入されていたらしい。私は人生で初めて、自分が巨根でなくて本当によかったと思った。当代随一の巨根だった場合、管を入れるときも出すときも、もう数秒ずつあの苦痛に耐えなければならなかったのだ。特別大きくなくて、あとグネグネ曲がってるとかそういうのじゃなくて本当によかった。そして、この文章を入力した今、初めて「巨根」という言葉が現在使っているワードソフトでは一発で変換できないことを知った。いろいろと勉強になる。

そのあとは、肛門に蓋をしていたガーゼを交換してもらう。傷は大きくなるかもしれないと言われていたが、出血はそこまで多くないようだ。ただ、体の中にできた管にメスを入れているので、肛門からは、分泌液と呼ばれる謎の色の体液が絶えず流れ出ている。

「傷口は落ち着いていますので、安心してくださいね」

ほほ笑む看護師を見上げ、私は、中学生のころいんきんたむしだった人間の肛門を清潔に保ってくれるなんてマジ天使、と感動した。しかし同時に、今この人に患部をグリグリされたら一巻の終わりだな……やめろよ……と看護師の人間性を疑うというまさかの人格にも出会ってしまったため、人知れず落ち込んだ。ベッドに寝転がっているだけなのに疲れる。

午後六時。待ちに待った食事だ。

メニューは、具なし味噌汁、鮭フレーク、梅干し一つ、お椀半分ほどのおかゆ、かつおぶしの乗った冷ややっこ、お茶。術前から空腹を紛らわすための点滴をしてはいたが、さすがにそろそろ気分が悪くなってきていた。それぞれ、ゆっくりと、丁寧に咀嚼する。たった三十時間食事を抜いただけなのに、普段の何倍も味が濃く、おいしく感じた。先輩B、さっきはあなたの発言を適当に片付けてしまってごめんなさい、あなたの仰る意味が今わかりました。

手術も終わり、食事も再開。大仕事はもう終わった、と一息ついていると、看護師が「あ、そういえば」と、私のほうを見た。

「今日と明日一日は、排便をしないようにしてくださいね」

無理です。

私は心の中で即答した。無理だ。そんなの、絶対に無理だ。私は大抵、一日に四・七便ほどのお通じがある。「一便」とは、「うん、しっかり出たなあ」と思うくらい出たときに使う単位であり、私は大抵それが一日に四回あり、おまけにもう〇・七便くらい出たりする。あまりに快便なので長距離移動などを避け続けているくらいだ。もちろん様々な薬を試したが、現代の医療技術は私の便意を止めることができなかった。それなのに、今日の夜だけでなく、明日も丸一日排便をしないようにですって？　あなた、なかなか面白いことを言うのね。

「腸の働きを抑える薬を出しておきますので、こちらを食後に必ず飲んでください。術後はできるだけ肛門を使わないほうがいいので、よろしくお願いします」

じゃあおやすみなさい、と、病室から去っていく天使の後ろ姿を、私は絶望的な表情で見つめていた。手術という大仕事が終わったと思いきや、その瞬間からうんこ我慢チャレンジというとんでもない大大仕事が始まっていたのだ。こんな負け戦聞いたことがない（うんこ我慢チャレンジのルールは図4参照）。

その日は深夜〇時に痛み止めを飲み、午前二時ごろにやっと眠りに就くことができた。私はその間もずっと、自分の体内で着々と便が生成されている様子をはっきりと感じ取っていた。

さて、ここからは入院中の一日の生活リズムを紹介しつつ、話を進めていこうと思う。

午前六時。ズキズキと刺すような痛みで目が覚めた。五、六時間ごとに痛み止めを飲むようにと言われていたが、まさにそのサイクルできちんと患部が痛み出したことに驚く。迷わず服用、即効性がありがたい。

午前七時半、看護師が来て一度目の検温。そして、肛門を覆うガーゼのチェック。出血はほぼなくとも、分泌液がたくさん染み込んでいた。四枚重ねていたガーゼの、三枚目あたりまで濡れている。手術の翌日は

排泄について

- ■ 排尿はベッド上で寝たまま、尿器（しびん）を出ればトイレまで歩いて行けます。
- ■ 排便は、指示があるまで我慢して下さい。
- ■ おならはしても構いません。

図4　文書で放屁の許可が下ったのは人生で初めてのことだった

看護師にガーゼを取り換えてもらえるが、術後二日目からは自分で数時間おきに取り換える。ガーゼでは吸収が追いつかない場合は、女性用生理用品を使用するということで、私は今とても自然にナプキンを使える男になっている。CMの依頼が舞い込んでもおかしくない自然さだ。

午前八時、朝食。昨夜は控えめなメニューだったが、手術翌日の朝からはしっかりした分量が出た。レタスサラダ、野菜たっぷりのミネストローネスープ、レーズンがたくさん入ったパン、ロールパン、バターにココア。レーズンパンがあまりにおいしく、おかわりできるならばしたいくらいだった。ココアは飲料としては珍しく食物繊維が多く含まれているらしく、朝食の常連だった。しかし、今はうんこ我慢チャレンジ中の身。バランスが考えられた食事を摂れば摂るほど、チャレンジ失敗の確率は高くなる。整腸剤と下痢止めを爆飲みしつつ、私は普段よりもハイペースで生成され続けている便を無視するという快便家にあるまじき行動をとり続けなければならなかった。

午前九時、午前の点滴。およそ三十分で終わる短いものだが、さっきまで寝ていたのにまた寝ころばなくてはならないことがもどかしい。本を読むこともできないため、大体タイムフリー聴取で深夜ラジオを聴いていたのだが、看護師の来訪とパーソナリティの下ネタ披露のタイミングが見事に重なったことが数回。

午前十時前後、清掃担当の方が部屋を片付けてくれる。ベッド、トイレ、お風呂などを隈なく掃除してくださり、ゴミも片付けてもらえる。私の分泌液が付着したガーゼも嫌な顔一つせず片付けてくださった。どうか家に帰ったあとはあの肛門ブッ壊れ野郎ガーゼ使いすぎなんだよクソが、とか、自由に口汚く罵っていただきたい。そうでないとバランスが取れないほど本当に丁寧な仕事ぶりだった。

午前十一時ごろ、一階の診察室まで降りて、先生に患部を診てもらう。術後、先生にきちんと傷の経過を確認してもらうのは初めてだったので、どうにかできるだけ情報を取得しようと耳をすませたのだが、「傷口は大きくない、患部は大きい」「傷口は大きい、患部も大きい」の二択に絞るのが限界だった。これでもかなりの進歩である。その後、薬を塗ってもらい、ガーゼを交換。なにはともあれ、術後の経過は順調とのことで、安心。

正午、昼食。この病院はとにかく食事がおいしい。入院中とは思えないほど、しっかりとしたメニューを食べられる――のが今の私には問題だった。おいしいから、食べてしまう。食物繊維が豊富なメニューを、完食してしまう。だけどその分、体内がうんこで埋め尽くされていくのが手に取るようにわかる。手に取ったら汚い。

午後一時。術後二日目からはシャワーが、三日目からは入浴が許可された。三日目からは、この時間に大体、一度目の入浴をしていた。傷の治りを早めるには血行を良くすることが大事とのことで、一日二回、ゆっくりと湯船に浸かることを推奨されたのだ。一日二回風呂に入るだけで看護師から「傷の治りがいいですね！」と褒められたりするので、いくら頑張っても特に誰にも褒められない日常生活になんて本当に戻りたくないな、と思った。

午後二時、二度目の検温。常に三十七度近くあるので看護師に怪しい眼差しを向けられるが、「代謝がいいんです」と言外にうんこがガンガン生成されていることをアピール。

午後三時、なんとこの病院はおやつが出る。あったかいお茶に、ビスケットやせんべい、あんみつが出た日もあった。自由に動き回れないとはいえ、規則正しい生活をしているときちんと腹は減るものだ。しかし、おやつ、なんて何年振りの響きだろう。いよいよ日常生活には戻れない。

午後三時半、午後の点滴。おやつを食べてすぐに寝ころぶ。海外びっくり映像とかで取り上げられる体重が五百キロを超えてしまった人みたいな行動パターンだが、点滴のため、ひいては肛門のためなので仕方ない。どうしても罪悪感があるときは、魔法の呪文、「肛門ファースト」を小声で唱えることで心は鎮まる。

と、ここで、入院のことをあらかじめ話していた友人が、ノーアポイントメントで現れた。その友人はアポもノックもなしにドアを開けたのだが、その瞬間、私が下半身を露出しガーゼを交換していなかったのはただの幸福な偶然だったのだと強く主張したい。タイミングが合っていれば、少女漫画でよくある、好きな人とお風呂でバッタリならぬ分泌液が肛門にベットリを見せつけてしまうところだった。危なかった。

ありがたいことに、十日間の入院中は、様々な人がお見舞いに来てくれた。学生時代の友人、元勤め先の同期、仕事関係者……みんな、甘いものだったり果物だったりどう考えても不必要な巨大抱き枕だったり、様々な差し入れを持ってきてくれたのだが、全員、「大丈夫？」と言いつつ完全に笑っていた。私は全員に対し、肛門を笑う者は肛門に泣く、と念じるに留めるという大人の対応に終始した。

さて、入院二日目にして初のお見舞い客ということで、病室の空気はやはり少し明るくなる。友人と、年始に一緒に見に行ったストリップについて熱く議論を交わしていると、ちょうど点滴が終わったため、看護師が入室してきた。

――今なら聞けるかもしれない。

友人の来訪によりいつもよりも興が乗った私は、注射針を抜いてくれた看護師に、これまで気になっていたことを思い切って聞いてみた。

「あのう……」

「はい、どうされました？」

笑顔で対応してくれる看護師。

「……みなさんは、先生が話してること、きちんと聞き取れているんですか？」

ピン、と、空気が一瞬、張り詰める。

看護師は、点滴に使った道具を片付けながら、言った。

「そんなわけないじゃないですか」

！

強い否定！

「え、やっぱりそうなんですか!?」食い下がる私に、看護師は「入院中、どこかで聞き取れるようになるかもしれないですね」と冷静に告げた。何だそれは。というか一緒に働く人の言葉が聞き取れないって、それはいいのか。様々な疑問が新たに湧いたが、「それではまた何かありましたら呼んでくださいね」と看護師はいつもの笑顔で去っていった。一部始終を見届けていた友人は、「うける」と言い残し、バナナをひと房置いて帰った。

午後六時、夕食。これまた品数の多い大ボリュームで、おいしそうなのである。またすごいのが、十日間、一度だって同じメニューが出たことはなかった。食事のクオリティは本当に高かったと思う。もちろん完食したいところだが、いよいよ体がなんだか重い。といっても患部は肛門のみで、熱があったり体調が悪かったりするわけではないのだから、この感覚的な〝重さ〟は純粋にうんこの物質的な重さなのである。そう考えるとあまりにも怖い。体が、うんこを溜める入れ物になりつつある。

だが、このチャレンジもあと半日で終わる。私は食事をしながら肛門にきゅっと力を込めた。大丈夫だよ、明日になったらもう排出してもいいからね。もう少し頑張ろうね――リトル朝井にそう話しかけながら、空っぽになった食器を部屋の外にあるワゴンに片付けた、その瞬間だった。

あ、出る。

私は部屋に戻り、トイレに入り、便座に腰を下ろした。ひどく自然な動作だった。座った瞬間、普通に便が出た。便にアテレコをするなら、「どうも～」くらいの日常感だった。あまりにもあっさりとしたチャレンジ失敗だった。あると思っていた痛みもなかったし、多いと言われていた出血もなかった。ただただちょっと久しぶりに多めのうんこをしただけだった。

午後八時、看護師の巡回。

「特に変わりはありませんか？」

ちょっと久しぶりに多めのうんこをしたばかりの私は、正直に「変わりがあります」と自首した。読者の皆さんが暮らしている国ならば特に罰されることのない事案かもしれないが、ここは肛門ファーストの国。肛門による恐怖政治でやっと治安が保たれているのだ。うんこ我慢チャレンジからの離脱は当然、重罪となる。タコ殴りを覚悟でカミングアウトした私だったが、看護師の反応は「そうですか。痛みや出血はありましたか？」とさっぱりしていた。

「思っていたよりも痛みはありませんでした、出血も特に……」

「そうですか。形はどうでしたか。下痢とかではないですか？」

「下痢ではないですが、やわらかめでした」

「下痢止めは飲み続けてください。やはり患部は使用しないに限るので、排便の回数はできるだけ抑えてくださいね。便秘の場合はまた相談してください」

ではおやすみなさい、と、看護師が去っていく。拍子抜けである。今年で二十八にもなるのにうんこも我慢できないなんて、と自己評価を下げかけていたが、その必要はなかった。

一方、「もういいんだよね、いいんだよね!?」とはしゃぎ始めた私の肛門は、術後二日目から大車輪の活躍を見せた。午前十一時の診察までに四回も出たのだ。先生から「排便の回数はどうですか」と聞かれ、「えーっと、今日は四回してます」とできるだけ自然に答えたところ、は？　という顔をされた。そばにいた看護師は、（私は言いました、あまり患部を使用しないほうがいいので排便の回数はできるだけ抑えてくださいと言いました）というような顔をしていた。

便秘の場合は相談を、なんて言われたが、私にその心配は皆無だった。食物繊維の多いバランスのとれた食事×規則正しい生活＝出るわ出るわの大サービス。あっというまに一日に六回というアスリートとしてのピークを感じさせる記録を打ち立てるに至り、完全に収入と支出が合わなくなってきたころ、看護師陣から二〇三号室のアイツめちゃくちゃうんこするぞ、と目をつけられ、ついに薬の量を増やされた。本当はもっと記録を出せるのに、これでは逆ドーピングである。

そして午後十時ごろ、術後三日目以降は二度目の入浴を経て、〇時にはベッドに入っていた。そして翌日は七時ごろに起床、というスケジュールを、十日間繰り返した。このルーティンの間に洗濯をしたり患部のガーゼを取り換えたりと、こまごましたミッションがあるものの、それ以外の時間はがっつり仕事に取り組むことができたのだ。やっぱり、文豪プレイに近いものがあったと思う。かつての文豪たちが行っていたとされるカンヅメという文化に手術というオプションを持ち込んだ第一人者として、私は胸を張って生きていくつもりだ。

そして、痔瘻の回復と比例して、私のヒアリング能力も格段に上がっていった。数日経ったころには、先生とスムーズに会話ができるようになっていたのである。

「十日間も病室で過ごすなんて、こんな時間もなかなかないよねえ」

「そうですねえ」

この適切な相槌。人類の進歩。

「貴重だよね。家庭や仕事から離れた場所で、こんなにたっぷり時間があるって」

「そうですねえ」

また、適切な相槌。自らの成長に惚れ惚れしていた、そのときだった。

「この間の患者さんなんて、入院中にフランス語喋れるようになって帰っていったからね」

ん？

これは……ボケ⁉

私は適切な相槌を封じ、繰り出すべき言葉をぐるぐると思考する。しかし、次の一手を打つのは先生のほうが早かった。

「入院中に起業した人もいたりしてね」

これも……ボケ⁉

私は……ツッコむべき⁉

「色んな人がいるよねえ」ニコニコ話す先生を前に、私はぐっと拳を握りしめる。言葉を聞き取れるようになった途端、その発言内容をジャッジしなければならないという新たな難題にブチ当たったことを自覚した瞬間だった。先生は、あの眼科医と通ずるような、なんともいえない独特な雰囲気を醸し出しており、不思議な魅力にあふれている。だが、そのため、少しばかり常軌を逸した発言をしたところでそれが故意なのか過失なのかがわからないのだ。また、これがボケだった場合、もしかしたらこれまでの会話の中でも小気味よくボケてくださっていたのかもしれない。私はそれらをすべて怪訝な顔でスルーしていた可能性がある。猛省すべきである。

さて、入院生活も後半戦になると、慣れるどころか、この生活にとんでもない充実感を抱くようになっていた。生活におけるどんな行動が肛門付近に負担をかけていたのかということもよくわかり（排便はもちろん、鼻をかむ、くしゃみをする等）、それさえ気を付けていれば特に不便（便だけに）なことはないのだ。便だけに、の部分は、反省している。

何もしなくても三食＋おやつが出てきて、掃除も毎日してもらえる。ゲラチェックも原稿執筆も資料の読み込みもハイスピードで進み、顔つきも明るくなったような気さえする。ちなみに、何を服用しても排便の数が減らないことに関しては、私だけでなく看護師陣も揃ってもう完全に諦めていた。十一時の診察で「もう三回出てます」と言ったところで誰の表情も微動だにしない。

入院も後半に差し掛かると、患部の痛みもかなり和らいできた。痛み止めを飲まなくたって大丈夫だし、血液や分泌液の量も減少している。つまり、もうこれ動けるんじゃね、と調子に乗りやすい時期なので、気をつけなければならない。私は何度か、いつもの癖で踊り始めてしまい、「ぎゃっ」と奇声を発する羽目になった。階段なども、小気味よくは上れない。治ってきたとはいえ、まだまだである。

いよいよあと数日で退院となったある日、ラジオの収録を病室で行うことになった。このタイミングで録《と》らないと、一週分、放送に間に合わなかったのだ。病院の方々はこの非常識なお願いを快諾し、万全の状態を整えてくださった。本当にありがたい。

その日の午前中の診療で、私は開口一番、「今日のラジオの件、お手数おかけします。許可ありがとうございます」とお礼を述べた。

「あー全然気にしないで。僕も昔ラジオに出たことがあってね、××××××××××××××だったの」

「そうなんですか……今日は本当にありがとうございます」

「いいのいいの。××××××××××××××××だからね、気にしないで」

「そうなんですか……今日は本当にありがとうございます」

いつも通りの流れで触診に向かうかと思いきや、「ということで」先生が何やら姿勢を正した。

「顕微鏡検査の結果が出ました」

けんびきょうけんさ？

私は、頭の上にはてなマークを浮かべる。いきなりめちゃくちゃはっきり発音するようになったし、そもそもそんな検査受けたっけ……？という感じだ。必死に記憶を巡らすが、どうにも心当たりがない。もしかして、手術のときにこっそり行われていたのだろうか。

「結果ですが……」

先生が、手元の紙資料に視線を落とす。

「がん細胞は見つかりませんでした。おめでとうございます！」

がん細胞？

私はわけがわからないなりに「は、はい」と頷いた。先生は、「あとは傷を治すだけ。よかったね～」と、私に向かってがっしりと握手を求めてきた。見たこともないくらいの笑顔だ。

どうやら私は今、がん細胞がなかった、というものすごく重要っぽい結果を急に知らされたらしい。そもそも、いつの間にそんな検査が進行していたのか。ていうか、今ここで「がん細胞が見つかりました」という人生の中でもヤバめな宣告を受ける可能性があったということだろうか。助走なしで突如とんでもないところに吹っ飛ばされたような感覚だったが、笑顔の先生と握手をしていると、まあ、何事もなかったっぽいからいっか～！　という非常におおらかな気持ちになった。

よくよく聞いてみると、痔瘻とは放っておくと肛門がんになる可能性がある病気だそうだ。私は、粉瘤だと勘違いをしていた時期を含めると四年近く治療をしていなかったため、がん細胞が生まれていた可能性もあったらしい。なんということだろう。ベタなことを言うが、肛門に違和感がある人は早めに病院に駆け込むことをおすすめする。

あと二日で退院、となったところで、退院後の生活についてレクチャーを受けた。退院後一か月は週に一度通院すること、その後は月に一度の通院を、退院後半年ごろまで続けること。日本らしい味付けのカレーライスくらいならいいが、唐辛子などの刺激物は摂取を避けること。退院後一か月は、飲酒や海外旅行などは避けること。デスクワークはOKだが、重い荷物を運ぶのはNG、長時間の運転や大型犬の散歩などもNG。そしてランニングや水泳などの軽めの運動も退院後一か月はNG、激しい運動の開始時期は相談しながら、ただしバーベルを持ち上げることは今後の人生において基本的にNG、自転車に関しては完治するまで使用NG――降り注ぐNG事項に対し、はい、はい、と物わかりのいいふうの返事を繰り返していたが、私は病室に戻ってすぐ、退院した翌々日に参加する予定だったバレーボールチームの練習をキャンセルした。退院とともに回転レシーブを繰り出す気でいた自分を殴りたい。また、今後の人生、バーベルを持ち上げないと家族が助からない、みたいな事態に陥らないよう細心の注意を払っていきたい。

いよいよ退院となると、たった十日間を過ごした場所とはいえ寂しさが募るものだ。これでもう、生理用ナプキンと一緒に服を投入してしまい中身がめちゃくちゃになった洗濯機とも、「みなさまはどんな気持ちで入院されてきたのでしょうか」という謎の問いかけから始まる入院患者用パンフレットとも、料理に使われている材料が曜日ごと・朝昼夜ごとに事細かに書いてあるのに実際にはそれとは全然ちがうメニューが出てくる献立表とも、おさらばなのだ。寂しい。というか、食事の準備も清掃も自分で行っていた過去の自分、すごすぎ。その生活に戻れる気がしない。

最後の夕食には、なんとも粋な計らいが施されていた。毎日食事を運んでくださっていた白髪の男性が、「明日、退院なんですよね。なので……」と指をさす先には、なんといつもの白飯ではなく赤飯が用意されていたのだ。「退院、おめでとうございます」照れくさそうに微笑む父親ほどの年齢の男性、肛門からの出血、赤飯。私はまるで初潮を迎えた一人娘のような気持ちで「ありがとうございます」と恭しくお礼を言ったが、その日のおかずは甘辛いソースのかかった肉団子だったため、味の組み合わせ的には白飯のままでよかった。

いよいよ、退院の朝が来た。診療を終えたら部屋を出なければならないため、寂しさを感じつつもスーツケースに荷物を詰めていく。尿道カテーテルをブチ抜かれたこと、一日に六回も排便しトイレットペーパーを補充しまくってもらったこと、お見舞いに来た人たちが立ち去るたびに残していったクスクス笑い……この部屋の思い出が蘇るたび手が止まりそうになるが、そんなノスタルジーに浸っている時間はない。大きなスーツケース一つで来られるように荷物の配分をかなり考えていたので、お見舞いでもらった巨大抱き枕が心の底から邪魔だった。

午前十一時、いよいよ最後の診療だ。触診を終えた先生が、「傷の経過は順調順調、××××××××××××だね、お疲れ様でした」と笑う。手術から十日たった今、排便時の痛みも少なくなり、クッションがあればどこかに座ることだってそこまで怖くない。瘻管が取り除かれた私の肛門は、血液や分泌液の流出はあるものの、かなり通常の状態に近づいている。どれもこれも先生のおかげだ。

私は殊勝な表情でお礼を述べたが、先生は「宇宙飛行士って×××××××××なんだって、だからNASAでは××××××××みたいだよ」みたいなことを言っていた。宇宙飛行士とかNASAとか、なぜこのタイミングで？と気になる単語が頻出していたものの、文章のすべてを理解することはやはり難しかった。

一週間分の薬を受け取ると、私はスリッパを脱ぎ、靴に履き替えた。十日間ぶりの靴。それは別に感慨深くなかった。

いよいよ、病院を出る。ありがとうございました——そう唱えながら踏み出した世界は、思ったよりもあたたかい。一月にしては気温が高い日だった。

久しぶりに浴びる日光の中、大勢の人が街中を忙しく移動している。誰も、私のように恐る恐る歩いてはいない。昨日も今日も明日も、自分の人生のためにバリバリ動き回る人たちで狭い地上はいっぱいだ。

帰宅し、私は思った。

ものすごく孤独だ、と。

十日の間に、私の精神は完全に幼児化していた。病院にいたころは、傷の経過が順調であれば褒められたし、食事が運ばれる時間にパソコンに向かっていれば「お仕事ですか、大変ですねえ」と微笑みかけられた。言ってしまえば、途中からはもう、食事が配膳されるタイミングに合わせて仕事をしていた。褒められるために、である。今では、一日に二回お風呂に入って血行をよくしても、誰も褒めてくれない。食物繊維を摂取し健康的な排便を繰り返しているのに、その回数を誰も確認してくれないし、誰も記録してくれない。十一時の診察の時点で、「三回出てます」と報告すれば少しの笑いと感嘆のまなざしを得ることができたのに、今では何時までに何回排便しようと誰も掃除をしてくれない便器が少しずつ汚れていくだけである。生活のすべてを管理され、報告し、確認してもらっていた二百四十時間を経た私は、これまで二十七年間抱いたことのなかった「自分は一体誰のためにうんこをしているのだろう?」という哲学的な問いにブチ当たった。うんこへのモチベーション低下は著しく、健全な精神は健全な肛門に宿るのだと痛感した。

退院翌日からは、打ち合わせ、読書会型のイベント、対談収録、野外での撮影など外に出る予定が多く続いた。電車での移動も多かったため、私は大きめのドーナツ型クッションを持ち歩くことに決めた。電車の座席に座る際、当然のようにまずドーナツ型クッションを置く私に両隣の乗客が「は?」という顔をすることもしばしばだったが、そんなこと気にしている暇はない。むしろ、移動中ですら肛門を気遣っていて偉いですね、と褒めてほしい。

このエッセイを執筆している二〇一七年二月現在、まだまだ病院通いを続けている。傷が完治するまで退院して半年ほどかかるらしいので、エッセイ集が出版されているころには、いよいよ私は健全な精神を取り戻しているはずだ。どこかの体育館で無駄に股関節を動かしながら回転レシーブを繰り出しまくる私を見かけても、笑わないで、「よくがんばりましたね」と褒めていただきたい。

あとがき

この原稿を書いている五月現在、退院して丸三か月が過ぎた。もう痛みなどはないが、通院は続けており、毎食後の薬、一日二回の坐薬投与も継続している。昼間、取材と取材の間に坐薬を隠し持った状態でトイレに行き、個室内でこっそり下の口から吸引し、何事もなかったかのように取材部屋に戻るとき、この世の犯罪者が事件後に「そんなことをするような人には見えなかった」と口々に噂される理由がわかった気がした。人はなにか後ろめたいことがあるときほど、やけに冷静に振る舞うようになる。

また、もうその必要はない状態なのだが、仕事関係者からお見舞いでいただいた円座クッションがあまりに素晴らしく、今でも常用している。そのクッションに甘える生活を送り続けたあまり、クッションなしではいられない体になってしまったのだ。今クッションを奪われたら、どれだけ高値を払ってでも取り戻したい。人目を忍んでの吸引、中毒による継続使用、高額購入——完全に薬物中毒者と同じサイクルにハマっている。

自宅の椅子はもちろん、レストランなどの椅子にも、電車の座席にも、円座クッションを置く。始めは少し恥ずかしかったが、今はもう「逆に、何ですか？」みたいな顔をして置くことができる。申し訳なさそうにクッションを取り出すと、周囲に「あ、ドーナツクッションだ、プークスクス」と笑う隙を与えてしまうので、クッションの形に目線がいかないよう堂々と扱うという工夫を心掛けている。他人が座った座席に座れないのかな、潔癖症なのかな、みたいに思わせることができればもうこっちのもんだ。ただ、お尻の下にあるものというのは長くその状態でいると存在をすっかり忘れてしまうもので、喫茶店やファミレスから出たあと店員さんが「こちら、忘れてますよ」とクッションを片手に追いかけてきてくださることがこれまでに数回あった。声をかけられ、振り向いたその先に円座クッションを申し訳なさそうに持っている人がいる、というあの映像は、何度見ても新鮮におもしろい。背景がオシャレな街であればあるほどおもしろい。

なんて、私のあとがきではなく、私のほんの一部分のあとがきに終始しそうになってしまった。危ない。

さて、前作出版時からこれまで、小説家として本当に幸福な場面にたくさん出会った。文学賞をいただいたり、作品が様々な形に生まれ変わったり、ずっと夢だったラジオ番組を担当させていただいたり、各地でサイン会を開催できたり、憧れの人に会う機会があったり……正直、子どものころに描いた夢という夢がこの数年間でバタバタと叶っていってしまい、いやはや人生長いなァ、なんて生臭いクソガキみたいなことを思うときもあった。このままの感じで小説を書き続けられたら一番幸せなのに、なんて、レッツ現状維持！　みたいな、いま手にしているものでどうにかこの長い人生を逃げ切ろうなんて思うときもあった。

また私のほんの一部分の話に戻ってしまうが、退院時、こんなことがあった。

「肛門記」でも書いた通り、十日間の入院生活は本当に快適だった。想像以上に執筆は進んだし、外の世界との接触がないため刺激が少ない代わりにストレスもなく、脳がまろやかに溶けていく感覚が心地よかった。

「入院、お疲れ様でした」

荷物をまとめ部屋を出るとき、お世話になった病院の方々にそう声をかけられた。ずっと住み続けたいくらい最高の環境でした――私が満面の笑みでそう返しかけたとき、ある看護師がこう呟いた。

「まだ若いのに、退屈な日々でしたよね」

えっ。

「若い人からしたら、狭いところに閉じ込められてるって感じですよね。本当にお疲れさまでした」

私は「あ、はい」と話を合わせたが、心の中では、そうか、世間の若者にとってはこの生活はつまらないのか……と落ち込んだ。着替えなくてよくて、ひげを剃らなくてよくて、買い物に行かなくてもよくて、食事の準備も清掃もやってもらえて、その分仕事に集中できて……再発も悪くないかなァなんて思いかけていたが、そんなわけがないのだ。まだ二十代、もっといろんなところに行き、いろんな人に出会い、刺激もストレスも存分に感じ、自分がコントロールできないことにたくさん出会わなければならない。そうするうちに降り積もるであろうくだらないエピソードを束にして、いつかまたみなさんにどっさり差し出せればと思っている。これが売れればきっと第三弾を出せるはずなので、引き続きどうぞよろしくお願いいたします。

肛門記　～Eternal～

今あなた立ち読みしてますか？

もしかしてですけど、文庫特別編だけ読もうと思って、今、立ち読みしてたりして……？

ああ、違う？　そうだとしても、このあとレジに持っていこうと思ってた？

……フーン、それなら別にいいんですよ。

早とちりでした。ごめんなさいね。

仕切り直して、頁を捲ってくださいませ。

肛門記〜Eternal〜

治っていない。

もういいよ！　と本を投げ捨てたくなったそこのあなた、別にいいですよ、投げ捨ててください。なぜなら、今あなたがなんとなく想像しただろう内容を、この先の文章が超えてくることは一切ないからです。

治っていない、というのは大袈裟だったかもしれない。完治していない、が正しいだろう。痔瘻の手術という平成を象徴する事件を経て無事に社会復帰を果たした私だったが、相変わらずひとところには留まっていられない生活を続けていた。十字架を背負った者として、傷だらけの身体を引きずりながらも、長く同じ場所に居られないというのは受け入れるべき運命なのかもしれない。私は「嗚呼、次の朝日が昇る前に移動しなくては……」みたいな顔で、お尻が痛くならない座面や姿勢を探し回る日々を送っていた。

さすがに手術前に比べ痛みはいくらかマシにはなったが、今後の人生ずっとこんなコンディションが続くと思うと、人生百年時代？　は？　というテンションになってくる。しかし、肛門が反抗期を迎えてやっと、世の大人たちが言う「健康 is 大事！」の本当の意味が分かってきた。これまではそのような言葉を聞くたび「健康が大事なんて当たり前じゃん赤色は赤いみたいなこと言わないでよ！」と一息でガチギレしていたのだが、全身のうちたとえ数センチ（直径）でも不調な場所があるということは、集中力がじわじわと削がれていくということでもあるとわかってきたのだ。ハイハイ健康は大事ですね各種定期健診に足を運べってことでしょ食事気を付けて適度に運動しろってことでしょハイハイハイハイと思っていたのだが、そういう大雑把な話ではなく、三十分以上同じ姿勢ではいられないとか椅子の形によって入れる店の選択肢が狭まるとか、そんなふうに、全身のうちのほんの一部の不調が暮らしをゆっくり侵していくという恐怖に私はやっと気が付いたのだ。

かといって、売文業である以上、デスクワークの時間を減らすことはできない。だけどそれでは、この肛門は永遠にグレたままだ。どうしたもんかな～と悩みつつドーナツクッションを買い替えつつ術後約三年をやり過ごしたわけだが、ある日私は、仕事中のご主人様に向かって無言で攻撃をし続けてくる肛門に向かって、遂にブチキレた。

「もうムリ！　痛い！　痛いって言ってるじゃんか肛門!!」

「……」

肛門からの返事はない。無視だ。冷戦突入である。私は愛しのドーナツクッシヨンからぼふんと立ち上がり、その足で、パソコン用品を多く取り扱う某巨大家電量販店へと向かった。存在は知っていたが手に入れるまでには至っていなかった代物、「スタンディングデスク」をゲットするためだ。

スタンディングデスクとは、その名の通り、立ったままパソコン作業ができる魔法のデスクである。作業の効率アップのためオフィスにその形式を取り入れている企業もあるらしく、その情報をどこかで見聞きした私は「フーン。作業効率が上がるかはわからないけど、確かにいいかもォ。でもたまには座りながら作業したいしィ、仕事場に導入するのはまだ早いかなァ」なんて余裕ぶっこいていた。そして、それからもちょくちょくスタンディングデスクについて調べては、昇降できるものもあること（座って作業したいときは普通のデスクに戻せるYO★）、今あるデスクの上にオプションとして追加する形式もあること（今のデスクを活かしたまま安価でスタンディングデスク的環境を手に入れられるYO★）等、最新の情報を収集してはいたのだ。スタンディングデスクの導入をやたら誇る企業（大体、海外展開にも積極的で私服勤務やリモートワーク、副業等がOKな、私たち時代についていっていますよお！という雰囲気ビンビンのところ）の記事をチェックしたり、買うとしたら高さがしっくり来るか確認したいからネットショップじゃなくて店舗に行くべきだな……と購入に向けて脳内シミュレーションしたりと、徐々にスタンディングデスク熱を高めていたのだ。うすのろな肛門にはわからなかったかもしれないがな！

肛門から冷戦を告げられたままの私は、「三十分も座っていられないあんたなんてもう用無しなんだから」と睨みを利かせつつ、家電量販店の門をくぐった。既に用意していた画像を印籠の如く掲げ、わざと肛門に聞こえるような声で「既にあるデスクに載せるタイプのスタンディングデスクを探しているんですけど！」と店員に問うた。ご主人様からの用無し宣言が聞こえているはずなのに、相変わらず肛門は塞ぎ込んだままだ。

「あるとすれば、パソコン周りの商品なので、〇階の奥のほうですね」

あるとすれば、という一言が気になったが、私は店員の言葉に従ってグングンとそのフロアへ突き進んでいった。こっちはもう、あらゆるメーカーや人気の形式について調べ尽くしているのだ。肛門よ、君がグレているうちにご主人様は流行の最先端に一っ飛びさせてもらうよ――。

私が辿り着いたのは、フロアの奥の奥、ものすごく隅のほうにある一角だった。たった一つだけ取り扱われていたスタンディングデスクが、組み立てられていない状態で箱の中に仕舞われていた。

売れてない。私は瞬時にそう思った。

こんな、一つの巨大ビル丸ごとお店ですみたいな店舗なのに、隅にたった一つしか置かれていないなんて、売れてなさすぎる。これでは高さがしっくりくるかどうか確かめることもできない。硬直する私に肛門が嘲笑を浴びせてきそうだったので、私は「いや、でも、」と、お尻に力を込める。

「ここは家電量販店だからね。家具屋に行けばも1っと種類があるはず！」

私は早速、とある家具屋の巨大店舗に移動した。そしてまた、フロアの奥の奥、ものすごく隅のほうにある一角に辿り着き、その店でたった一つだけ売られていたスタンディングデスクの前に立ち尽くすことになった。

売れてない。全然売れてない。私は、バカめ、と言わんばかりに疼く肛門をきゅっと尻筋で締め付けてやりながらボヤく。ちょっとスタンディング先輩、あんた最強の発明みたいなテンションで色んな記事に紹介されてたじゃん。作業効率も集中力もアップ、さらにダイエットにも効果ありなんて言われてたじゃん——

数時間かけて一万歩以上歩いた私は、帰宅後、Ａｍａｚｏｎで見つけたスタンディグデスクをマウスに載せた指を数ミリ動かすことで購入した。数秒の出来事だった。

組み立て済の商品がすぐに配達され、私はよもや反抗期の肛門を抱えた身には見えないような顔でそれを受け取った。ウキウキで開封し、すでにある仕事用デスクにどかんと載せた。

あっという間に、ものすごく快適な執筆環境が完成した。どこからどう見ても、色んな記事で見た最強の最先端オフィスそのものだった。嬉しくなった私は少し遠くから眺めたり、風呂掃除や洗濯などの家事をしてから忘れたころにもう一度見たりした。何度見てもそこには立ったまま執筆できる環境があり、感動した。私はドーナツクッションを載せたアホみたいな椅子を蹴飛ばし、パソコンの前に立った。

お尻、痛くありません！

ふははは。私は、もう黙りこくるしかない肛門に向かって語り掛ける。おい肛門よ。お前はこれまで散々私の仕事の邪魔をしてきたな。三十分も経たないうちに痛み始めるなんて、お前のそのかまってちゃんっぷりにこっちはうんざりしてたんだよ。私は、執筆途中のワードファイルを開き、キーボードに両手を置く。これでもう、いちいちつらくない姿勢を探さなくたっていい。三十分も経たないうちに痛みを訴えだすお前なんかとはおさらばだ――

十分後。

脚が痛くなった。

私はうつ伏せでベッドに寝転がった。ねえねえ、すぐに脚が痛くなったよ～んと冗談交じりに語り掛けてみても、相変わらず肛門は何も答えてくれなかった。

初出

第一部
日常
「眼科医とのその後」「作家による本気の余興」
「対決！　レンタル彼氏」「大好きな人への贈りもの」「初めてのホームステイ」
（「別冊文藝春秋」325～329号）
それ以外は単行本時書き下ろし

第二部
プロムナード
（「日本経済新聞」2015年7月1日～12月16日付）

第三部
肛門記
単行本時書き下ろし

単行本　2017年6月　文藝春秋刊

肛門記～Eternal～　書き下ろし

DTP制作　言語社

文春文庫

風《かぜ》と共《とも》にゆとりぬ

定価はカバーに表示してあります

2020年5月10日　第1刷
2023年10月25日　第8刷

著　者　朝《あさ》井《い》リョウ
発行者　大沼貴之
発行所　株式会社　文藝春秋

東京都千代田区紀尾井町 3-23　〒102-8008
TEL 03・3265・1211㈹
文藝春秋ホームページ　http://www.bunshun.co.jp

落丁、乱丁本は、お手数ですが小社製作部宛お送り下さい。送料小社負担でお取替致します。

印刷・萩原印刷　製本・加藤製本
Printed in Japan
ISBN978-4-16-791495-0

（　）内は解説者。品切の節はご容赦下さい。

安野光雅
絵のある自伝
昭和を生きた著者が出会い、別れていった人々との思い出をユーモア溢れる文章と柔らかな水彩画で綴る初の自伝。心温まる追憶は時代の空気を浮かび上がらせ、読む者の胸に迫る。
あ-9-7

阿川佐和子
バイバイバブリー
根がケチなアガワ、バブル時代の思い出といえば…。あのフワフワと落ち着きのなかった時を経て沢山の失敗もしたから分かる、今のシアワセ。共感あるあるの、痛快エッセイ！
あ-23-27

浅田次郎
君は嘘つきだから、小説家にでもなればいい
裕福だった子供時代、一家離散の日々で身につけた習慣、二人の母のこと、競馬、小説。作家・浅田次郎を作った人生の諸事が綴られた文章に酔いしれる、珠玉のエッセイ集。
あ-39-14

浅田次郎
かわいい自分には旅をさせよ
京都、北京、パリ……誰のためでもなく自分のために旅をし、日本を危うくする「男の不在」を憂う。旅の極意と人生指南がつまった、笑いと涙の極上エッセイ集。幻の短篇、特別収録。
あ-39-15

安野モヨコ
食べ物連載
くいいじ
激しく〆切中でもやっぱり美味しいものが食べたい！　昼ごはんを食べながら夕食の献立を考える食いしん坊な漫画家・安野モヨコが、どうにも止まらないくいいじを描いたエッセイ集。
あ-57-2

朝井リョウ
時をかけるゆとり
カットモデルを務めれば顔の長さに難癖つけられ、マックで休憩すれば黒タイツおじさんに英語の発音を直され。『学生時代にやらなくてもいい20のこと』改題の完全版。　（光原百合）
あ-68-1

朝井リョウ
風と共にゆとりぬ
レンタル彼氏との対決、会社員時代のポンコツぶり、ハワイへの家族旅行、困難な私服選び、税理士の結婚式での本気の余興、壮絶な痔瘻手術体験など、ゆとり世代の日常を描くエッセイ。
あ-68-4

（　）内は解説者。品切の節はご容赦下さい。

安西水丸
ちいさな城下町
有名無名を問わず、水丸さんが惹かれてやまなかった村上市・行田市・中津市・高梁市など二十一の城下町。歴史的事件や人物の逸話、四コマ漫画も読んで楽しい旅エッセイ。（松平定知）
あ-73-1

赤塚隆二
清張鉄道1万3500キロ
「点と線」「ゼロの焦点」などの松本清張作品を「乗り鉄」の視点で徹底研究。作中の誰が、どの路線に最初に乗ったのかという「初乗り」から昭和の日本が見えてくる。（酒井順子）
あ-89-1

井上ひさし
ボローニャ紀行
文化による都市再生のモデルとして名高いイタリアの小都市ボローニャ。街を訪れた著者は、人々が力を合わせ理想を追う姿を見つめ、思索を深める。豊かな文明論的エセー。（小森陽一）
い-3-29

池波正太郎
夜明けのブランデー
映画や演劇、万年筆に帽子、食べもの日記や酒のこと。週刊文春に連載されたショート・エッセイを著者直筆の絵とともに楽しめる穏やかな老熟の日々が綴られた池波版絵日記。（池内　紀）
い-4-90

池波正太郎
ル・パスタン
人生の味わいは「暇」にある。可愛がってくれた曾祖母、「万惣」のホットケーキ、フランスの村へジャン・ルノアールの墓参り。「心の杖」を画と文で描く晩年の名エッセイ。（彭　理恵）
い-4-136

伊集院　静
文字に美はありや。
文字に美しい、美しくないということが本当にあるのか。〝書聖〟王羲之に始まり、戦国武将や幕末の偉人、作家や芸人ら有名人から書道ロボットまで、歴代の名筆をたどり考察する。
い-26-26

伊藤比呂美
切腹考
鷗外先生とわたし
前夫と別れ熊本から渡米し、イギリス人の夫を看取るまで。生きる死ぬるの仏教の世界に身を浸し、生を曝してきた詩人が鷗外を道連れに編む、無常の世を生きるための文学。（姜　信子）
い-99-2

（　）内は解説者。品切の節はご容赦下さい。

井上ユリ
姉・米原万里
プラハのソビエト学校で少女時代を共に過ごした三歳下の妹が、食べものの記憶を通して綴る姉の思い出。初めて明かされる名エッセイの舞台裏。初公開の秘蔵写真多数掲載。（福岡伸一）
い-104-1

上野千鶴子
おひとりさまの老後
結婚していてもしてなくても、最後は必ずひとりになる。でも、智恵と工夫さえあれば、老後のひとり暮らしは怖くない。80万部のベストセラー、待望の文庫化！（角田光代）
う-28-1

上野千鶴子
ひとりの午後に
世間知らずだった子供時代、孤独を抱えて生きていた十代のころ……。著者の知られざる生い立ちや内面を、抑制された筆致で綴ったエッセイ集。（伊藤比呂美）
う-28-3

内田洋子
ジーノの家
イタリア10景
イタリア人は人間の見本かもしれない――在イタリア三十年の著者が目にしたかの国の魅力溢れる人間達。忘れえぬ出会いや情景をこの上ない端正な文章で描ききるエッセイ。（松田哲夫）
う-30-1

内田洋子
ロベルトからの手紙
俳優の夫との思い出を守り続ける老女、弟を想う働き者の姉たち、無職で引きこもりの息子を案じる母――イタリアの様々な家族の形とほろ苦い人生を端正に描く随筆集。（平松洋子）
う-30-2

遠藤周作
生き上手　死に上手
死ぬ時は死ぬがよし……だれもがこんな境地で死を迎えたい。でも死はひたすら恐い。だからこそ死に稽古が必要になる。周作先生が自らの失敗談を交えて贈る人生セミナー。（矢代静一）
え-1-12

江國香織
やわらかなレタス
ひとつの言葉から広がる無限のイメージ――。江國さんの手にかかると、日々のささいな出来事さえも、キラキラ輝いて見えだします。読者を不思議な世界にいざなう、待望のエッセイ集。
え-10-3

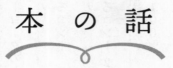